带着孩子，跟着唐诗去旅行

任乐乐——著

北京理工大学出版社
BEIJING INSTITUTE OF TECHNOLOGY PRESS

图书在版编目（CIP）数据

带着孩子，跟着唐诗去旅行 / 任乐乐著. —北京 : 北京理工大学出版社, 2020.8

ISBN 978-7-5682-8409-7

Ⅰ. ①带… Ⅱ. ①任… Ⅲ. ①唐诗—儿童读物 Ⅳ. ①I222.742

中国版本图书馆CIP数据核字（2020）第070836号

出版发行 / 北京理工大学出版社有限责任公司
社　　址 / 北京市海淀区中关村南大街 5 号
邮　　编 / 100081
电　　话 / （010）68914775（总编室）
（010）82562903（教材售后服务热线）
（010）68948351（其他图书服务热线）
网　　址 / http: //www.bitpress.com.cn
经　　销 / 全国各地新华书店
印　　刷 / 三河市宏图印务有限公司
开　　本 / 700 毫米 × 1000 毫米　1/16
印　　张 / 23.25
字　　数 / 333千字
版　　次 / 2020 年 8 月第 1 版　2020 年 8 月第 1 次印刷
定　　价 / 66.00元

责任编辑 / 王俊洁
文案编辑 / 王俊洁
责任校对 / 刘亚男
责任印制 / 施胜娟

图书出现印装质量问题，请拨打售后服务热线，本社负责调换

目 录

CONTENTS

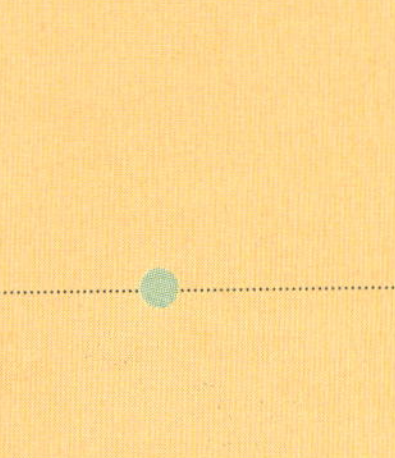

第四辑　一路向西

——有一种美丽叫苍凉

第五辑　西域风土

——异域风情谁能拒绝

第六辑　江南烟雨

——多情总被风吹雨打

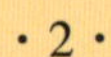

第七辑　吴越山水

——梦里寻它千百度

第八辑　南国名山

——千山万水总是情

第九辑　大江东去

——山也迢迢，水也迢迢

第十辑　天府巴蜀

——诗人梦中的理想国

序言

宝贝，这里是大唐

宝贝，这里是大唐。大唐时代，又称为唐王朝，是中国历史上最繁盛、最著名，也是最令人向往的朝代。今天，尽管大唐早已过去了1100多年，但因为当年的强大，它的威名已经跨越了地域、时空的障碍，在全世界很多地方都留下了与其相关的称谓——唐人街、唐装、唐字……

唐诗，是大唐最著名的特产，它就像一艘在时光隧道中远航的大船，承载着属于大唐的奇迹与梦想，将它们带到了千年之后，带到了我们身边。每一首唐诗，都向我们诉说着一个属于大唐的故事。

大唐的每一位诗人，都是最资深的旅行家、最优秀的旅行记者，他们每一次的旅行记录，都能妙笔生花，重现千年前的那场旅行盛宴，吸引我们的思绪穿越千年时空，在大唐的疆域上恣意驰骋。

从烟波浩渺的东海，到白雪皑皑的天山，从繁华喧嚣的长安城，到荒凉粗犷的西域大漠，还有那顶天立地的三山五岳，每一处，都能在唐诗中寻觅到其身影，而每一首描绘它们的唐诗，都是一幅用汉字绣成的山河画卷。

“读万卷书，行万里路。”如果我们旅行的时候带上一本唐诗集，大唐的诗人们就能成为我们最优秀的导游，孩子们在他们的引领下，就能更加直观地领略到名胜的内涵，而现实中的风景也能促使孩子们牢牢记住相关的唐诗。

对于孩子们来说，出门旅行时，有关名胜的有趣传说和故事，也许比

名胜本身更加有吸引力。这就好比最优秀的导游的基本功，就是能够为游客介绍每一处风景的前世今生，介绍当地的风俗习惯、历史典故，还有一个又一个千古流传的神话传说。

没有故事的风景，就好比一桌没有放盐的大餐，空有其表，却食之无味。所以，这本《带着孩子，跟着唐诗去旅行》并非一本单纯的旅行手册，因为我们不但为孩子们精心挑选了著名的旅行唐诗，还记录了有关名胜的精彩故事和美丽传说。

看完本书，家长应告诉孩子，真正的旅行绝对不是“上车睡觉，停车撒尿，下车拍照”的过程，而是用双脚丈量世界，并且身心都能得到锻炼和释放的休闲活动。本书借鉴了西方发达国家的教育经验，系统设计了一些需要动脑动手的旅行思考题，增加了旅行的乐趣。因思考题有一定难度，家长不一定非要让孩子独自去完成，但无论完成与否，都可以从各个不同角度培养他们观察、分析以及归纳的能力。

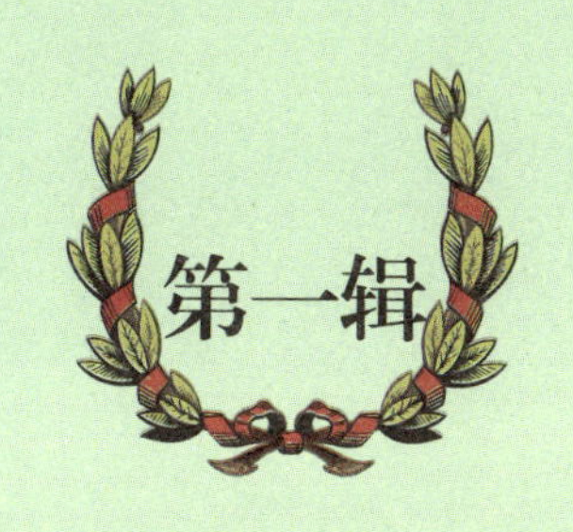

第一辑

长安长安——世界上曾经最繁华的地方

大明宫 一切为了父亲

西蜀樱桃也自红，野人相赠满筠笼。
数回细写愁仍破，万颗匀圆讶许同。
忆昨赐沾门下省，退朝擎出大明宫。
金盘玉箸无消息，此日尝新任转蓬。
——杜甫·《野人送朱樱》

故事·STORY

大明宫里的父与子

春天到了，蜀地的樱桃树也同长安一样，结下了鲜红美丽的果实。村里的人们将这些鲜红的果子，装了满满一篮给杜甫送了过来。杜甫几次将这些樱桃从篮中移到盘内，生怕碰破了它们。看着这些樱桃，他陷入了深深的回忆。那一年，他还是大唐的左拾遗，在大明宫内，当今圣上将一盘红红的樱桃赐给了他。那盘樱桃，和今天乡邻们所赠的一模一样。

在杜甫的《野人送朱樱》里，字字句句都充满了他对大明宫的日夜思念。这也是理所当然的事，因为在那个年代，大明宫几乎是所有文人的梦中圣殿。他们对它膜拜、景仰，并绞尽脑汁为它歌颂、咏唱，而这一切，都只是为了能接近宫中的那个权力中心，都只是为了能将他们的才华，将他们的满心抱负传递给宫殿上高高端坐的那个人——大唐皇帝。

当我们带着孩子来到大明宫的遗址前，他们在此能学到的，不仅仅只有文人们表现自我的诗歌，大明宫这个伟大建筑的历史，更加值得孩子去了解，去学习。

大明宫，这个中国历史上最辉煌的政治中心，这个当年世界上最宏伟华丽的宫殿，除了承载了大唐帝国精英们最辉煌的梦想之外，还饱含了唐王李世民对父亲李渊深深的愧疚和爱。当我们和孩子一起来到大明宫时，我们可以给他们讲述一个关于“父与子”的故事。

长安，这个充满了传奇和荣耀的城市，自从公元前11世纪周王朝第一次在这里建都起，便有数以百计的帝王以它为都城。然而却很少有人知道，这里曾耸立着一座世界上规模最大的砖木结构宫殿群。这座宫殿的面积相当于3个凡尔赛宫，4个紫禁城，12个克里姆林宫，13个卢浮宫，15个白金汉宫。这就是大唐帝国的皇宫——大明宫。

公元663年6月5日是大唐历史上非常重要的一天。此时，大明宫尚未竣

工，但大唐皇室却开始迫不及待地准备搬迁。宫女和太监到处奔走，为搬家而忙碌。皇家卫队已经戒严。这一次宫室的搬迁，不仅是皇家的私事，也是整个大唐的大事，容不得半点差错。

而皇室造出了这么大的动静，究其原因，与一个“父与子”的故事有关。

玄武门政变之后，大唐开国皇帝李渊退位，儿子李世民登上帝位。退位之后的李渊成为太上皇，从此不问政事。但李渊的退位并非心甘情愿，他觉得儿子李世民六亲不认，因此对他十分冷漠。公元632年的夏天，当李世民出长安城避暑的时候，父亲李渊誓死不愿意同行。

李世民看着父亲整日精神不振，又对自己如此漠视，心里很不是滋味。他知道，父亲在责怪他、怨恨他，怨恨他的眼中只有权力和天下，怨恨他对自己兄弟的心狠和绝情。但事已至此，时光也无法回到从前，当务之急是让父亲的心情早点儿好起来，这又该怎么办呢？正当李世民为了他和父亲的关系一筹莫展时，一个叫马周的官员提议，应该在长安城内再为太上皇营建一所避暑行宫。

马周提出的这个建议，有一番典故，这个典故与《周易》有关。

《周易》是中国最古老的经典之一。隋帝国以《周易》的乾卦理论为指导，建造了长安城。古代中国人观察天象发现，紫微星位于北天中央，被众星环抱，尊贵的天帝就居住在那里。紫微星其实就是北极星。皇帝贵为天子，地上的君主和天上的星宿应该对应，皇帝居住的太极宫也因此被安排在长安城北部中央的位置。然而，过于理想化的设计忽略了地形的缺陷，太极宫正处在长安城地势最低的一块洼地上。长安的夏天经常下雨，温度又很高，太极宫因此潮湿而燥热。如能再另行选址建造一座避暑行

大明宫

宫，则对太上皇李渊的身体极有好处。

李世民一听这个建议，非常高兴，便立即同意了。他想，这样一来，父亲每年夏日就不用兴师动众出城避暑，这座新的行宫或许能让他老人家的身体和心情都好转起来。

于是，公元635年的春天，大批工匠会集于长安城的东北方向，开始大兴土木。但事与愿违，还未等宫殿完工，李渊便与世长辞了。但大明宫却并没有随着他的逝去而淡出人们的视线，因为地理位置和风水条件都非常好，这座当年世界上最宏伟、最辉煌的宫殿，成为李唐王朝的政治权力中心。

“父与子”的故事讲完了，其中饱含的深意，只能由孩子慢慢体会。或许，随着时间的推移，他们会真正了解，这个故事究竟讲述的是什么。我们再让思绪回到历史，回到大明宫那“惊涛骇浪的一生”中来。

曾有诗人这样解释“大明宫”三个字的含义：如日之升，则曰大明。大明宫初建的时代，是一个踌躇满志、昂扬向上的时代，它大度而不浮华，雄浑而不雕饰，更宛如一轮金光灿烂的太阳，照耀着大唐的天空。

可惜的是，历史不会让美景永存。公元755年11月，安史之乱爆发。叛军一路南下，唐玄宗逃离长安。在仅仅出逃4天之后，叛军便长驱直入，占领了大唐的都城。宫殿被毁，皇家的财富被抢劫一空，大明宫一片狼藉，血雨腥风霎时笼罩了曾经繁华的长安城。诗人杜甫曾亲眼看见长安城的陷落，在一首名为《春望》的诗中，他充满悲愤地写道：“国破山河在，城春草木深。感时花溅泪，恨别鸟惊心。”

长安城一片凋零，大明宫亦不能独善其身。大明宫的败落，意味着一个空前的盛世结束了。大唐盛世虽已远去，大明宫的盛名却依然流传在世间。这要归功于那些盛赞它的唐诗，还有一生对它坚定不移，向往它的诗人。

教养关键词·KEY WORD

1.可以借机教育孩子爱父母，尊重父母

当我们讲述大明宫的历史时，可以借李渊和李世民的父子故事，教

育、引导孩子爱父母，尊重父母，而不是一切以自我为中心。

2.让孩子感受中国古典建筑的美

大明宫即便只剩下遗址，昔日的辉煌也未磨灭。古代劳动人民的智慧和汗水，使它历经千年依然未曾被超越。我们可以由此让孩子感悟中国古典建筑的美，让他们知道，中国建筑与西方建筑，拥有两种完全不同的美感。

3.让孩子了解权力不是一切，亲情其实更加难能可贵

帝王，在许多人眼里是高高在上、无所不能的代名词。但在自己的父亲面前，李世民虽贵为皇帝，却仍有许多无可奈何。为了登上皇位，得到权力，李世民丧失了亲情，他可以得到天下，却始终得不到父亲的谅解。

提示·TIPS：

西安是陕西省省会。公元前11世纪，周文王在这里建立丰京、镐京两京，从此，西安作为中国的政治、经济、文化中心兴盛长达1200多年，先后有21个王朝或政权建都于此，是13朝古都。中国历史上的鼎盛时代周、秦、汉、隋、唐均建都西安。著名的丝绸之路也以西安为起点。

风景·SCENERY
带着孩子边走边看

大明宫曾经是全世界最为辉煌的宫殿，在历经了千年的磨砺之后，早已被切割得支离破碎。这个盛名曾超越了历史上任何政治中心的宫殿，在历经了兵燹杀戮之后，再也没有成为权力中心的可能。

大明宫石雕

如今的大明宫，只存在于千百年前留存的诗歌之中。“金阙晓钟开万户，玉阶仙仗拥千官”“千官望长安，万国拜含元”“九天阊阖开宫殿，万国衣冠拜冕旒”……这些气势磅礴的诗句，无一不在诉说着大明宫昔日的辉煌，但今天的含元

殿、凌霄门和玄武门，也只留下片瓦残砖，在这喧嚣的时代里，留给孩子丝丝念想。

当我们带着孩子来到大明宫遗址公园时，还能否透过时光的背影，遥望那昔日的辉煌？

丹凤门

丹凤门是唐大明宫中轴线上的正南门，东西长200米。它的规制之高、规模之大均创都城门阙之最，对研究唐长安城和中国都城考古均有重要价值，被文物考古界誉为“盛唐第一门”。

丹凤门遗址位于西安市自强东路北。2005年发掘时实测门阙墩台东西长74.5米、南北宽33米，共开五孔门道，门道各宽8.5米，道中设石门槛，与史籍中“凤门五开，十扇开闭”记载相符。墩台两边宫城内侧各筑一条宽3.5米、长54米的马道用以登城。

太液池

太液池位于唐长安城大明宫内庭中心地区，是大唐王朝最重要的皇家池苑。大明宫分为前宫和后宫，后宫是以太液池为中心布局的，是当时的皇家园林。整个太液池分东池和西池两部分，西池为主池，其平面呈椭圆形，面积约有14万平方米。根据池岸和池底最低处落差判断，池水当时应有2～3米深。

大明宫复原图

大明宫遗址公园里有唐大明宫的微缩复原景观。从复原景观看，大明宫的宫城平面呈不规则长方形。全宫分为“宫”“省”两部分，“省”（衙署）基本在宣政门一线之南，宫城之北，为禁苑区。如不计太液池以北的内苑地带，遗址范围即相当于明清故宫紫禁城总面积的3倍多。大明宫中的麟德殿面积约为故宫太和殿的3倍。

1.丹凤门 2.太液池

3.大明宫复原图

■诗词延伸

鸡声紫陌曙光寒，莺啭皇州春色阑。

金阙晓钟开万户，玉阶仙仗拥千官。

花迎剑佩星初落，柳拂旌旗露未干。

独有凤凰池上客，阳春一曲和皆难。

——岑参·《和贾至舍人早朝大明宫之作》

慈恩寺 唐玄奘不得不说的故事

塔势如涌出，孤高耸天宫。
登临出世界，磴道盘虚空。
突兀压神州，峥嵘如鬼工。
四角碍白日，七层摩苍穹。
下窥指高鸟，俯听闻惊风。
连山若波涛，奔凑如朝东。
青槐夹驰道，宫馆何玲珑。
秋色从西来，苍然满关中。
五陵北原上，万古青濛濛。
净理了可悟，胜因夙所宗。
誓将挂冠去，觉道资无穷。

——岑参·《与高适薛据同登慈恩寺浮图》

故事·STORY

唐三藏的归属之地

这一天，天气晴好，诗人岑参和好友一起来到慈恩寺游玩。岑参望着寺内的大雁塔，内心忽然变得很不平静。他看见大雁塔宛如从平地中涌出一般，孤傲地耸立着，好像一直连到天宫。而登上塔顶，就仿佛离开了尘世一般，他忽然伸出了双手，试图触摸天空。

岑参站在塔顶俯瞰大地，阵阵怒吼的狂风从他耳边呼啸而过。而远处的山峰一座连着一座，就好像百川归海一样。塔下天子所行的道路被两行青槐夹着，慈恩寺内的宫阙楼台看起来也是那么精巧玲珑。站在塔顶，岑参感受着悲凉的秋色，感悟着清静的佛理，忽然有种顿悟的感觉。

当年的长安，是全国的佛教中心，而慈恩寺，是长安佛教中心的圣地。岑参的这首《与高适薛据同登慈恩寺浮图》虽然颇有名气，但在无数描绘慈恩寺的诗歌之中，犹如沧海一粟。因为描写慈恩寺的诗歌太多了，毫不夸张地说，大唐王朝最著名的诗人，大多都与慈恩寺结下了不解之缘。

诗圣杜甫为它留下了“自非旷士怀，登兹翻百忧”的佳句。而元稹也曾在诗里回忆了与朋友们“闲行曲江岸，便宿慈恩寺”的往事。就连唐高宗驾临慈恩寺，也曾亲自作诗，留下《谒大慈恩寺》的妙句。诗中曰：“日宫开万仞，月殿耸千寻。”将大慈恩寺的美景一一道来。

慈恩寺为何如此有名？为何有这么多诗人来到这里？又为何引得大唐帝国的最高统治者都为它作诗，为它歌颂？它究竟有何来历？又有着什么动人的故事呢？在讲述这个故事之前，我们可以问问身边的孩子：“你还记得《西游记》中的唐僧吗？”“还记得他历经千辛万苦，从西天如来佛那里取回的经卷吗？”“这些经卷后来去了哪儿呢？”

这些经卷的最后归宿，正是慈恩寺。

慈恩寺遗址公园

在古典名著《西游记》中，唐僧带领三个徒弟历经九九八十一难，从西天取得真经，他的原型就是唐玄奘。《西游记》是吴承恩虚构的小说，但唐僧唐玄奘，的的确确是大唐帝国赫赫有名的高僧。而他不远万里去西天取经的经历，也确确实实是存在的。只不过，历史上真实的玄奘是孤身一人西行求法，身边除了尸骨亡灵、风沙黄土，陪伴他的只有一匹识途老马，根本没有团队。

慈恩寺，正是和这位历史上最著名的高僧，有着极深的渊源。

起初，慈恩寺是唐高宗李治当太子时，为纪念他的母亲文德皇后修建的。那时候，寺里没有大雁塔，也没有唐僧。那时，唐僧还在去往拜佛求经的路上，慈恩寺也不像后来那么有名。那么，究竟发生了何事，让慈恩寺声名鹊起，让全国各地的文人雅士闻名而至呢？

答案当然是唐玄奘。除了他，大唐不会再有第二个僧人有如此声望。

在西安大慈恩寺门前的广场上，有一尊青铜玄奘塑像，他手持锡杖，端严若神。慈恩寺，是他回国之后的第一站。《旧唐书·玄奘传》记载：“高宗在东宫，为文德皇后追福，造慈恩寺及翻经院，内出大幡，敕《九

部乐》及京城诸寺幡盖众伎，送玄奘及所翻经像、诸高僧等入住慈恩寺。”

唐玄奘从印度取经回来之后，大唐皇帝非常高兴。因为在从前，都是西域诸国为大唐翻译佛经，这些国家的高僧对汉语一知半解，翻译过来的经文晦涩难懂，阅读和交流都十分困难。唐玄奘回来之后，立即被封为慈恩寺的上座住持，皇帝还让人为他带回的佛经修建了一座塔。塔的修建仿照了印度雁塔样式，这就是著名的大雁塔。

玄奘法师在慈恩寺的十余年里，翻译了佛经1335卷，共计130余万字，开辟了一个新时代，并与弟子窥基法师创立了法相宗。慈恩寺也因此成为唐代长安的四大佛经译场之一。

如今，在慈恩寺的法堂里，还珍藏着一幅《玄奘负笈图》，图中的玄奘肩负取经背篓，足蹬麻鞋，一盏佛灯照亮了他的征程。梁启超先生曾说：“一千多年前，中华学子西行求法的留学运动中，以一人孤征者为最多，而玄奘之独往独来，最足为此精神之代表，是千古之一人。”

一位印度学者也说：“如果说征服者通过战争征服，给许多国家和人民带来了灾难的话，那么，和平的使者则不顾个人安危得失，不远千山万水，传播和平的声音。中国著名佛教徒玄奘就是这样一位和平的使者，他是中印文化交流的象征。”

教养关键词·KEY WORD

1.让孩子感受玄奘法师坚韧不拔的毅力和勇往直前的精神

千百年来，取经一事唯有玄奘一人完成，至今也没有人超越他的壮举。我们未必要孩子学习玄奘，历经千辛万苦奔赴万里取经，但至少要让孩子知道，在交通极不发达的唐代，古人尚且能够完成这种壮举，孩子生活在各种条件这么便利的现代，只要付出些许努力，成功也是指日可待的。

2.为孩子讲述《西游记》的来历，试着激发孩子的创作灵感

告诉孩子，任何创作都不是凭空而来的。比如《西游记》的创作灵感就是来自唐玄奘的故事。孩子只要多读书，多观察身边所发生的事，日积月累，创作灵感自然会涌现出来。

3.告诉孩子成功不会从天而降，依靠别人不如自己努力

在历史上，唐玄奘取经，身边并没有神通广大的孙悟空、猪八戒和沙和尚，也没有神仙帮助他，最终完成取经任务，靠的只是他自己。所以，当孩子遇到任何困难时，首先应该自己想办法解决问题，而不是依靠家长。家长可以帮忙一时，却不能帮忙一世，学会自己努力才能获得最后的成功。

提示・TIPS：

大慈恩寺，是中国佛教法相宗的祖庭，它位于今西安市城南和平门外约4千米处。

风景・SCENERY

带着孩子边走边看

千年之前，大唐盛世，一个名叫玄奘的僧人在大慈恩寺内缓缓坐定。他成就了慈恩寺的千载盛名，没有唐玄奘，慈恩寺或许只会在历史长河中昙花一现；没有唐玄奘，诗人们便不会视慈恩寺如创作之源泉。慈恩寺因玄奘而永存，他的灵魂，赋予了它史诗般的生命。

我们的孩子，生活在物质富足、出行便利的时代。他们或许无法想象，也无法理解，即便是在当年全世界最强盛的大唐，一个僧人，单枪匹马，用自己的双脚，攀过高山，跨越戈壁，历经17年，走过行程将近三万千米的艰难与困苦。

大雁塔远景

那一年，他没有同伴，没有车马，甚至没有携带足够的干粮和盘缠。那一年，大唐西北边陲烽烟不断，朝廷命令百姓不准出关。那一年，唐

玄奘只能偷偷地离开家乡，昼伏夜出。他曾经五天五夜滴水未进，曾经遭遇过强盗、雪崩、追捕……

凭借自己顽强的毅力和对佛法坚贞不渝的信仰，唐玄奘一共游历了138个国家，终于将佛经和佛国文化的精髓带回大唐。这样一个人，他的精神、他的经历、他的信仰、他的智慧，怎能不吸引万千诗人景仰和赞颂。

今天，我们带着孩子，跟随着唐诗的脚步来到慈恩寺。大唐已逝，但玄奘精神永存。在慈恩寺及其周边，我们依然可以追寻到玄奘留下的宝贵财富，感悟岑参登临大雁塔的诗境。

大雁塔

这座历经千年沧桑的佛塔，每一块砖石都记录着人类文明发展的历程，其价值远远超越了历史。应该说，没有玄奘，就没有大雁塔，当大师远去之后，大雁塔作为一个凝固的精神符号留存下来，传世千年，这是一种心灵的语言。

雁塔晨钟

雁塔晨钟并不在慈恩寺里，它位于西安市城南的荐福寺内，因一口悬挂于钟楼内的古钟而闻名，与它齐名天下的，则是矗立于一旁的小雁塔。

每日清晨，荐福寺里的僧人们都会定时敲钟，洪亮的钟声回响在西安古城的上空。钟声空灵，小雁塔的倩影亦伴随左右，此二景在清新的早晨，为古城平添了一番独特的韵味。因而，小雁塔及雁塔晨钟均被列入“关中八景”。

玄奘三藏院

玄奘三藏院是当前规模最大的玄奘纪念馆。殿上供奉着玄奘法师的顶骨舍利和铜质坐像，殿内壁面布满玄奘法师生平事迹巨幅壁画，玄奘三藏院为铜刻、木雕和石雕，堂内全部存放着佛教典籍，四周墙面用紫铜雕成佛教故事——唐玄奘求法图。

1.大雁塔
2.雁塔晨钟
3.玄奘三藏院

诗词延伸

高标跨苍穹，烈风无时休。
自非旷士怀，登兹翻百忧。
方知象教力，足可追冥搜。
仰穿龙蛇窟，始出枝撑幽。
七星在北户，河汉声西流。
羲和鞭白日，少昊行清秋。
秦山忽破碎，泾渭不可求。
俯视但一气，焉能辨皇州。
回首叫虞舜，苍梧云正愁。
惜哉瑶池饮，日晏昆仑丘。
黄鹄去不息，哀鸣何所投。
君看随阳雁，各有稻粱谋。

——杜甫·《同诸公登慈恩寺塔》

骊山 周、秦、汉、唐有我见证

骊山绝望幸，花萼罢登临。地下无朝烛，人间有赐金。
鼎湖龙去远，银海雁飞深。万岁蓬莱日，长悬旧羽林。
——杜甫·《骊山》

故事 · STORY

烽火戏诸侯

这天，杜甫来到骊山，不禁触景生情，他想起唐明皇驾崩以后，骊山的一草一木再也没有机会得见他的龙颜，而在从前，皇上每年十月必定会带着杨贵妃去骊山的华清宫。明皇，他已长眠于地宫，那里已没有早朝时必点的蜡烛了，但他给臣下的赏赐却依然留在人间。杜甫感慨，若有一日，陛下能得以羽化成仙，他的护陵军一定会好好守护他的吧。

杜甫的这首《骊山》，虽未提及山上的一草一木，却字字句句都隐隐透露着这座山上曾经发生的故事，他虽未写山景，却已使人对此山心驰神往。当我们给孩子念出这首诗的时候，他会不会好奇，骊山并非最高，并非最为雄伟，也并非最为秀丽，那它究竟有什么样的魅力，使得明皇将温泉宫修建于此，并年复一年、乐此不疲地登临到此呢?

说起原因，则不得不提及骊山的历史。骊山，在诸多名山之中，其景色虽算不上出类拔萃，但在名山文化史上，却算得上是一个彻彻底底的“帝王世家”。“骊山云树郁苍苍，历尽周秦与汉唐。一脉温汤流日夜，几抔荒冢掩皇王。”郭沫若先生的这两句诗恰到好处地向人们诉说着骊山的历史。

骊山，成名于周，后历经秦、汉、唐，盛誉有加。它见证了周朝的灭亡、秦始皇的奢靡与浮华，汉武帝刘彻也对它无比青睐。到了唐代，唐明皇和杨贵妃的故事更使它闻名天下，盛名流传千年。骊山，是秦岭北侧的一条支脉，东西绵延20余千米，最高海拔1256米，远望山势如同一匹骏马，故名骊山。山上温泉喷涌，风景秀丽多姿，自三千多年前的西周起就成为帝王的游乐宝地。

在登山之前，我们可以先给孩子讲一下“烽火戏诸侯”的故事。

周幽王得到了一个有倾国之貌的美女——褒姒。褒姒闭月羞花，沉鱼

落雁，令人着迷，却唯独不爱笑。自从嫁给周幽王以来，她就从没给过幽王一个笑脸，始终是冷冰冰、酷酷的样子。这个周幽王也十分奇怪，宫中美女如云，且个个对他毕恭毕敬，逢迎巴结，他偏偏不愿搭理她们，却独独喜欢这个对他冷冰冰的褒姒。

为了博得美人一笑，周幽王想尽办法，绞尽脑汁，花费无数也未能如愿。大臣虢石父为了讨好周幽王，便献上一计：借诸侯娱乐美人。此时，周幽王已被褒姒迷得晕头转向，一听有办法能让美人开心，想也不想就立即答应了。

周幽王将美人带到了骊山，登上烽火台，亲手点燃了烽火，各路诸侯以为王城被外敌入侵，纷纷调集兵马前来救援。不知道为何，褒姒看见烽火台下一脸茫然的诸侯们，居然开心地笑了起来。周幽王看着她惊为天人的笑颜，整个心都飞了起来。

为了能时时看见这个绝色笑靥，周幽王不顾大臣们的反对，义无反顾地再一次，甚至第三次点燃了烽火。但他忘记了，人的容忍度是有限的，

骊山远景

当大家怀着焦急的心情一次又一次来到烽火台前时，他们看见的并不是被敌人包围的景象，而是美人在怀、美酒在手、得意扬扬、一脸坏笑看着他们的周幽王。

美人终于笑了。一笑倾城，再笑倾国，最终导致亡国，这不只是比喻。在骊山的烽火台上，它真的发生了。

不知道“狼来了”的故事是不是起源于此，周幽王惹怒了再三被戏弄的各路诸侯。当外敌真的入侵时，烽火台的火光映红了整个天空，但王城的四周，却再也没有出现救援的军队。

唐代诗人唐彦谦曾在《登兴元城观烽火》中这样写道：“汉川城上角三呼，扈跸防边列万夫。褒姒冢前烽火起，不知泉下破颜无。”而宋代诗人也这样形容骊山：“由来留连多丧国，宴安鸩毒因奢惑。三风十愆古所戒，不必骊山可亡国。”

但骊山何其无辜，它静静地矗立在此，只因地热丰富，温泉繁多而成为历代皇家的离宫别墅。尽管历经多朝，历史在它身上烙下不可磨灭的印记，尽管有无数诗句赞颂它、感慨它、谩骂它、贬斥它，但秦皇汉武和明皇早已作古。就如张养浩在《山坡羊·骊山怀古》中所写的那样：“骊山四顾，阿房一炬，当时奢侈今何处？只见草萧疏，水萦纡，至今遗恨迷烟树。列国周齐秦汉楚，赢，都变做了土；输，都变做了土。”

教养关键词·KEY WORD

1.对孩子学习有关周、秦、汉、唐的历史典故有帮助

骊山古迹众多，是名山里的“史书”，游骊山，处处有历史典故。孩子来到这里，耳濡目染，可以更直观地学习这些历史知识。

2.带孩子亲临现场，见识兵马俑的壮丽景观

秦始皇陵就在骊山，而兵马俑被称为世界第八大奇观。孩子或许曾在书上或者电视中见过兵马俑，但都不如带他亲临现场，让他亲身感受一下这闻名世界的奇迹。

3.让孩子明白撒谎的后果

给孩子讲有关周幽王的历史，并分析周幽王为什么会被天下诸侯抛弃，让孩子明白，欺骗别人最终是会被人讨厌、被人唾弃的。

提示·提示·TIPS：

骊山是秦岭北侧的一条支脉，位于西安临潼区城南，可在西安火车站乘307路公交车去往骊山景区。

风景·SCENERY

带着孩子边走边看

骊山风景秀丽，历史悠久，典故颇多。相传女娲补天的地方正在此处，而周幽王也在此建骊宫，秦始皇时改为骊山汤，汉武帝时扩建为离宫，唐太宗营建宫殿取名汤泉宫，唐玄宗扩建取名华清宫，因此地以温泉为特征，又称华清池。骊山就像一个盛着历史故事的大口袋，当我们带着孩子来到这里时，可以给他们讲述一个又一个妙趣横生的历史故事、成语典故。

骊山脚下

骊山之下，还长眠着中国历史上最有名的帝王——秦始皇。而考古界最神秘的秦始皇陵，也正在此处。千年的岁月，为骊山留下了宝贵的、不可替代的财富，而这些财富对于孩子来说，更是可遇而不可求的。不到骊山，你便不能身临其境，不能理解秦皇汉武对它的执着。不到骊山，我们便无法真切感受岁月轮回之间，在此究竟发生了多少惊天动地，乃至改天换地的故事。

女娲宫

在中国早期神话中，有一位化育万物、造福人类的女神，她就是女娲。水神共工与火神祝融为独霸天下而发生恶战。共工最后战败，恼羞成怒，用头猛撞不周山，使这根擎天柱倾倒，天空坍塌，露出一个可怕的黑窟窿。地面上洪水滔滔，大火蔓延。女娲为了拯救天地和人类，便在骊山挑选彩石，熔炼成胶糊，把天上的窟窿补好。然后杀了一只神龟，砍下它的四只脚立在大地四方，牢牢地把天支住。最后，女娲用芦苇灰填沟堵水，赶走无数的恶禽怪兽，把人类从灾难中拯救出来，世界又充满了生机。人们感激女娲，尊她为“骊山老母”，并为她在骊山建祠，称女娲宫。

女娲宫

烽火台

西绣峰上有西周时期所建的烽火台遗址，距今已有三千多年的历史，也是“烽火戏诸侯”事件的发生地。烽火台是周王朝为防御外敌侵犯而修筑的兼有防守和通信两大功用的设施。当有外敌来犯时，烽火台之间依次传递警报，其方法是白天烧狼粪以烟为号，人们形容战争说“狼烟四起”就源于此，晚间则烧干柴以火光为号。

西安事变

“九一八”事变后，蒋介石偕夫人宋美龄来到陕西，以游山玩水为名，布置大规模的剿共活动。期间，张学良、杨虎城两位将军在洛阳、西安、临潼等地数次劝谏蒋“联共抗日”均遭到拒绝。1936年12月12日凌晨4时许，张、杨带兵对骊山上的华清池形成包抄之势，酣睡中的蒋介石突闻枪响，仓皇中在两名侍卫搀扶下从华清池五间厅后窗逃跑，藏于半山腰一虎斑石东侧石峡洞中，后来被搜山部队发现，扶掖下山，送往西安。这就是震惊中外的西安事变，它是中国近代史的一个重要转折点。

骊山晚照

晚照亭位于西绣峰老君殿东，取骊山晚照之意，建于1981年。站在晚照亭北侧，可鸟瞰华清池、东花园、临潼全景和渭水。骊山晚照是“关中八景”之一，据说，每当雨过天晴、云开雾散时，骊山就似一匹青色的骏马，青翠欲滴，清晰可见，在夕阳下披上一层迷人的金色，更显得流光溢彩，妩媚动人。有诗曰：“日暮夕阳红似火，疑似烽火自西来。”

1.烽火台

2.西安事变旧址

3.骊山晚照

■诗词延伸

君门如天深几重，君王如帝坐法宫。
人生难处是安稳，何为来此骊山中？
复道凌云接金阙，楼观隐烟横翠空。
林深雾暗迷八骏，朝东暮西劳六龙。
六龙西幸峨眉栈，悲风便入华清院。
霓裳萧散羽衣空，麋鹿来游猿鹤怨。
我上朝元春半老，满地落叶无人扫。
羯鼓楼高挂夕阳，长生殿古生青草。
可怜吴楚两醯鸡，筑台未就已堪悲。
长杨五柞汉幸免，江都楼成隋自迷。
由来留连多丧国，宴安鸩毒因奢惑。
三风十愆古所戒，不必骊山可亡国。

——苏轼·《骊山》

华清池 这里的故事与“爱”无关

春寒赐浴华清池，温泉水滑洗凝脂。
侍儿扶起娇无力，始是新承恩泽时。
云鬓花颜金步摇，芙蓉帐暖度春宵。
春宵苦短日高起，从此君王不早朝。
——白居易·《长恨歌》（节选）

故事·STORY

长恨歌

乍暖还寒之时，唐明皇带着爱妃杨玉环来到了华清池，并赐她在此沐浴。华清池的温泉水温暖柔滑，洗净了贵妃娘娘如凝脂一般的肌肤。洗浴完后，侍女将娇懒无力的贵妃扶出了浴池。她的容颜如花，鬓发如云，走起路来，头上戴的金步摇随着她的脚步微微颤动。绣着芙蓉图案的床帐，挡住了初春的严寒，在此共度良宵是再也适合不过的了。美人在怀，良宵苦短，太阳都晒到屁股了，唐明皇才依依不舍地睁开双眼，再也不愿早早上朝去和大臣们商议国事了。

在作这首诗的时候，白居易正在盩厔（zhōu zhì，即周至）县任县尉。一天，他和友人陈鸿、王质夫同游仙游寺，忽然有感唐明皇、杨贵妃的爱情故事，然后创作了这首诗。在这首长篇叙事诗里，白居易以精练的语言、叙事和抒情结合的手法，叙述了唐明皇、杨贵妃在安史之乱前后的爱情悲剧。而华清池，也因这首诗而闻名于世。

中国已知温泉多达2700多处，唯有华清池温泉以芳香凝脂、动人的故事名冠诸泉之首，有“天下第一御泉”的美称。华清池温泉水温常年保持在43℃，水质纯净，细腻柔滑，水中含有二氧化硅、氟离子等十多种矿物质。据说，华清池温泉第一出水口对风湿、关节炎等疾病均有明显的疗效，所以吸引了历代帝王沐浴游幸。公元747—757年，每年10月至次年暮春，唐玄宗都会带杨贵妃姐妹驾临华清池避寒游乐。

读罢《长恨歌》，许多人都说，华清池最引人向往的并不是景，而是情，是唐明皇对杨玉环的一片痴情和满满的宠溺，是一个帝王肯舍下身段、放弃尊严，以常人之情去追求、呵护他的女人。但果真如此吗？

华清池，因杨贵妃之名流传千年，但杨贵妃，却最终失去了唐明皇的庇护，被逼死在马嵬坡前。那个曾说爱她的帝王，并不曾变心，但在她最

需要他的时候，他却无力挽救自己最心爱的女人。

其实，我们读罢《长恨歌》，并带着孩子来到此处，不是为了告诉他，唐明皇和杨贵妃的爱情有多么凄美，多么令人动容。相反，我们应当告诉他们：这里的故事，与“爱”无关。这个故事，看似有“情”，更似“绝情”。

明皇并不懂爱。若是他懂得如何去爱一个人，又怎会让他的爱去深深伤害这个人。若是他知道如何把握自己的爱，又怎会让自己的爱人落得任人非议、群起而攻之的地步。若是他真的有情，又岂会眼睁睁看着心爱之人被活生生绞死在眼前，却只能凭空落泪，无力挽救。

《长恨歌》其实不曾言爱，白居易所表达的只不过是明皇有情，一见钟情。钟情，更钟脸。若非如此，他怎会舍梅妃，而抢占自己儿子的妻子？华清池中倩影所胜出的，只不过是青春靓丽罢了。

站在华清池前，我们应该告诉孩子，人要会爱，懂爱，更要分得清什么是爱。爱的感觉，应该是温暖、温馨，现实之中“爱”的结局，也绝不

华清池一角

应以悲剧收场。悲剧虽美，但放在文学艺术作品中更为恰当，若是落到了自己身上，那滋味，未必仅仅只是痛彻心扉能够形容。

我们还可以指着那些大大小小、形态各异的温泉告诉孩子：《长恨歌》之所以是悲剧，不是因为帝王不配有爱，而是因为他没有了解什么才是真正的爱。爱不是绝对拥有，不是无限制地宠溺，更不是“用我的宽容，将你惯坏”。爱，其实不能成为丢失江山的借口。江山和美人，其实可以共存，这两者，并不是二选其一的选择题。

孩子还小，他或许对这些讲述一知半解，或者完全不能理解，但我们依然应在这里告诉他：不会爱的人，爱也会变成一种利器，伤害你所爱的人，所以，不要在不懂爱的时候，将爱情视为生命的全部。因为在往后的日子里，在孩子的生命中，远有许多比爱情更为重要的事等着他们去经历，去完成。

教养关键词 · KEY WORD

1.华清池更适合13岁以上的孩子游玩

13岁的孩子正处于叛逆期，他们在接触了大量描写爱情的电视剧、电影、小说之后，内心已经开始对爱情有所憧憬，但孩子这个时候还不会分辨什么是好感，什么是爱，也不会了解它在生活中所占的比重。这个时候，家长必须对他们进行爱的教育，爱的引导，而在旅途中潜移默化地完成这个工作相对来说是不会招致逆反的办法。

2.带孩子一起感受千年之前的帝王别墅

华清池从周代开始，就作为皇家的离宫别墅，无论是文化深度，还是艺术造诣，都非同一般。可以带着孩子感受千年前园林的艺术气息。

3.跟着孩子一起数数华清池中究竟有几处温泉池

家长可以在这里跟孩子一起做个小游戏，数一数华清池中一共有几处温泉池，并用笔描绘出它们的形状，然后让孩子充分发挥想象，问问他们这些温泉池还可以建造成什么样子。

提示 · TIPS：

华清池又名华清宫，位于西安城东，骊山北麓，距西安30千米，自古就是游览沐浴胜地，是全国第一批重点风景名胜区，1997年国务院公布华清宫遗址为全国第四批重点文物保护单位。

风景 · SCENERY

带着孩子边走边看

华清池与黄山温泉、安宁的碧玉泉并称为我国温泉“三奇”。它是千年前帝王无比奢华的离宫，始于周，兴于汉，殁于唐。它有数个美丽而动听的名字：华清宫、骊宫、汤泉宫、温泉宫……但没有任何一个名字比华清宫更令人耳熟能详，更令人记忆犹新。华清池畔，佳人已逝，但她的缕缕香魂，绝妙身姿，却仿佛依然能被我们感知。

“一骑红尘妃子笑，无人知是荔枝来。”那快马加鞭、疾驰而上的驿马奔跑的方向，正是华清宫。华清池或许正是悲剧开始的地方，但这却

华清池一角

丝毫不影响它的美。今天，当我们带着孩子来到这里，我们看见的，依然是一片清幽的美景。

海棠汤

海棠汤

海棠汤俗称“贵妃池”，始建于公元747年，因平面像一朵盛开的海棠花而得名。白居易《长恨歌》中“春寒赐浴华清池，温泉水滑洗凝脂。侍儿扶起娇无力，始是新承恩泽时”的杨贵妃在这花朵一样的浴池中沐浴了近十个春秋。

九龙湖

面积为530平方米的九龙湖，分成上下两个湖，中间有长堤东西横贯。堤上西边为晨旭亭，东边是晚霞亭，二亭相互对应，与湖南岸的龙吟榭相映成趣。龙吟榭下有一个大龙头，龙口泉水淙淙，长年不绝，所以取名为龙吟榭。九龙桥上有八龙吐水，与龙吟榭下的大龙头合为九龙之数，因而以九龙命名。

《长恨歌》书墙

华清池作为唐玄宗与杨贵妃演绎罗曼史的历史舞台，令文人雅士竞相吟咏。据说，毛泽东很喜爱《长恨歌》，20世纪60年代的某一天，他忙里偷闲，准备挥笔书写这首长诗。白居易的《长恨歌》原稿120行，通篇840个字。毛主席从“汉皇重色思倾国”开始书写，当他写到第32行“惊破霓裳羽衣曲”时，却被人打断了。而后来他也没再续写，因此，刻在这面书墙上的只有224个字。

1.九龙湖

2.《长恨歌》书墙

■诗词延伸

梅好惟嫌淡伫，天教薄与胭脂。
真妃初出华清池。酒入琼姬半醉。
东阁诗情易动，高楼玉管休吹。
北人浑作杏花疑。惟有青枝不似。

——王安石·《西江月》

终南山 三秦论天高，谁与我争雄

太乙近天都，连山到海隅。
白云回望合，青霭入看无。
分野中峰变，阴晴众壑殊。
欲投人处宿，隔水问樵夫。
——王维·《终南山》

故事 · STORY

悠然见南山

天气晴好，作者来到长安市郊的终南山游乐踏青，壮观的景色令他神清气爽。终南山巍峨挺拔，太乙峰都快要触摸到仙界的天都星了，山势层峦叠嶂，一直蜿蜒到天际。白云在山顶缭绕，回望过去连成一片，青色的雾霭迷迷茫茫，一直蔓延到终南山的深处，消失不见。作者抬头仰望，终南山的主峰将山的东西两侧隔开，各山间山谷景色迥异，山中阴晴多变。作者慢慢走进山中，在小溪对面远远看见了一个樵夫，便朗声问道："在这附近，可有供我投宿的人家？"

终南山又名太乙山、地肺山、中南山等，是秦岭山脉的一段，西起陕西眉县，东至西安蓝田县，千峰叠翠，景色优美，素有"仙都""洞天之冠"和"天下第一福地"的美称。对联"福如东海长流水，寿比南山不老松"中的南山指的就是此山。

王维的这首《终南山》，更是描写终南山的绝世佳句，只言片语，就将山的气势、山的精髓尽数道来。全诗意境清新，宛若一幅泼墨成云、挥笔成水的山水画。

终南山，是历代诗人心中高高在上的梦中圣山，张衡在他的《西京赋》中这样描写道："终南山，脉起昆仑，尾衔嵩岳，钟灵毓秀，宏丽瑰奇，作都邑之南屏，为雍梁之巨障。其中盘行目远，深岩邃谷不可探究，关中有事，终南其必争"在张衡的心目中，终南山与西王母所住的昆仑山同起一脉，地位甚至高于五岳。而韩愈去广东潮州，途经终南山时，也写下了"云横秦岭家何在，雪拥蓝关马不前"的名句。就连晋代陶渊明那句家喻户晓的名句"采菊东篱下，悠然见南山"也是指终南山。

更令人惊叹的是，此山还是中国诗歌的发祥地之一。先秦诞生的《诗经》中已经不乏吟诵终南山的名篇。《小雅 · 天保》以"如南山之寿"比喻人福寿绵长，《小雅·节南山》又以南山起兴，斥讽权贵。可以说，早在《诗经》时代，终南山已是周人动之于情而发之于言、咏之于歌的常用意象，从那时起，它就是中国最富于诗味的名山之一。

终南山，造就了中国诗文化的根基。它虽非秦岭的最高峰，但在历代诗人墨客的心中，秦岭山系之内却没有任何一座山能与它相提并论。三秦之地，终南虽非最高，但在世人心中，它却早已与天同齐。这样一座富有文化韵味，承载着中国诗魂的名山，我们又怎能不带着孩子到此好好游历一番呢？

不过，终南山势不如泰山，险不比华山，秀不若黄山，那么，它究竟有什么魅力，在诗人们的心中有着如此崇高的地位？这大概是因为终南山自古就有隐逸的传统。而隐居，有史以来便是中国文人心中的一个终极梦想。有不少人，在文学成就达到一定高度的时候，他们就开始渴望远离喧嚣的尘世，希望能到一个隐匿、幽静的世外桃源安然修身养性。中国历史上的不少名人都曾做过“终南隐士”，相传西周的开国元勋姜子牙，入朝前就曾在终南山的磻溪谷中隐居。

终南山

在古人的心目中，隐居修行就意味着有得道成仙的可能。功成名就之后，还有什么能比羽化升仙更加吸引人呢？这是包括帝王在内都无法逃脱的终极诱惑。大家一定都看过金庸先生的武侠小说吧，还记得全真教、杨过和小龙女的故事吗？还记得那个神秘的古墓派吗？来到终南山，你一定会发现，这一切未必都只是金庸先生的神奇想象，王重阳、丘处机，重阳宫和活死人墓，居然是真真切切存在于此的。

还有什么更能令孩子兴奋呢？

当孩子来到此处，一定会惊叹这里的神奇。终南山的魅力居然如此无穷无尽，现实与梦境在这里和谐交融，历史与传说在这里互为因果，无论是诗歌还是小说，都能在这里获得极多的灵感。终南山，是唐人心中最崇高的山峰，是秦岭最富有神秘气息的圣山，更是艺术家梦中不可多得的艺术源泉。

教养关键词·KEY WORD

1.与孩子共同探讨与终南山有关的文学名著

终南山一直是文人墨客最钟爱的创作题材之一，我们可以在来到这里之前，先找出数本与终南山有关的文学作品，先将作品里的故事讲给孩子听，再让孩子带着故事，来探索现实中的终南山。

2.锻炼孩子的文学想象能力

让孩子以终南山的某个景点为题，充分发挥想象力，写一篇作文，可以将爸爸、妈妈、老师、同学作为文中主角。

3.挖掘更多关于终南山的传说

从古至今，有关终南山的传说数不胜数，游览完终南山之后，可以让孩子翻阅资料，查找有关终南山更多的神话传说，这样做可以锻炼孩子搜集、整理信息的能力。

提示·TIPS：

终南山，位于陕西省西安市长安区城南15千米处，它东起盛产美玉的蓝田山，西至秦岭主峰太白山，横跨蓝田、长安、鄠邑、周至等地，绵延100余千米，天造地设，雄峙在古城西安之南，成为西安城高大坚实的依托、雄伟壮丽的屏障。

风景·SCENERY

带着孩子边走边看

也不知是旅游宣传不够力度，还是因为时代的变迁，终南山这个自周

终南山

代开始，历朝历代文人雅士心中的不朽名山，在近年来却从人们的视线里淡去，就如同传说隐居在山中的五千隐士一般。

初见它，可能是在历代诗歌及神怪小说之中，再听闻，它又成为近代武侠小说中不可缺少的一个重要元素，写武侠而不写终南山者极为少见。但真实的终南山，究竟是什么样子呢？当孩子以为那只是个传说中的地方时，家长应当立即做出一个决定，那就是背上行囊，踏上前往西安的列车，带着孩子去看看这座曾经令无数文人心驰神往的名山。

楼观台

终南山为道教发祥地之一。据传楚康王时期，函谷关关令是当时的天文星象学家尹喜，他在终南山中结草为楼，每日登草楼观星望气。一日，尹喜忽然看见紫气东来，吉星西行，他预感到必有圣人经过此关。不久，一位老者身披五彩云衣，骑青牛而至，原来是老子西游入秦。尹喜忙把老子请到楼观，执弟子礼，请其讲经著书。老子在楼观南的高岗上为尹喜讲授《道德经》五千言，然后飘然而去。传说今天的楼观台就是当年老子讲经之处。

太乙池

太乙池为山间湖泊，据说是由唐天宝年间的一次地震造成的。这里四周高峰环列，池面碧波荡漾，山光水影，风景十分优美，如泛舟湖上，可穿行于峰巅之间，尽情地享受大自然的情趣，其乐无穷。太乙池之西的风洞，高15米，深40米，由两大花岗岩夹峙而成。洞内清风习习，凉气飕

1.楼观台

2.太乙池

飕，故称风洞。风洞之北的冰洞，虽盛夏亦有坚冰，寒气逼人。现在，山中有一个水库，泻水时飞瀑倾流。由山下望去，素练悬空，气势磅礴，亦成一景。每年农历六月初一至初三，翠华庙前皆有庙会。这时，游人如潮，十分热闹。

活死人墓

金庸小说《神雕侠侣》中的古墓，是全真教祖师爷王重阳出道前的修行之所，后来林朝英与其打赌能以手指在石上刻字，王重阳认输后将此古墓让给林朝英居住，林朝英便是古墓派的创始人。这里也是杨过与小龙女相识、相恋、隐居的地方。古墓堆前面有一碑石，上面刻着“活死人墓”几个大字。据当地专家讲，以前曾经开过墓道，发现里面确有地下室，看下去深不见底，为了安全起见，没有让人进去，就用土封住了。据记载，王重阳早期曾经在活死人墓中修炼两年，还写了一首《活死人墓赠宁伯功》的七绝诗，描绘了这种特殊的修炼方法。

活死人墓

■诗词延伸

南山塞天地，日月石上生。
高峰夜留景，深谷昼未明。
山中人自正，路险心亦平。
长风驱松柏，声拂万壑清。
即此悔读书，朝朝近浮名。
——孟郊·《游终南山》

【第一辑】留给孩子的旅行思考题

1. 唐王李世民为什么要建造大明宫?

2. 岑参的诗《与高适薛据同登慈恩寺浮图》里描写的是哪座塔?

3. “烽火戏诸侯”的典故跟古代哪位帝王有关?

第二辑

寻秦之旅——千年城阙，唯我三秦

咸阳 中华帝都我第一

咸阳宫阙郁嵯峨，六国楼台艳绮罗。
自是当时天帝醉，不关秦地有山河。
——李商隐·《咸阳》

故事 · STORY

两千多年前的首都

咸阳城，千门万户，坐落重重，其宫殿门阙、楼台亭阁无不显示出威严。而在秦始皇仿作的六国建筑里居住着从各诸侯国抢来的妃嫔媵嫱，佳丽绝艳，显现着大秦帝国的强盛与繁华。秦朝灭亡之后，这座当年宏伟壮丽的咸阳城，竟毁于项羽的一把大火。难道当时天帝醉了，失却了对秦地美丽山河的关照？

咸阳位于八百里秦川腹地，因渭水在它南边流过，九嵕（zōng）山在它的北边高耸，山南水北俱为阳，所以称作咸阳。而“咸”字在古代有“都”的意思，比如老少咸宜，就是老少都适合的意思。

在李商隐的这首《咸阳》里，关于“天帝醉”这个词，有个更神奇的传说。据说，秦穆公有一次长睡不醒，当大家都以为他再也不会醒来之时，他却突然苏醒了，并对身边的人讲，他在梦中觐见了天帝，天帝非常高兴，不但让他欣赏了“钧天广乐”，还请他饮酒，并在酒醉未醒之时，把金策也赐给了他。所以后来，秦国才能占据山川秀美的关中，一统天下。

秦始皇统一全国后，咸阳成为全国政治、经济、交通和文化中心。咸阳有着2350多年的建城史，是古丝绸之路的第一站，是中原地区通往大西北的咽喉要道，是中国著名的古都之一。

咸阳素以“秦都”“帝陵”“明城”闻名于世，但事实上，这座城市的历史不仅仅只是从它作为帝都开始。若要在所有的历史名城里找出一个建城比咸阳还要久远的地方，并不是一件很容易的事。我们带着孩子来到这里，就是要让他们看看，华夏上下5000年的历史，都能在咸阳找到不可磨灭的痕迹。

流经咸阳的渭河、泾河是中华民族的发祥地之一。早在4000年以前的

咸阳古城楼

上古时代，我们的祖先就在这块土地上繁衍生息。位于咸阳市秦都区西南的尹家村遗址，是一处新石器时代原始村落的遗址，它的总面积约150万平方米，而类似这样的遗址，在咸阳不下十来处。

咸阳城建于夏代，即公元前21世纪，那时，咸阳市西部为有邰氏封地，东南部为有扈氏管辖地，北部为畎夷等原始氏族部落。殷商时期，发展到邰、豳、程、犬方等方国。

公元前1046年，周武王灭商纣，建立周朝，定都镐京，封其弟姬高于今天的咸阳。

公元前350年，秦孝公迁都于此，中间历经秦国五代秦王。而至公元前221年，秦始皇统一中国，直到秦王朝灭亡为止，咸阳作为秦国和秦王朝的都城达144年之久。

咸阳，作为中国历史上第一个封建统一集权国家的都城，它不仅有着深厚的历史底蕴，两千多年来，更吸引了历代文人墨客的目光，引得他们用浓重的笔墨和不尽的诗情画意借景抒怀、咏叹感伤，给古老的咸阳留下了千年的咏叹、不朽的诗篇。

温庭筠就曾写下《咸阳值雨》的美妙佳句："咸阳桥上雨如悬，万点空蒙隔钓船。还似洞庭春水色，晓云将入岳阳天。"而唐代诗人胡曾也曾描写过发生在咸阳的细柳营故事："文帝銮舆劳北征，条侯此地整严兵。辕门不峻将军令，今日争知细柳营。"

不过，如果咸阳仅仅只是吸引了文人墨客，那它的魅力未免会大打折扣。事实上，咸阳还算得上是西汉王朝皇家专用的墓地。在咸阳，有汉高祖长陵、汉惠帝安陵、汉文帝霸陵、汉景帝阳陵、汉武帝茂陵、汉昭帝平陵、汉宣帝杜陵、汉元帝渭陵、汉成帝延陵、汉哀帝义陵、汉平帝康陵。而这些陵墓周围还有许多权贵功臣的陪葬墓。为了守护这些帝陵，官府当时还从全国各地迁徙富豪大家，在皇陵周围设置邑县，其繁华不让秦代。

埋葬在古老帝陵中的历史风云人物，总是对21世纪的现代人具有极大的诱惑力。脚踩秦宫之地，秦始皇、项羽、刘邦等历史枭雄仿佛一个个迎面走来。历史传奇创造了太多的空幻迷离，厚重的典籍压得我们几乎窒息。这不禁令后人叩问阿房宫，厚土之下，究竟谁是英雄？

教养关键词·KEY WORD

1.告诉孩子，不可以貌取人，更不可以貌取城

咸阳，是一个很容易就被现代人忽略的地方。初到这里时，孩子很容易小瞧咸阳灰头土脸的外表。但当我们对它深入研究时，才会惊叹，以貌取城终究是不对的。

2.让孩子将"天帝醉"的故事扩展开来，写成一篇短篇小说

游历史古城，景色倒是其次，让孩子了解历史，自己解析历史，发挥想象才是更为重要的事情。在游城之时，让孩子将听到的故事自由发挥，可以很快提高他们的写作水平。

3.在咸阳北原任选一个感兴趣的帝陵，找出葬在里面的帝王的故事

家长可以和孩子一起来完成这个任务。家长是孩子的一面镜子，是孩子成长最好的榜样，旅行之时，若家长能以身作则，表现出对历史的极大兴趣，孩子也会爱上历史。

提示 · TIPS:

咸阳位于陕西省八百里秦川腹地。它东邻省会西安，北与甘肃接壤，是我国中原地区通往大西北的要冲。从西安到咸阳有三条路线可选：

1. 从火车站旁的省汽车站乘坐西安至咸阳的39路北线。
2. 从汉城路或城西客运站乘坐59路公交或西安至咸阳的中巴。
3. 从胡家庙乘坐K630公交到咸阳陈扬寨。

风景 · SCENERY

带着孩子边走边看

咸阳，真是一个令人惊叹的地方。曾有人这样形容它：西安城的瓦，明长城的砖，都不及咸阳郊外的一捧土。咸阳，它给人的印象无疑是古朴、沉郁。这一点不错，咸阳城内的每一块城砖都见证过历史的变迁，咸阳古村里的每一棵老槐都散发着历史的芳香。质朴的秦人，在这里生生不息、勤劳奋斗。

千古咸阳，其一砖一瓦、一草一木，甚至是那高亢嘹亮的秦腔，都值得孩子们去探索、去挖掘、去感受。

咸阳城郊

乾陵

乾陵，是中国乃至世界上独一无二的一座两朝帝王、一对夫妻皇帝的合葬陵。里面埋葬着唐王朝第三位皇帝高宗李治和中国历史上唯一的女皇帝武则天，是全国重点文物保护单位。建于公元684年，历时23年才修建完成。

大佛寺

大佛寺是国家级重点文物保护单位，位于彬县西10千米的西兰路旁，寺窟始凿于北朝时期，大规模开凿于唐初，贞观二年（公元628年）基本建成，是唐太宗李世民为纪念他指挥的彬州浅水原大战和五龙阪大战中的阵亡将士而建的，起初名为应福寺，北宋改名庆寿寺，明以来俗称大佛寺，以阿弥陀佛造像高大精美而得名。

大佛寺因山起刹，雕石成像，共130多个石窟，错落有致地分布于约400米长的立体崖面上。共有佛龛446处，造像1980余尊，分为大佛窟、千佛洞、罗汉洞、丈八佛窟四部分，曾被清代学者毕沅誉为“关中第一奇观”。

秦咸阳城遗址

遗址中部偏北的北坂一带，发现了周长2747米的宫城墙基。宫城内外，已探明建筑基址20余处，发掘了属高台建筑的一、二、三号宫殿遗址。一号宫殿基址平面呈“凹”字形，长177米，宽45米，夯土台基高出地面6米，分为上下两层。上层正中为主体宫殿，周围及下层分别为卧室、盥洗室、沐浴室，室内墙上绘制壁画。

遗址内还发现了长近千米的宽阔道路，以及冶铸、制陶、制骨等作坊遗址，发掘灰坑100多处，水井70余口。出土遗物以砖瓦等建筑材料为主，还有铁器、铜器、兵器和陶器等，其中不少砖瓦和陶器上戳印有篆、隶体陶文，是研究秦都咸阳的珍贵文字资料。

1.乾陵

2.大佛寺

3.秦咸阳城遗址

阿房宫遗址

秦始皇统一全国后，国力日益强盛，国都咸阳人口增多。公元前212年，他在渭河以南的上林苑中开始营造朝宫，即阿房宫。由于工程浩大，秦始皇在位时只建成一座前殿。据《史记·秦始皇本纪》记载：“生作前殿阿房，东西五百步，南北五十丈，上可以坐万人，下可以建五丈旗，周驰为阁道，自殿下直抵南山，表南山之巅以为阙，为复道，自阿房渡渭，属之咸阳。”秦始皇死后，秦二世胡亥继续修建。唐代诗人杜牧的《阿房宫赋》写道：“覆压三百余里，隔离天日。”

阿房宫遗址

■诗词延伸

箫声咽，秦娥梦断秦楼月。
秦楼月，年年柳色，灞陵伤别。
乐游原上清秋节，咸阳古道音尘绝。
音尘绝，西风残照，汉家陵阙。
——李白·《忆秦娥》

渭南 说不完的华夏起源故事

尚书文与武，战罢幕府开。
君从渭南至，我自仙游来。
平昔苦南北，动成云雨乖。
逮今两携手，对若床下鞋。
——李商隐·《戏题枢言草阁三十二韵》（节选）

故事 · STORY
仓颉造字

因为战争的关系，我最亲爱的人啊，你远在千里迢迢的北国渭南，而我在南方千山万水之外的仙游。更多的时候，我们两个人一南一北，即便偶尔相聚，也会匆匆自电闪雷鸣、狂风骤雨中分开。如今，我们终于可以携手走在一起，将我们的鞋子并排放在床下了。

渭南，在《全唐诗》中被提及的并不多，唯独李商隐的这首《戏题枢言草阁三十二韵》里略有提及。但这并不代表渭南是个默默无名的小地方，事实上，在诗歌的历史中，渭南应该算是元老级的“人物”了。

渭南是中华民族的发祥地之一。据考证，中华民族所称的华夏即源于渭南。“华”即华山，而华山所在的华阴市，今天也正归渭南管辖，而“夏”指的是夏阳，也就是今天渭南管辖的韩城市。在这块狭长地带产生的文明就是华夏文明，因此渭南也有“华夏之根”的称谓。

渭南的历史甚至可以追溯到距今20万年以前。那时，大荔人就已在这里繁衍生息，刀耕火种。而仓颉、杜康、司马迁、杨震、隋炀帝、寇准、郭子仪、白居易、王鼎、王杰、杨虎城等令人耳熟能详的名字，也都在渭南名留青史。

渭南在唐诗中不算出名，是因为唐代的渭南范围实在太大，而诗人们所吟颂的，往往只是渭南的一个或几个景点。事实上，渭南在中国的诗歌史上有着不小的名头。《诗经》的开篇之作《关关雎鸠》，讲的正是古代渭南合阳流传的爱情故事。

不过，当我们带着孩子来到渭南时，讨论古诗词却并不是我们唯一能做的事情。在这里，有着一个不得不说的华夏起源的故事。我们可以先问问孩子：“知道汉字是谁创造的吗？”

在古代传说里，这个创造汉字的人，名叫仓颉。

仓颉庙外

相传仓颉在黄帝手下当官。黄帝分派他专门管理圈里牲口的数目、屯里食物的多少。可慢慢地，牲口、食物都在逐渐增加、变化，光凭脑袋完全无法记住。仓颉犯难了。他整日整夜地想办法，先是在绳子上打结，用各种不同颜色的绳子，表示各种不同的牲口。但时间一长，这个办法就不奏效了。增加的数目在绳子上打个结很简单，而减少数目时，在绳子上解结却十分麻烦。

后来，仓颉又想到了一个办法，那就是在绳子上打圈圈，然后在圈圈里挂上各式各样的贝壳，来代替他所管的东西。增加了，就添一个贝壳，减少了，就去掉一个贝壳，这个办法比之前的要管用得多。黄帝见仓颉这样能干，非常高兴，于是叫他管的事情越来越多。

于是，每一年祭祀的次数，每一回狩猎的分配，以及部落人丁的增减，这些事情的管理统统落到了仓颉的头上。这下，仓颉又犯愁了，凭着添绳子、挂贝壳已经记不住所有的内容。究竟要怎样才能不出差错呢?

一天，仓颉参加集体狩猎，走到一个三岔路口时，看见几个老人正在为往哪条路走争执不休。一个老人坚持要往东，说有羚羊；一个老人要往北，说前面不远就可以追到鹿群；一个老人偏要往西，说有两只老虎，不及时打死就会错过机会。

仓颉一问，原来他们都是看着地面野兽的脚印认定的。他心中猛然一喜：既然一个脚印代表一种野兽，我为什么不能用一种符号来表示我所管的东西？想到这里，他高兴地奔回家，开始创造各种符号来表示事物。果然，靠着这个办法，仓颉把事情管理得井井有条。

黄帝知道后，大加赞赏，命令仓颉到各个部落去传授这种方法。渐渐地，这些符号的用法推广开了，最终形成了文字。仓颉造了字，黄帝十分器重他，大家也都称赞他，他的名声越来越大。过了没多久，仓颉的头脑就有点发热了，他开始什么人也看不起，造的字也逐渐马虎起来。

看着仓颉的表现，黄帝很恼火。但光恼火没有用，怎么叫仓颉认识到自己的错误才是正事。黄帝召来了身边最年长的老人商量。这老人长长的胡子上打了120多个结，表示他已是120多岁的老人了。老人沉吟了一会儿，独自去找仓颉了。

仓颉正在教各个部落的人识字，老人默默地坐在最后，和别人一样认真地听着。仓颉讲完，别人都散去了，唯独这老人不走，还坐在老地方。仓颉有点好奇，上前问他为什么不走。

老人说："仓颉啊，你造的字已经家喻户晓，可我人老眼花，有几个字至今还糊涂着呢，你肯不肯再教教我？"

仓颉看这么大年纪的老人都这样尊重他，很高兴，催他快说。老人说："你造的'马'字、'驴'字、'骡'字，都有四条腿吧？而牛也有四条腿，你造出来的'牛'字怎么没有四条腿，只剩下一条尾巴呢？"

仓颉一听，心里有点慌了。自己原先造"鱼"字时，是写成"牛"样的，造"牛"字时，竟写成"鱼"样的。都怪自己粗心大意，竟然弄颠倒了。

老人接着又说："你造的'重'字，是说有千里之远，应该念出远门的'出'，而你却教人念成重量的'重'。反过来，两座山合在一起的'出'字，本该为重量的'重'，你倒教成了出远门的'出'。这几个字真叫我难以琢磨，只好来请教你了。"

这时，仓颉羞得无地自容，深知自己因为骄傲而铸成了大错。但这些字已经教给了各个部落，传遍了天下，改都改不了。他连忙跪下，痛哭流涕地表示忏悔。老人拉着仓颉的手，诚恳地说："仓颉啊，你创造了字，使我们老一代的经验能记录下来传下去，你做了件大好事，世世代代的人都会记住你的，但你可不能骄傲自大啊！"

从此以后，仓颉每造一个字，总要将字义反复推敲，还要拿去征求人们的意见，一点儿也不敢粗心。

故事讲完了，尽管这个故事的原型有待考证，但故事里的主人公仓颉有一座庙，而这座庙正在渭南。

教养关键词 · KEY WORD

1.用仓颉的故事教导孩子不可骄傲自满

仓颉造字的传说告诉我们，即便做出了成绩，也不可骄傲自满。孩子或许会花上很长一段时间，付出很多心血和努力才做出一点儿成绩，但一旦骄傲自满，便有可能给前面所有的努力带来污点。

2.和孩子一起研究字体结构

现今进入电脑时代，孩子打字多了，再拿起笔来就很容易忘记许多字究竟怎么写。借着仓颉的故事，我们可以和孩子一起讨论这个问题，帮助孩子记住汉字结构。

3.告诉孩子勤奋认真比天生聪明更重要

仓颉造字或许是他自身聪明，有天分，但后天的懒惰散漫，则会将先天聪明掩盖。我们可以告诉孩子，即使你没有其他人那么有天赋，但只要你勤奋刻苦，那么你必将比大多数聪明而不勤奋的孩子获得更多成功。

提示 · TIPS：

渭南地处陕西关中渭河平原东部，东濒黄河，与山西、河南毗邻，西与西安、咸阳相接，南倚秦岭，与商洛为界，北靠桥山，与延安、铜川接壤，是陕西省和西部地区进入中东部的"东大门"。

风景 · SCENERY

带着孩子边走边看

一座城市，它最吸引人的，并不在于风景有多美。地球上的地质地貌，总共也就那么几个类型，风景看得太多，难免会有些审美疲劳。一座城市最吸引人的，是人们在别处无法遇见的城市之魂，而这来自这座城市的气度，这座城市的传说，以及在这座城市的大街小巷里流传了百年、千年，甚至是万年的故事。渭南，它并不繁华，也并不耀眼，但若是论及传说，它一定不会辜负你的期望。

现在，我们可以带着孩子来到这里，亲眼看看这些传说发生的地方。

仓颉庙

仓颉庙位于渭南市白水县城东北35千米处的史官村，是为了纪念文字始祖仓颉而建的。仓颉去世后，当地百姓在其墓葬处修建庙宇，并将这里的村庄取名为史官村。仓颉庙历史悠久，有文字可考的庙史已有1800余年。

司马迁墓

司马迁是西汉夏阳人，于武帝元封年间任太史令，著有我国第一部传记体史书——《史记》。司马迁祠位于渭南韩城市南10千米芝川镇东南的山冈上，东西长555米，南北宽229米，面积4.5万平方米，现为全国重点文物保护单位。它东临黄河，西枕梁山，开势之雄，景物之胜，为韩城名胜之冠。

1.仓颉庙 | 2.司马迁墓

司马迁墓与司马迁祠相连，用砖砌成圆形宝顶，顶上植有古柏，枝丫遒劲，浓密青翠，为宋元所筑衣冠冢。坡下台地上筑有寝宫、享堂和配殿，四周筑成带雉堞的高墙，如城似堡，道路蜿蜒而下，居高临下，极目千里，雄伟壮观。

西岳庙

供奉西岳大帝华山神的庙宇，在华山以北5千米的岳镇街上。西岳庙始建于汉武帝时期，后成为历代帝王祭祀华山神的场所。西岳庙坐北朝南，庙门正对华山。在由北至南的中轴线上依次排列着灏灵门、五凤楼、棂星门、金城门、灏灵殿、寝宫、御书楼、万寿阁。整个建筑呈前低后高的格局。

五凤楼建于高台上，高达20多米，登楼望华山，五峰历历在目。正殿灏灵殿建筑为琉璃瓦单檐歇山顶，坐落于宽广的“凸”字形月台之上，面宽七间，进深五间，周围有回廊，气势宏伟，历代帝王祭祀华山多住于此。殿内悬挂有康熙、道光、慈禧所题“金天昭端”“仙云”等匾额。整个院落林木繁茂，山石嶙峋，饶有园林之趣。

西岳庙

■诗词延伸

渭南兵火照城山，十八盘西探马还。
似倚燕支好颜色，秋风欲向妙娥关。
——汤显祖·《胡姬抄骑过通渭》

潼关 八百里秦川，有我守护

荆山已去华山来，日出潼关四扇开。

刺史莫辞迎候远，相公亲破蔡州回。

——韩愈·《次潼关先寄张十二阁老使君》

故事 · STORY

马超刺槐

淮西大捷之后，韩愈随着唐军的部队凯旋。此时部队正要抵达潼关，随即要向华州进发。韩愈看着浩浩荡荡的部队，忽然文思泉涌，他即刻以行军司马的身份写了这首诗，用快马递交给华州刺史张贾，以此抒发胜利豪情。诗中写道：

军旗猎猎，鼓角齐鸣，大军已经浩浩荡荡地辞别了河南境内的荆山，即将到达潼关。这巍峨耸峙的潼关，在明丽的阳光下焕发着光彩，此刻四扇山门大开，就好像由狭窄不容车的险隘变为庄严宏伟的“凯旋门”一样。张贾刺史啊，你还是赶快出来准备迎接犒劳凯旋的将士们吧，我们这次能够得胜归来，都是因为宰相裴度大人亲自指挥的缘故啊。

这首《次潼关先寄张十二阁老使君》曾被称为韩愈“平生第一首快诗”，也是唐绝句中极其富有个性的佳作。它虽未直接写景，但壮观的景象却一览无余地蕴含在字里行间，令人心潮澎湃。潼关险峻耸峙、一望无际的壮阔景象，因韩愈的只言片语，从这首诗中一跃而出，气势宏大地展现在我们眼前。

东汉末年，潼关关城便已建立。随着电视剧《三国演义》的播出，小小的潼关在全国范围内开始享有不错的知名度。在上千年的历史长河里，这里一直是扼守雄师东去西往的咽喉。它南依秦岭，北临黄河，筑城立关，倚仗天险，形成千年不破的关隘。

正因为如此，潼关成为进入秦地皇城的重要隘口，潼关不破，长安无碍，而当年唐朝大将哥舒翰，也正是因为丢失了潼关，才导致叛军攻入长安，以至于唐明皇不得不带着杨贵妃匆匆逃离长安，暂避蜀地。

清朝皇帝巡游至此，仰望一夫当关、万夫莫开的关城，慨之良久，泼墨御题了“天下第一关”五个大字。从此，潼关便享有了和山海关一样的荣誉。两个名关，一个踞东，一个坐西；一个亘南北，一个断东西，都肩负了护京城、保中原的重责。

而清代大诗人、大书画家张船山的《潼关》一诗中也写道："时平容易度雄关，拍马河潼自往还。一曲熏黄瓜蔓水，数峰苍翠华阴山。登陴版牌丁男壮，呼酒烹羊守吏闲。最是绿杨斜掩处，红衫青笠画图间。"

不过，关于潼关最著名的典故，却莫过于"马超刺槐"。在潼关县境内有一棵槐树，名叫"马超槐"，又称"马超刺槐"。相传三国时期，凉州镇守马腾因儿子马超举兵反对曹操，被曹操杀死。马超听说之后，雷霆大怒，发誓一定要杀死曹操，为父报仇。

汉献帝建安十六年（公元211年）八月，马超同曹操激战于潼关，曹军大败。为了保命，他不得不舍弃部队，独自带着几个亲兵逃离战场。但马超为父报仇心切，他见曹操逃跑，便带着部队穷追不舍。

曹操是有名的美髯公，马超就在后面一边追一边喊："那个长须的就是曹操，不要让他跑了！"曹操一听，急中生智，立刻割掉了自己的胡须。但马超的西凉军仍然不肯放过他，他们追了一阵，又在后面叫道："前面穿红袍的就是曹操！"曹操不得已，只好又将长袍脱掉抛在路边，继续逃命。

正在曹操奔走之时，突然觉得背后风声虎虎，回头一看，正是马超，他顿时惊恐万状。而左右将校见马超追来，都各自逃命，完全不顾曹操的死活。这时，只听马超厉声大叫："曹贼，你跑不了！"

潼关旧照

一听此声，曹操吓得连马鞭都掉到了地上。失去马鞭，马就跑得更慢了。马超一见，从背后提枪便刺，哪知曹操绕树而走，马超盯住他的后心，举矛猛刺，却不

料刺中了那棵大槐树，等他急忙拔下时，曹操早已逃远了。从此，当地人就把这棵树命名为“马超刺槐”。

教养关键词 · KEY WORD

1.感受历史的喜与悲、生与死

潼关是战争的“天堂”，而战争正是历史最令人震撼的一面。在这片狭隘的关口前，生命的逝去就好像我们丢了一毛钱的硬币一样简单。不必给孩子一个标准答案，让他站在潼关遗址前面，静静地领悟历史上的喜与悲、生与死。

2.学会对历史进行反思

三门峡水库建立之前，潼关原本是关中最大、最繁华的县城。可如今，当我们带着孩子来到这里时，这座历史的大“功城”却早已沉没在黄河之下。三门峡水库给我们带来的究竟是利是弊，让孩子自己找出它的答案吧。

3.领会“一夫当关、万夫莫开”的意境

潼关在，中原在，潼关失，中原失，这是历史无数次验证的铁律。带孩子来领悟一下，这个小小的关口究竟是如何以四两拨千斤，抵挡自西来犯的千军万马的。

提示 · TIPS:

潼关位于陕西省渭南市潼关县北，它北临黄河，南踞山腰。《水经注》里面说：“河在关内南流潼激关山，因谓之潼关。”潼关始建于东汉建安元年，也就是公元196年。

风景 · SCENERY

带着孩子边走边看

潼关，与早已埋没于沙砾之中的玉门关、阳关不同。自汉至今，历经千年，作为关中的东大门，它经历过大小战役数十次，从未懈怠，直到退役的那一天，它的风采也依然壮丽宏伟。

据说，在40多年前，黄河流经城外的沟底，距离城墙好几丈，水流湍急，水浪拍打岸边岩石的声音，几里外都听得见，而靠岸的船还要十几个人拉纤。那时，潼关老县城的北墙就紧靠着黄河，南城墙则建在山上，而且远远地伸到了山顶上，宽宽的石墙有12个垛子，当地人把那称作十二连城。

四面高高的城门楼和西安城的一模一样。每到晚上，城门一关，里面的人出不去，外面的人进不来。在城外的人，东边到不了西边，西边到不了东边。南面有山，北面有水，中间的通道被县城堵得严严实实。而潼关，也因为占据了东西交通的咽喉之地，成为关中最大的县城。

本来，潼关可以安静地矗立在黄河之滨，默默地任由岁月将它的一切痕迹抹去，逐渐被山藤倾覆，如此度过余生。但世事难料，新中国成立之后，为了修建三门峡水库，潼关被无情的黄河之水淹没，再也不复人世，留给我们的，只有数道城墙遗迹，还有静静守护在它身边的巍峨壮丽的秦岭。

即便如此，我们依然应当带着孩子到潼关，并告诉孩子，旅程的目的地，承载的不一定全都是欢乐，古迹所诉说的，也不一定都是辉煌的过去，而“兵家必争”，其实也并不是一个好的词汇。

潼关古城东门遗址

明清的潼关古城，除城墙上的宏大建筑外，在关城内外，山上山下，还建有30多处庵堂寺庙以及木石牌坊，这些古建筑物，雕梁画栋，飞檐叠嶂，古色古香，构筑精美。

到了清代，潼关城内的街道主要有育贤街、帅府街、四牌坊街、牌楼南街、牌楼北街、府部街、县门通

潼关古城东门遗址

秦岭

街、下南门街和西关大街等50多条巷道，起伏密布。在这座不大的城池内，有如此之多的街、巷和古代建筑，其繁华程度是可以想见的。

秦岭

潼关南面的秦岭峰峦起伏，苍翠清新，令人赏心悦目。每当雨雪前后，景象更为佳妙，峰峦中游云片片，若飘若定，来之突然，去之无踪。有时如丝如缕，有时铺天盖地，或如高山戴帽，或如素带缠腰，千姿百态，变化无穷。迨旭日初露，锦幛乍开，五光十色，山为画，画为山，画山融为一体。

■诗词延伸

峰峦如聚，波涛如怒，山河表里潼关路，望西都，意踌躇。
伤心秦汉经行处，宫阙万间都做了土。兴，百姓苦；亡，百姓苦。
——张养浩·《山坡羊·潼关怀古》

咸阳→渭南→潼关→雍州→汉中

雍州 千年沉寂，抹不去我的贵族血统

渭水东流去，何时到雍州。
凭添两行泪，寄向故园流。
——岑参·《渭水思秦川》

故事·STORY

凤凰的传说

岑参在去安西的路上，途经渭州，他望着滚滚东去的渭水，一股思乡之情油然而生。渭水啊，你究竟何时才能将我带到雍州呢？如今，我身不在故乡，只能将泪水滴入渭水，让它带着我的思乡之情，奔赴故乡。

雍州，中国古九州之一，它虽然没有西安、南京、北京、洛阳这中国四大古都辉煌的建都史，但它下属的岐山县，却拥有着3200年的建城史，比西安、咸阳都还要早一百多年，这座城市有个别称，那就是西周最早的都城——西岐。不仅如此，雍州还是炎帝故里、青铜器之乡、佛骨圣地、社火之乡。炎帝在此开启农耕文明，姜太公在此钓鱼，周公在此著《周礼》，而燕伋在此尊师重道，刘邦纳韩信之计在此暗度陈仓。

雍州是城市中的“贵族隐士”，它虽已沉寂，却是周朝的发祥地。早在3000多年前，“凤鸣岐山”的典故就发生在这里的凤凰山上。传说，在武王伐纣时期，周武王带领文武百官来到祭祀之地，大军即将启程，就在这个时候，突然有一群凤凰，飞到了西岐对面的岐山上，鸣叫不已，这给武王和军队带来了极大的鼓舞，有了这个祥瑞的兆头，他们更加确信自己可以推翻纣王残暴的统治。果然，大军获得了胜利，商朝最后一任首领纣王被推翻，周朝从此建立。

或许也正是因为这个故事，雍州也有了另一个名字——凤翔。凤翔还是秦文化的发祥地。秦王朝统一六国前，就已在凤翔建都294年。而历史上最早的祭祀神灵场所——畤，最早也建立在凤翔，凤翔也是历史上建畤最多的地方。著名的五畤原就在凤翔塬上，汉武帝刘彻在雍州祭祀时还留下了《白麟之歌》，而三国的曹植，唐朝的柳宗元、杜甫、岑参、王维、韩愈等都在凤翔有凭吊文赋。

凤翔是秦人老家。秦穆公在此称霸，秦始皇在此正式登基加冕。秦都东迁咸阳后，秦人的宗庙和先祖陵园仍在凤翔，而最著名的，是占据了中国考古史上五个之最的秦景公一号大墓。华夏文化重要源头之一的秦文化在凤翔初步形成。

渭水飞瀑

凤翔更是凤文化的发祥地，有关凤凰的传说数不胜数。凤凰，是中国古代传说中的鸟中之王，是集众多动物特点于一身的神鸟，象征吉祥和永生，在中华民族的传统文化中，它与龙并驾齐驱，作为广义图腾被华夏子孙世代敬仰、崇拜。我们既然带着孩子来到了这里，就不得不跟他们说说有关凤凰的传说了。

传说，弄玉是秦穆公的女儿，她长得非常漂亮，而且很喜欢音乐，是一个吹箫高手。因此，她住的凤楼中，常会传出美妙的箫声。有一天晚上，她又坐在凤楼中，对着满天的星星吹箫。夜里静悄悄的，轻柔幽婉的箫声好像一缕轻烟，飘向天边，在星空中回荡着。隐约中，弄玉觉得自己并不是在独奏。因为，星空中似乎也有一缕箫声，正与自己合鸣。

后来，弄玉回房睡觉，做了一个梦。梦中，一个英俊少年，吹着箫，骑着一只彩凤翩翩飞来。少年对弄玉说："我叫萧史！住在华山。我很喜欢吹箫，因为听到你的箫声，特地来这里和你交个朋友。"说完，他就开始吹箫，箫声优美，听得弄玉芳心暗动，于是也拿出箫合奏。他们吹了一曲又一曲，非常开心。

这是一个多么甜美的梦呀！弄玉醒来后，不禁一再回想梦中的情景，对那位俊美少年再也不能忘怀。后来，秦穆公知道女儿的心事，就派人到华山去寻找这位梦中人。没想到果真找到一位名叫萧史的少年，

而且他真的也会吹箫。等弄玉见到萧史，她真是太高兴了，因为萧史就是她梦里的少年啊。

萧史弄玉结婚后，非常恩爱，两人经常一起合奏，秦人在山林溪边时时可以听到他们的合奏。

秦国的少年男女被他们这种浪漫的行为感染，也开始喜爱唱歌跳舞，全国的气氛由严肃变成活泼。这种现象使得朝廷臣子很忧心，怕社会风气因此变坏，所以他们不断向秦穆公反映。萧史和弄玉为了不为难父王，也为了逃避这些烦人的闲话，于是不告而别，躲到一个别人再也找不到的地方。

后来，民间为他们的消失编了一段美丽的神话，将萧史和弄玉说成仙人下凡。有一天，当他们夫妇正在合奏时，忽然天外飞来一条龙和一只凤，载着他们一路吹箫，飞到华山明星崖。为纪念萧史弄玉，后人在此修建了引凤亭，在山峰上修建了玉女祠。

关于这段美丽的传说，清代李渔在《笠翁对韵》中曾有如下描述："鹤舞楼头，玉笛弄残仙子月；凤翔台上，紫箫吹断美人风。""跨凤登台，潇洒仙姬秦弄玉；斩蛇当道，英雄天子汉刘邦。"故事美，词的意境更美。

雍州，即便今天已更名改姓，即便千年繁华已不再，但它那雍容高贵的"出身"、流传在此的美丽传说，是不应被人们遗忘的。

教养关键词 · KEY WORD

1.和孩子一起翻阅《封神演义》，找出有关"凤鸣岐山"的段落

周朝的图腾不是龙，而是凤凰，因此对于西周来说，"凤鸣岐山"有着特殊的意义。和孩子一起找出那段传说，并试着翻阅史书，详解这段历史。

2.锻炼孩子的考证能力

现在的宝鸡和它治下的凤翔虽然名为雍州，但实际上古雍州的范围要比现在大得多。带着孩子一起翻阅史书，试着找出古雍州的具体范围及其变化，以此锻炼孩子的考证能力。

3.开拓孩子的思维，锻炼右脑

开动脑筋，和孩子一起想想，萧史与弄玉如果穿越到现代，可能会发生什么事。提示孩子，现代车多、人多，山林遭到砍伐。让孩子为萧史和弄玉选一首适合他们的曲子演奏。这种教育方式可以让孩子充分开拓思维，锻炼孩子的想象能力。

提示 · TIPS：

凤翔古时也被称为雍州、雍城，它地处关中平原西宝鸡市境内，是陕西省首批公布的省级历史文化名城。它位于关中西部，紧邻渭水，东望西安。这里曾是周室发祥之地，嬴秦创霸之域，因传说“凤凰鸣于岐，翔于雍”而得名。

风景 · SCENERY

带着孩子边走边看

雍州，带着它不可磨灭的高贵身世，带着它那些美丽的传说，就像一个隐士一样，改名换姓，慢慢淡出了我们的视线。但足够高贵的隐士，始

雍州古城遗址

终不会被人忘怀。当我们读到名著《封神演义》、当我们回想起弄玉和萧史时，我们都会不由自主地想起雍州，想起这片古老的、几乎被人们忘却的土地。

所以，我们应该趁着它还没有彻底变得大家都不认识的时候，带着孩子去拜访一下那个古老的地方。我们和孩子，都应该去感受一下那里古老的习俗，自周朝流传到今天的食物，还有散落在民间的、勾人心魄的神话传说。

由于曾有“凤鸣岐山”的传说，而古雍州辖属的行政区域又历经了多次变更，现如今，岐山县内的景点文化，比之凤翔来说，更有一番古朴的韵味。

五丈原诸葛亮庙

五丈原风景名胜区位于宝鸡市岐山县境内，东距西安130千米，西距宝鸡56千米，北距岐山县城25千米，离凤翔县城也不过才几十千米。三国时

五丈原诸葛亮庙

期，诸葛亮屯兵五丈原与司马懿对阵，后因积劳成疾，病死于五丈原，五丈原由此闻名于世。

诸葛亮庙始建于唐代，庙宇坐南朝北，耸峙原头，雄伟壮观，进入金碧辉煌的山门，依次是高大的献殿、正殿、八卦亭。屋檐脊兽千姿百态，墙壁彩绘绚丽夺目。

岐山臊子面

据考证，臊子面源于周代尸祭制度的“竣余”礼仪，即先敬神灵祖灵，剩下的才轮到君卿，最后才是一般人。这种遗俗在岐山流传至今，不论谁家办红白喜事，第一碗臊子面先不上席，而由小字辈端出门外泼两次汤，象征祭祀天神地祇，剩下的汤称“福把子”，泼向正堂的祖灵牌位，然后才上席，并按辈数和身份次序上饭。

臊子面

并且，过去吃面剩下的汤不能倒掉，还得回锅。即取“竣余”的“余”字之意。现在敬神灵和祖灵，吃回锅汤的习俗已经改变。臊子面是岐山和关中一带招待客人的便饭，新媳妇过门，孩子生日，老人祝寿，通常都以臊子面招待客人。

周公庙

周公庙位于岐山县城西北7.5千米的凤凰山南麓。唐初武德年间，高祖李渊为了缅怀周公的勤政德贤，下诏在古卷阿为周公建祠立庙，始称周公祠。唐以后，以姜太公、召公、姜嫄、后稷等先周历史人物的大殿点缀其

岐山周公庙

间，并辅之亭、台、楼、阁等建筑多处。庙区东北角有一自然泉眼，其泉水数年一涌，数年一涸，水来则时泰岁丰，水去则天旱不收，当地人称之为灵泉。唐宣宗曾下诏给灵泉赐名“润德泉”。

岐山周公庙区的玄武洞内有唐代所雕汉白玉玄武雕像一尊，其像披发无冠、赤足戎装、手中掌剑、脚踏龟蛇，其玉雕工艺具有独特的艺术价值，并且当地盛传摸像可治百病。从古至今，这里也一直是人们的游览场所，历史上韩愈、苏轼、康海等许多文人墨客曾来此游览抒怀，留下了140多首游览诗文和30多块碑石。

■诗词延伸

空使秦人笑沐猴，锦衣东去更何求。
何怜了了重瞳子，不见山河红雍州。
——李新·《项羽庙》

汉中 汉家发祥，舍我其谁

独游千里外，高卧七盘西。
山月临窗近，天河入户低。
芳春平仲绿，清夜子规啼。
浮客空留听，褒城闻曙鸡。
——沈佺期·《夜宿七盘岭》

故事·STORY

萧何月下追韩信

一个月黑风高的夜晚，诗人一个人行走在七盘岭上，他已离开关中，打算前往千里之外的蜀地。夜色渐深，他在岭上住了下来。眼望窗外，思绪渐渐惆怅起来。月亮仿佛就在窗前，而天上的银河，也好像要流进房门那样低。芬芳的春天，银杏树的叶子全都绿了，而象征着蜀地的杜鹃鸟正在窗外啼鸣不已，他望着窗外的银杏树，听着悲啼的杜鹃声，思乡的情绪开始一点点蔓延开来。外面传来褒城鸡叫的声音，这不寐的一夜过得真快，马上又要上路了吧。

沈佺期的这首诗，是初唐五律的名篇，而他诗中所提到的褒城，正是今天的汉中。自公元前312年秦惠王首次设立汉中郡以来，迄今已有2300多年的历史。但汉中值得我们带上孩子游历一番的理由，却并不仅仅是因为历史悠久。相比起长安、咸阳等历史名城中的“大家闺秀”来说，汉中更像个“小家碧玉”。它虽无显赫的身世，却因极好的地理位置，引得群雄逐鹿，兵家必争。

韩信、刘备、诸葛亮、曹操等帝王将相曾在这里建功立业，刘备曾自立为汉中王。一代名相诸葛孔明在汉中屯兵八年，在此度过了他一生最为困顿的岁月，而他死后，最终归葬在汉中的定军山下。这里还是丝绸之路的开拓者张骞的故里，是发明了造纸术的蔡伦的封地。李白、杜甫、陆游、苏轼等伟大诗人也曾探访、采风或生活于此，并留下了瑰丽的墨迹诗章。

但这些，都不是汉中最为骄傲、最为自豪的地方。汉中，是刘邦西汉王朝的发祥地，刘邦被封为汉王，并以此为据点，筑坛拜韩信为大将，明修栈道，暗度陈仓，逐鹿中原，平定三秦，统一天下，成就了汉室天下400多年的宏伟基业。自此，汉朝、汉人、汉族、汉语、汉文化等称谓就一脉相承至今。所以，从某种意义上，也可以说汉中是汉民族的发祥地。

关于刘邦如何能最终取得军事胜利，我们可以给孩子讲一个小小的

汉中一景

故事。

公元前206年，刘邦率部来到南郑，也就是今天汉中的汉台区，就任汉王。一天，在项羽麾下始终不得志的韩信背离楚营，来到刘邦军中，希望讨个官职。刘邦当时并不信任韩信的能力，只给了他一个管理粮食的小吏职位。韩信十分恼怒，他告诉丞相萧何，自己是背离了项羽，冒着背信弃义的名声来投奔刘邦，如果汉王刘邦不重用他的话，他只好离开这里，另投他处。

过了一段时间，韩信仍然没有受到刘邦的重用，气愤之下，他连夜离开了汉营，投奔他处。萧何是知道韩信的才能的，他一看良将跑了，顿时着急起来，连忙备马，连夜将韩信追了回来。这个举动后来被改编成了剧本，并搬上了舞台，世人称之为“萧何月下追韩信”。萧何把韩信追回后，极力向刘邦推荐说：“如果你要打天下，非韩信不能担当此任。”不了解韩信才能的刘邦，终于被萧何的苦荐所感化，斋戒七日，设坛场，以九宾礼拜韩信为大将军。后来，在与项羽争夺天下的战争中，韩信发挥了不可替代的作用，他展现自己的雄才大略，屡建奇功，最终助汉王刘邦夺得天下。

我们不知道，如果没有韩信，这段历史会不会改写，如果没有韩信，我们现在所写下的文字，还会不会被称为汉字。我们也不知道，刘邦在贵为天子之后，住在巍峨的长安城里，在某个迷离的雨夜，还会不会望着汉中的方向出神。我们从他的诗歌中，只看到了他荣归故里后的张扬：“大

风起兮云飞扬”。但汉中，这个当初收容汉王的地方，在刘邦的符号体系里最终还是得到了承认和追忆：他把自己的国家叫汉朝，生活在这个国家的人们自称为汉族。

虽然大汉的国都最终没有选定在汉中，但汉中得天独厚的地理位置，却成就了汉高祖刘邦的一代伟业。纵观中国数千年历史，汉中对历代战略家、军事家进军西南，统一全国，推动朝代的更替和社会的进步，都发挥了不可低估的作用。

教养关键词・KEY WORD

1.体会游子的心情

沈佺期的《夜宿七盘岭》充分地体现了一个游子的思乡之情，更体现了古代交通不便给人们造成的困扰，以至于即使夜黑风高，古人也不得不行走在荒郊野外。所以，要教导孩子好好珍惜现在来之不易的幸福生活。

2.与人相处，不能凭第一印象就给对方“盖棺定论”

用刘邦和韩信的故事教导孩子，当我们遇见一个人的时候，不可以凭借第一印象就给对方下结论，而是需要在慢慢相处中进行更深一步的了解，这样才能发现对方身上的优点。

3.和孩子一起找出发生在汉中的成语故事

有关汉中的成语故事很多，比如“明修栈道，暗度陈仓”等，找出这些成语，再将这些成语故事讲给孩子听，这比让孩子死记硬背更有趣一些。

提示・TIPS：

汉中，简称汉，又称梁州、褒城。它位于陕西省西南部，汉江的上游，其北边是秦岭，南边是大巴山，地势南北高，中间低，中部是美丽富饶的汉中盆地。素有西北“小江南”和秦巴“聚宝盆”之美誉，是历史文化名城。

风景・SCENERY

带着孩子边走边看

汉中，一直带着它骄傲的名字在历史的长河中默默前行。如今，时代变了，便利和快捷的交通方式也改变了它在军事上的重要性，它再也不是兵家必争之地。生活在大城市里的许多孩子，只要不曾学过那段历史，甚至根本就没有听说过汉中这个地方。因为人们几乎没有任何机会再重新提及这个曾经的“关中重镇”。

但那又如何，我们将它淡忘也好，冷眼看待也罢，这都丝毫不妨碍它在青史上留下的一个又一个重重的脚印。今天，当我们带着孩子来到这里

汉中古城一角

时，我们看见的，是汉中对那段过往无言的诉说。

定军山

定军山位于陕西省汉中市勉县城南5千米处，是三国时期古战场，有“得定军山则得汉中，得汉中则定天下”之美誉。定军山以三国时蜀汉大将黄忠于汉中之战击毙曹魏大将夏侯渊而闻名。

根据《三国志·蜀书·诸葛亮传》的记载，诸葛亮遗命“葬汉中定军山”，所以定军山建有武侯墓。黄忠病逝之后也葬于定军山下，在清代迁葬成都鸡矢树。

褒斜道

褒斜道又名褒斜栈道，因其南口名褒谷（位于汉中市城北），北口名斜谷（在眉县），沿谷成道而得名。它是我国古代横跨秦岭，连接关中巴蜀，凿石架木而成的栈道，又叫阁道。由褒谷口经留坝县东北，越衙岭山，至眉县西南的斜谷口，全长250千米，是一条很古老的通道。

栈道是我国古代在峭岩陡壁上凿孔架桥连阁而成的一种通道，也是兵家攻守的交通要道。川陕之间的栈道始建于战国时代，拓展于秦汉两代，

1.定军山

2.褒斜道

古栈道留下的斑斑痕迹，引起今人的感叹。古代的蜀道，90%的主体在汉中境内。而“明修栈道，暗度陈仓”的栈道，正是指的褒斜道。

张良庙

张良庙坐落于秦岭南坡的紫柏山麓，距汉中留坝县城17千米处的庙台子街上，是祭祀汉高祖刘邦的开国谋士张良的祠庙。

张良庙内现存的古建筑是清朝康熙年间重建的，经历数百年才形成今天的规模，是全国所有祭祀张良的祠庙中规模最大、保存最为完整的。

张良庙

■诗词延伸

褒城之山划天罅，中有深谷春水生。
汉家兴王启鸿业，萧相治国留英声。
——阎苍舒·《兴元》

【第二辑】留给孩子的旅行思考题

1. 咸阳是哪个朝代的国都？你对秦始皇建造阿房宫这件事有何看法？
2. 传说中造出汉字的那个人叫什么名字？
3. 为什么说汉中是汉民族的发祥地？

第三辑

巍巍山岳——千万年矗立，只为守护华夏大地

泰山 无可替代的帝王风范

岱宗夫如何？齐鲁青未了。
造化钟神秀，阴阳割昏晓。
荡胸生层云，决眦入归鸟。
会当凌绝顶，一览众山小。
——杜甫·《望岳》

故事 · STORY

盘古开天辟地

五岳之首的泰山景象到底怎么样？在齐鲁大地上，那青翠的山色没有尽头。大自然把神奇秀丽的景色都汇聚到了泰山，山南和山北的天色被分割为一明一暗两部分。山中的浮云一层层地升腾起来，心胸因此得到洗涤。薄暮时分，归巢的山鸟正远远地从高空掠过，只有睁大眼睛才能看得清楚。一定要登上泰山最高峰，俯首一览，众山匍匐在山脚下是多么渺小啊！

泰山山体雄伟壮观，景色秀丽。古人形容它吞西华，压南衡，驾中嵩，轶北恒，为五岳之长。因它位处东方，又称东岳，而古代传统文化又认为，东方为万物交替、初春发生之地，所以，泰山又有“五岳之长”“五岳独尊”的称誉。

自古以来，中国人就有崇拜泰山的传统，有“泰山安，四海皆安”的说法。而古代帝王凡在登基之初，或是太平之岁，也多来泰山举行封禅大典，祭告天地。据记载，先秦时期有72位君主到泰山封禅，自秦汉到明清，历代皇帝到泰山封禅达27次之多。而皇帝的封禅活动和泰山本身雄伟多姿的壮丽景色，也引得历代文化名人纷纷登临泰山，留下了数以千计的诗文刻石。

孔子的《丘陵歌》、司马相如的《封禅书》、曹植的《飞龙篇》、李白的《泰山吟》、杜甫的《望岳》等诗文，都因为泰山成了传世名篇。而天贶殿的宋代壁画、灵岩寺的宋代彩塑罗汉像也在这里诞生，成为艺术史上的稀世珍品。泰山的石刻、碑碣，集中国书法艺术之大成，真、草、隶、篆各体俱全，颜、柳、欧、赵各派纷纷在泰山留下墨宝。现在的泰山，简直可以称作中国历代书法及石刻艺术的博物馆。

那么，自盘古开天辟地以来，天下名山无数，五岳各领风骚，历代帝

王和文人雅士为何会独尊东岳泰山呢？现在，我们可以给孩子讲一个有关天地起源的神话传说。

传说，在很早很早以前，世界初成，天地始分，宇宙就像是一个大鸡蛋一样混沌一团。有个叫作盘古的巨人在这个“大鸡蛋”中一直酣睡了约18000年后醒来，发现周围一团黑暗。盘古在这个“大鸡蛋”里伸不开腿，他非常生气，就张开巨大的手掌向黑暗劈去，一声巨响，“大鸡蛋”碎了，千万年的混沌黑暗被搅动了，其中又轻又清的东西慢慢上升并渐渐散开，变成蓝色的天空；而那些厚重混浊的东西慢慢地下降，变成了脚下的大地。

盘古站在这天地之间非常高兴。他很怕天地再合拢起来变成以前的样子，就用手撑着青天，双脚踏着大地。就这样，天空每日高一丈，大地每日厚一丈，盘古也每日长高一丈。如此日复一日，年复一年，他就这样顶天立地生活着。又经过了漫长的18000年之后，天极高，地极厚，盘古也长得极高。

终于有一天，盘古累得再也无法支撑这天地。临死前，他将自己呼出的气化作了风和云雾，将声音变成了天空的雷霆，他的眼睛一眨一眨的，闪出道道蓝光，变成了闪电，他的左眼变成了太阳，右眼变成了月亮，头发和胡须变成了夜空的星星。当他倒地时，他的头变成了东岳泰山，腹部变成了中岳嵩山，左臂变成了南岳衡山，右臂变成了北岳恒山，双脚变成了西岳华山。他的毛发变成了草木，汗水和血液变成了江河，筋脉变成了道路，肌肉变成了农田，牙齿、骨骼和骨髓变成了地下矿藏。

后来，因为盘古开天辟地，造就了世界，后人便尊其为人类祖先，而因为他最尊贵的头变成了东岳泰山，自此，泰山便被称为至高无上的“天下第一山”，成了五岳之首。

事实上，泰山也的确无愧于这“王者风范”的称号。它就像山中的“帝王”一样，无时无刻不在接受着人们的朝见、敬畏。从古至今，无数的帝王登临泰山，无数的文学作品中都留有泰山的影子，无数的文人都从泰山的传说中得到灵感。《西游记》《水浒传》《红楼梦》《聊斋志异》

中，也都留下了泰山的身影。

《西游记》中提到的神州，便指的是泰山；《水浒传》中的燕青打擂，就是浪子燕青和黑旋风李逵在泰安岱庙——东岳庙会上的一次精彩打擂；《红楼梦》中贾宝玉解酒喝的女儿茶，指的就是泰山女儿茶；至于《聊斋志异》中多次出现的泰山场景，就不细说了。

《孟子》中说："孔子登东山而小鲁，登泰山而小天下。"千百年以来，泰山一直尽忠职守，传承着中华大地的文化。在这片东方大地上，它是永远的山中之王。

教养关键词·KEY WORD

1.锻炼孩子的精神意志

泰山虽然不是五岳中最高、最险的山，但对于孩子来说，不依靠缆车，而是光凭双腿攀登，也是一项意志的考验。可以让孩子轻微负重，背上他自己的水、食物和衣服，一口气从山脚爬上天街，一定会得到意外的惊喜。

2.提高孩子对书法艺术的欣赏水平

泰山的人文气息远远多于自然风景，在攀登泰山的过程中，可谓处处有诗，处处有墨宝。在浏览泰山的过程中，可以适当对孩子进行一下书法艺术的教育，提高孩子对书法艺术的欣赏水平。当然，家长也应该提前做

泰山

好预习，以免面对墨宝，自己却无法辨识。

3.锻炼孩子搜集信息的能力

作为五岳之首，泰山上的神话传说可谓数不胜数。泰山上的每一处景点都有来历，可以让孩子记录每个景点的传说，对泰山神话做一次全面搜集，从而锻炼孩子搜集信息的能力。

提示 · TIPS：

泰山位于山东省中部，隶属于泰安市。它东西长约200千米，南北宽约50千米，横卧于泰安、济南、淄博三市之间。主峰为玉皇峰，在泰安市城区北，最高峰海拔1532.7米，极顶为玉皇峰的玉皇顶。一般登临泰山都会从泰安市境内开始攀登。

风景 · SCENERY

带着孩子边走边看

一个旅行者在攀登泰山的途中，遇见一位70多岁的老人，他鹤发白须，红光满面，背着一个比头还高的背包。这位老人手持拐杖，却在山间盘梯之上健步如飞，疾驰如常，面不改色。他告诉旅行者，自他40岁起，便每年抽空攀登泰山一次，30年来从不间断。听闻此言，旅行者的敬仰之情油然而生。

泰山

泰山日出

岁月如梭，或许当年的老人早已作古仙去。但泰山，却依然站在那里，傲然俯视大地，它在等待着我们去攀登，等待我们带着孩子，怀着敬畏之心，前往探寻那些古代帝王、文人雅士留下的足迹。

泰山日出

泰山日出十分壮观，这不仅是岱顶奇观之一，也是泰山的重要标志。日出之时，随着旭日发出的第一缕曙光冲破黑暗，东方天幕逐渐由漆黑转为鱼肚白，紧接着由白变红，直至从空中跃出几丝耀眼的金黄，继而喷射出万道霞光，最后，一轮火球跃出云面，腾空而起。日出的整个过程像一个技艺高超的魔术师，在瞬息间变幻出千万种多姿多彩的画面，令人叹为观止。岱顶观日出历来为游人所向往，也使许多文人墨客为之高歌。

十八盘

泰山有三个十八盘之说。自开山至龙门为“慢十八”，再至升仙坊为“不紧不慢又十八”，又至南天门为“紧十八”。“紧十八”西崖有巨岩悬空，侧影似佛头侧枕，高鼻秃顶，慈颜微笑，故名迎客佛。十八盘岩层陡立，倾角70°~80°。泰山十八盘是泰山登山盘路中最险要的一段，共有石阶1600余级，为泰山的主要标志之一。此处两山崖壁如削，陡峭的盘山路镶嵌其中，远远望去，恰似天门云梯。

南天门

南天门在泰山十八盘的尽头，以前也称三天门、天门关，海拔1460米。泰山于此处最为危耸，飞龙岩与翔凤岭之间的低坳处，双峰夹峙，仿佛天门自开。南天门由元中统五年（公元1264年）布山道士张志纯修建。门为阁楼式建筑，石砌拱形门洞，额题“南天门”。红墙点缀，黄色琉璃瓦盖顶，气势雄伟。门侧有楹联曰：“门辟九霄仰步三天胜迹，阶崇万级俯临千嶂奇观。”元代杜仁杰曾篆刻《天门铭》记录其事，铭曰：“泰山天门，无室宇尚矣。布山张炼师为之经构，累岁乃成，可谓破天荒者也。”此石刻现仍在南天门西侧的石室内保存完好。

■诗词延伸

长戈莫舂，长弩莫抨。
乳孙哺子，教得生狞。
举头为城，掉尾为旌。
东海黄公，愁见夜行。
道逢驺虞，牛哀不平。
何用尺刀？壁上雷鸣。
泰山之下，妇人哭声。
官家有程，吏不敢听。
——李贺·《猛虎行》

1.十八盘

2.南天门

嵩山 沉睡之中的中原巨龙

天津桥下冰初结，洛阳陌上人行绝。
榆柳萧疏楼阁闲，月明直见嵩山雪。
——孟郊·《洛桥晚望》

故事 · STORY

大禹治水

天津桥下的冰刚结不久，洛阳的大道上面便几乎没了行人。叶落枝秃的榆柳掩映着静谧的楼台亭阁，万籁俱寂，悄无人声。在明净的月光下，一眼便看到了嵩山上那皑皑白雪。

孟郊的这首《洛桥晚望》，表面看似写了四个地点的景象，但实际最为突出的，还是最后一句“月明直见嵩山雪”。在那个明净的月夜里，远望嵩山，如一条卧龙一般，天空与山峦，月华与雪光，交相辉映，举首灿然夺目，远视浮光闪烁，“龙”身之上，上下通明，一片银白，真是美极了。

中岳嵩山是座文化名山，中国多姿多彩的传统文化在此交融荟萃，而历代文人也都将嵩山看作游历隐居的胜地，不少人还在此留下脍炙人口的诗文、碑刻，故嵩山又有“文物宝地”之称。诗人杜牧就曾在此留下“嵩山高万尺，洛水流千秋”的千古佳句，而王维也在他的《归嵩山作》中说：“荒城临古渡，落日满秋山。”

而嵩山，也的确不负诗人盛赞，它优雅、沉稳，山上奇峰虽不如西岳，但气势磅礴的山形，却给诗人以无限的遐想。古人以太室为嵩山主山，而太室少有奇峰，远远望去，东西起伏如龙眠，故此又有“太室如龙眠，少室如凤舞”的说法。太室、少室的72座山峰，层峦叠嶂，雄浑奇秀，更是峰峰都有典故，都有令人心潮起伏的传说。

记得著名的大禹治水吗？据说，这卧龙一般的嵩山和治水的禹王，有着剪不断理还乱的关系。

这还得从嵩山的地理位置说起。嵩山属于伏牛山系，传说4000多年前，伏牛山是尧、舜、禹的活动区域。那个时候，大禹还没有成为禹王。黄河水泛滥，水灾不断，他受命接替父亲鲧治水，开始了辛苦的疏通河道的工作。

但要将黄河的河道从伏牛山一直疏通到大海，这谈何容易。大禹站在高处，看着地形，思前想后，发现要治水，只能先凿开太室山。但这工程实在太大，并非一朝一夕就能完成，所以，大禹带领人们夜以继日地加班，连饭都顾不得吃。

大禹的妻子涂山氏心疼丈夫，便每日将饭做好送到山上。但山间路难行走，开凿时又有石渣四处飞溅。大禹怕涂山氏在送饭的路上遇到危险，便和她定下暗号，以击鼓为号，妻子在山下听见击鼓声就将饭送来，而其余时间不可轻易上山。

日子过了一天又一天，太室山还是没有凿开。大禹心里很着急，于是，他按照神仙教的口诀，变成了一只大熊。这只大熊力大无比，一掌就能拍碎一大块石头，渐渐地，凿山的速度比人拿斧子凿快了很多，大禹很满意这种进度。但力气用得多了，大禹便会饿，饿的时候，他就恢复成人的样子下山击鼓，吃完饭等妻子把碗收走，他又上山变成大熊继续工作。

有一天，大禹变成的大熊一不小心碰掉了一些石头，这些小石头滚下了山，恰巧碰响了山下的鼓，但他自己全心凿山，并没有注意到这个变化。可大禹的妻子听见这个声音，误以为是丈夫在呼唤她，于是，她兴

嵩山山脚

冲冲地提着篮子往山上跑。没想到，到了送饭的地点，涂山氏没有看见丈夫，却看见一只大熊在奋力地凿山，她大惊失色，以为丈夫是熊精变的，顿时羞愧难当，转身便跑。

大禹听见身后的动静，转身一看，发现了正在奔跑的妻子，他立即知道发生了什么事，赶忙追赶。然而，当他追到太室山南麓的时候，却发现涂山氏已经化成了一块巨石立在那里。此时的涂山氏已身怀六甲，很快就要分娩了。正当大禹痛苦绝望的时候，突然听见天崩地裂的一声巨响，巨石忽然裂开，里面跳出了一个白白胖胖的小男孩。只见这孩子欢蹦乱跳，跟着大禹回了家。这个孩子，就是后来夏王朝的开国之君——启，那块大石头，就是嵩山上著名的启母石。至今，太室山下有启母庙，庙前有启母阙，山后有启母石。

嵩山，的确不负它那“中原眠龙”的称号，它是远古时期先民活动的主要地区，是黄帝活动的中心地带。嵩山留下的丰富文化遗产，正是中原文化的缩影，可以说，嵩山文化圈就是中华民族文化的核心。而启母石的传说正是这悠久文化史的一种体现。

试想，当我们的先祖面对这巍峨的嵩山和林立而又散乱的石头以及那滔滔不绝的洪水时，一种对自然的敬畏和期盼便催生了他们丰富的想象和美丽的神话。他们由山想到了水，由水想到了人，于是一个个神奇而又生动的传说便流传开来。

但在孩子的眼里，这不仅仅是一个传说，这些千百年盛传不衰的神话传说，往往正是一座山的精魄，是一座名山最能吸引孩子的地方。登山本就有些枯燥无趣，若是没有那一个个脍炙人口的神话传说，对于自制力尚不成熟的孩子来说，又有何乐趣可言？

教养关键词·KEY WORD

1.让孩子想一想黄河泛滥对黄河流域的发展有着什么样的利弊关系

正如埃及尼罗河哺育了埃及大地一样，黄河泛滥带给黄河流域的，并不是只有坏处。让孩子开动脑筋，和孩子一起查阅资料，分析黄河涨水有没有什么好处。

2.游少林寺，感悟生活的哲理

带孩子看少林寺的小和尚练功，告诉孩子任何成功的背后都流淌着无数的汗水。让孩子明白努力有几分，获得的成功就会有几分。

提示·TIPS：

嵩山位于河南省西部，在登封市的西北面，它北依黄河，南临颍水，地处九州和五岳之中，古时曾称外方、嵩高、崇高，因雄踞中原，居中国五岳正中，五代后改称中岳嵩山。全山东西绵延约60千米，中部以少林河为界，中为峻极峰，东为太室山，西为少室山，两座山各有36峰，合起来共有72峰。

嵩山山形像横卧的巨人，因而有“嵩山如卧”的说法。嵩山离河南省的省会郑州有100千米的距离，可以驾车前往，也可以乘其他交通工具先到达登封市，再从登封市境内登山。

风景·SCENERY

带着孩子边走边看

登上嵩山的心情与登上泰山的心情并不一样。如果说泰山是帝王之路，庄严而肃穆，那么在嵩山上的感觉，更多的是一种空灵、一种自在。在嵩山之上，我们可以更加自由地闲庭信步，比起泰山来，它是那么的平易近人。

在这里，千百年来的文物古迹比比皆是。这里有现存规模最大的塔林——少林寺塔林、现存最早的砖塔——北魏嵩岳寺塔、现存最古老的石阙——汉三阙、树龄最高的柏树——汉封“将军柏”、现存最古老的天文台——元代观星台。尤其是站在观星台上，你可以看到中国古人对于浩瀚宇宙的探索和自然规律的把握，是何等的自信与从容。天地之中，尽在嵩山之上。

嵩山一景

嵩阳书院

嵩阳书院是我国历史古建筑群国家级文物之一，位于河南省登封市城北3千米的峻极峰下，因坐落在嵩山之阳，故而得名。该书院创建于北魏太和八年（公元484年），时称嵩阳寺，隋朝大业年间更名为嵩阳观，到五代周代时改建为太室书院。

嵩阳书院是我国古代的高等学府，它与河南商丘的睢阳书院（又名应天书院）、湖南的岳麓书院、江西的白鹿洞书院，并称为我国古代四大书院。历史上嵩阳书院以理学著称于世，以文化赡富、文物奇特名扬古今。嵩山地区自古就是儒家学派活动的重要地区，这里有嵩阳书院、颍谷书院、少室书院、南城书院、存古书院，其中最显赫的为嵩阳书院。“书院嵩高景最清，石幢犹记故宫名。山色溪声留宿雨，菊香竹韵喜新晴。初来岂得无言别，汉柏阴中句偶成。”清高宗弘历于乾隆十五年（公元1750年）十月初一游嵩阳书院时曾赋此诗以赞。

《大唐嵩阳观纪圣德感应颂》碑

嵩山最大的碑刻为现存于嵩阳书院西南草坪上高达九米的《大唐嵩阳

观纪圣德感应颂》。此碑为李林甫撰文，徐浩书，刻于唐天宝三年（公元744年），碑高9米，宽2.04米，厚1.03米。此碑由碑首、碑身和碑座组成，碑制宏伟，结构紧凑。碑首分三层：上层为双狮戏珠，不仅美观大方，而且起着平衡碑顶重心的作用，使碑身牢固稳当；碑首的中层比上、下层和碑身都要宽大，四面较碑身突出0.6米，从上往下逐渐收缩，略带弧形，上面是祥云浮雕；碑首的下层上下平直，正面中间篆刻额文。

这座碑是麒麟浮雕，碑阳刻《大唐嵩阳观纪圣德感应颂》，为隶书，共25行，每行53字。碑阴刻有宋熙宁辛亥张琬等名家题名，欧阳永叔和游人的题记则撰于碑的两侧。碑座为长方形，四面刻有窟龛，前后各三个，两侧各两个，共十个。每个内有一尊浮雕武士像，一手高举扬舞，一手抓住动物，有鱼，有蟾，有蛇，各像不一，但都鼓目凸腹，开裆丁字步，或做对阵欲斗姿势。这座碑刻石质坚硬细腻，雕工极为精致，是我国唐碑的优秀代表作之一，也是现存最大的唐碑。

嵩山少林寺

少林寺在河南登封市城西北12千米的少室山麓五乳峰下。因寺院坐落在丛林茂密的少室山阴，以此得名。它的历史久远，始建于北魏太和年

嵩阳书院

1.《大唐嵩阳观纪圣德感应颂》碑 | 2.嵩山少林寺

间。32年后，印度名僧菩提达摩来到少林寺传授禅宗。达摩被称为中国佛教禅宗的初祖，少林寺被称为禅宗的祖庭。禅宗修行的禅法称为“壁观”，就是面对墙壁静坐。由于长时间盘膝而坐，极易疲劳，僧人们就习武锻炼，以解除身体的困倦。传说少林拳是达摩创造的。

不仅如此，少林寺还保存了唐代以来的碑碣石刻，共计300多块，其中的一块太宗文皇帝御书碑记载了少林寺13僧人勇救唐王李世民的史迹，碑文为唐太宗亲笔书写。而少林寺僧人练武、习拳的情景在寺内白衣殿的壁画之中均有描绘记载。

■诗词延伸

世业嵩山隐，云深无四邻。
药炉烧姹女，酒瓮贮贤人。
晚日华阴雾，秋风函谷尘。
送君从此去，铃阁少谈宾。

——刘禹锡·《送卢处士归嵩山别业》

恒山 尽忠职守的中原守门员

天地有五岳，恒岳居其北。
岩峦叠万重，诡怪浩难测。
人来不敢入，祠宇白日黑。
有时起霖雨，一洒天地德。
神兮安在哉，永康我王国。
——贾岛·《北岳庙》

故事·STORY

笑傲恒山

天地间有五岳，恒山在最北边。山上岩石层峦叠嶂、怪石嶙峋，山势浩瀚难测。人们来的时候，看见这重重叠叠的山峰，都不敢走进山里，而山里的庙宇被怪石所挡，白天也看不见阳光。山上有时候会下起霖雨，那是天地赐予的恩德。北岳的山神啊，如果你还安在的话，请庇佑我们的王国吧。

贾岛的这首《北岳庙》，虽题为庙，但却实写山，它言简意赅，只寥寥几句，就把北岳恒山的山形地貌展现在我们眼前。

北岳恒山，位于山西大同市浑源县，也名常山。它始于阴山，横跨塞外，东连太行，西跨雁门山，南障三晋，北瞰云代，东西绵延500里。恒山莽莽苍苍，群峰奔突，风景如画，气势异常博大雄浑，整个山脉好似自西南向东北奔腾而来一般。北宋画家郭熙曾如此描绘："泰山如坐，华山如站，嵩山如卧，常山如行。"

苍松翠柏、庙观楼阁、奇花异草、怪石幽洞构成了著名的恒山十八景。十八胜景，各有千秋，犹如18幅美丽画卷，展现在我们面前。许多著名的诗人、学者，都对恒山有过动人的描绘。汉代历史学家班固就曾描绘恒山"望常山之峻峨，登北岳之高游"。唐代大诗人李白，也在恒山留下了"壮观"二字。

而天下一绝的奇观——悬空寺，更是让恒山扬名海内外。早在西汉初年，恒山就建有寺庙。飞石窟内的主庙，是始建于北魏，又经过唐、金、元代重修的古建筑。明、清时恒山已经寺庙群居，规模很大，人们称之为"三寺四祠九亭阁，七宫八洞十二庙"。明代旅行家徐霞客游恒山后，把在恒山的见闻录入《徐霞客游记》中。

与其他四岳不同的是，恒山不仅风景如画，更因其险峻的自然山势和地理位置，成为兵家必争之地，是尽忠职守的中原守门员。春秋时期，代国背靠恒山而得以存天下；战国时期，燕、赵也凭借恒山而得以壮大；到了两汉，匈奴更是利用恒山争夺天下；东晋时，慕容氏踞恒山而威天下；北魏时，拓跋氏依恒山而分天下；北宋仗恒山而守天下；金人也夺取恒山而欲图天下；清朝能够一统天下，凭借的也是以恒山为主体的长城沿线天险。

古人曾赞叹恒山“危峰过雁来秋色，万里黄沙散夕阳”。在那个烽烟四起的时代，拥恒山者得天下，失恒山者失天下。恒山，虽名不如四岳，但却和“天下”的命运紧密相连。许多帝王、名将都在此打过仗，因此，恒山也是五岳之中古代关隘、城堡、烽火台等众多古战场遗迹保存最多的地方。

我们带着孩子去恒山之前，不妨读一下《笑傲江湖》，尤其是令狐冲、冲虚道长和方证大师在悬空寺联手大战日月神教的一段。这一段故事就发生在悬空寺西边的恒山水库，如今，还有好事者自建了令狐冲祠，至于规模与水准如何，就等待大家一起鉴别了。

恒山

教养关键词 · KEY WORD

1.从悬空寺的结构感悟出打好基础的重要性

有时候，我们会遇见这样一种情形。有的孩子说，他自己从不复习也能获得好成绩，而我们的孩子却偏偏就信了。我们可以拿悬空寺举例，告诉孩子，虽然寺庙看似悬空，但实则有山体及寺庙结构支撑，学习也是如此，有的人学习看似轻松，但这与他们从小打好的基础密不可分。

2.找出恒山“异地更名”的历史，教导孩子要学会珍惜

据说，北岳恒山起初不在山西，而在河北，由于一些历史原因，当时的河北人并不珍惜常山的名号，以至于后来山西人把常山更名为恒山，并赐封北岳称号，等河北的人醒悟过来，却为时已晚。找出这段历史，教导孩子要珍惜当下拥有的东西，不要等到失去才追悔莫及。

提示 · TIPS：

北岳恒山位于山西省浑源县城南10千米处，距大同市62千米左右。著名的平型关、雁门关、宁武关都在此处，这里是塞外高原通向冀中平原之咽喉要冲，自古是兵家必争之地。恒山主峰天峰岭在浑源县城南，海拔2016.1米，被称为“人天北柱”“绝塞名山”“天下第二山”。

风景 · SCENERY

带着孩子边走边看

恒山地处塞北高原之上，天气多晴朗之日，少云蒸雾缭之时，因此是五岳之中最容易得见真颜的一座山。每当天气晴好之时，无论是登高远眺这是俯瞰近看，均能给人雄旷崇高之感。

此外，恒山还是我国著名的道教场所，相传“八仙”中有名的张果老，就是在此得道成仙的。孩子喜欢听各种各样的神话故事，我们又怎能错过这里的大好风景。

悬空寺

九天宫

从玄武井沿登峰路西北向上，经十王殿、马神殿、纯阳宫，便到了九天宫。九天宫，又名碧霞宫，位于恒宗峰西北侧的高阜处。九天宫北倚凌云阁、斗姆阁，南踏山神庙、疮神祠，东有纯阳宫、太乙庙，这就形成了一组以九天宫为中心的祠庙建筑群。宫西有翠雪亭遗址，翠雪亭曾是历代名人流连之处。特别是在明代，九天宫与翠雪亭是文人墨客吟咏的天然灵境。有一首诗曾这样咏颂翠雪亭：“红尘飞不到闲亭，松当栏干雪当屏。怪道登临清透骨，几年醉梦一时醒。”

九天宫院落呈正方形，正南开门。正面大殿内塑有九天玄女圣母的神像，殿两旁有耳殿，东西两厢建有配殿和钟鼓楼，结构严谨，布局对称。宫院四周，花草繁茂，松柏森森。宫北高崖，有古松四棵，像宫宇顶上的四顶华盖。置身宫院，给人一种超凡脱俗、尘埃荡尽的感觉。

悬空寺

悬空寺始建于1400多年前的北魏王朝后期，寺院距地面高约50米。令人称奇的是整个寺庙的设计与选址。悬空寺处于深山峡谷的一个小盆地

内，全身悬挂于石崖中间，石崖顶峰突出部分好像一把伞，使古寺免受雨水冲刷。山下的洪水泛滥时，也免于被淹。四周的大山也减少了阳光的照射时间。优越的地理位置是悬空寺能完好保存的重要原因之一。

“悬”是悬空寺的一大特色，全寺共有殿阁40间，表面看上去支撑它们的是十几根碗口粗的木柱，其实有的木柱根本不受力，所以有人用“悬空寺，半天高，三根马尾空中吊”来形容悬空寺。其实，悬空寺真正的重心撑在坚石上，利用力学原理半插飞梁为基。悬空寺的“巧”体现在建寺时因地制宜，充分利用峭壁的自然形态布置和建造寺庙各部分建筑，将一般寺庙平面建筑的布局、形制等建造在立体的空间中，山门、钟鼓楼、大殿、配殿等都有，设计非常精巧。寺内有佛像80多尊。

唐开元二十三年（公元735年），李白游览悬空寺后，在石崖上书写了“壮观”二字，明代大旅行家徐霞客称悬空寺为“天下巨观”。

■诗词延伸

掘地破重城，烧山搜伏兵。
金徽互呜咽，玉笛自凄清。
使发西都耸，尘空北岳横。
长河涉有路，旷野宿无程。
沙雨黄莺啭，辕门青草生。
马归秦苑牧，人在虏云耕。
落日牛羊聚，秋风鼓角鸣。
如何汉天子，青冢杳含情。

——黄滔·《塞上》

1.九天宫

2.悬空寺

华山 你有勇气挑战我吗

莲华峰下锁雕梁，此去瑶池地共长。
好为麻姑到东海，劝栽黄竹莫栽桑。
——李商隐·《华山题王母祠》

故事 · STORY

西岳华山

瑶池远在万里之外，但祭祀西王母的祠庙却被空锁在华山的莲华峰下。麻姑自东海归来之后，发现黄竹依然四季常青，而桑田却一瞬间变成了沧海。

李商隐的这首《华山题王母祠》，虽并不直接描写华山的风景面貌，但华山的盛名，却远在这首七绝之上。还记得《射雕英雄传》中著名的场景华山论剑吗？华山，从古至今被文人们追捧、咏颂，它带给文人不可多得的创作灵感。而文人又赋予了它令人无限向往的灵魂。

西岳华山，位于陕西省西安以东大约120千米的华阴市境内，北临坦荡的渭河平原和咆哮的黄河，南依秦岭，是秦岭支脉分水脊线北侧的一座花岗岩山。它不仅雄伟奇险，而且山势峻峭，壁立千仞，群峰挺秀，以险峻称雄于世，自古以来就有“华山天下险”“奇险天下第一山”的说法，正因为如此，华山多少年以来吸引了无数敢于挑战它的人们。

据说，华山称“西岳”之名，还颇有一番曲折。最初，华山还只是叫作敦物山，而它被称为西岳，则最早见于《尔雅 · 释山》一书。传说，当年周平王迁都洛阳，而华山在王城之西，周平王见它险峻直入云霄，仿佛要冲进天庭之中一般，便赐了“西岳”的名号。

秦王朝建都之时，因都城咸阳在华山以西，华山便不再被称作“西岳”。直到汉光武帝刘秀在洛阳建立了东汉政权，才又正式恢复华山“西岳”之名，并一直沿用至今。

不过，或许因为华山太过险峻，许多上山的必经之地，几乎都是直上直下的悬崖峭壁，所以，在唐代以前，很少有人登临的记录。而历代君王祭祀西岳，都是在山下西岳庙中举行祭祀大典。据记载，秦昭王时，人们上山的唯一办法，就是在峭壁之上钉入钉子，再将梯子挂在这些钉子之

上攀爬，其险峻程度可见一斑。而直到魏晋南北朝时，还没有正式通向华山峰顶的道路。直到唐朝，随着道教兴盛，道徒们开始居山建观，并逐渐在北坡沿溪谷而上开凿了一条险道，而这条险道，就是我们今天常说的“自古华山一条道”。

人类大概天生就有追寻险境的欲望，华山越是难以征服，就有越多的人想要攀登，想要站在那与天比邻的峰顶之上。远远望去，华山的东、南、西三峰拔地而起，如神斧一次削就，唐朝诗人张乔在他的诗中如此形容华山：“谁将依天剑，削出倚天峰。”所以说，如果我们想要培养孩子的冒险精神，还有什么比攀登华山更棒的呢？

华山，它的每一处观、院、亭、阁皆依山势而建，一山飞峙，恰似空中楼阁，而且有古松相映，更是别具一格。它的山峰秀丽，又形象各异，或似金蟾戏龟，或如白蛇遭难。山间小道边的潺潺流水，山涧的水帘瀑布，更是妙趣横生。山中随处可见险境奇石，鬼斧神工，更有云海劲松，引人入胜。

华山亦留下了无数名人的足迹、传说故事和古迹。自隋唐以来，李白、杜甫等文人墨客咏华山的诗歌、碑记和游记不下千余篇，摩崖石刻多达上千处。自汉杨宝、杨震到明清冯从吾、顾炎武等不少学者，曾隐居华山诸峪，开馆授徒，一时蔚为大观。而建于汉武帝时期的西岳庙，有着“陕西故宫”和“五岳第一庙”之称誉，这是五岳中建造最早和面积最大的庙宇。

著名的神话故事“沉香救母”发生的地点也是华山。在华山西峰顶上，有一块十余丈长的巨石齐茬茬地被截成三节，巨石旁边插着一把七尺高、三百多斤重的月牙铁斧。相传这就是当年沉香劈山救母的地方。巨石叫斧劈石，铁斧叫开山斧。

教养关键词 · KEY WORD

1.告诉孩子要克服恐惧，挑战自我

华山之险天下难寻，很多胆小的孩子根本不敢攀爬。家长可以在做好防护措施的情况下，鼓励孩子和自己一起攀登华山，到达峰顶之时，同孩子一起享受胜利的喜悦。

2.找找“沉香救母”的神话传说，讲给孩子听

“沉香救母”是我国非常著名的神话传说，但它版本繁多，找出最适合孩子的版本，将它讲给孩子听，让孩子体会“母子连心”之情。

3.由怪石发挥无穷的想象力

华山上怪石嶙峋，象征性极强。可以先不告诉孩子那些景点的名字，让他们自行发挥想象，看看这些怪石究竟像什么。或许，100个孩子会给出100个不同的答案，尽情享受孩子单纯无边的想象力吧。

提示 · TIPS：

华山位于陕西省渭南市华阴市境内，距西安大约120千米。它海拔2154.9米，是五岳中最高的。华山南依秦岭，北临渭水，是长安关中地区进出中原的门户，素有“奇险天下第一山”之称。

金庸先生在小说《射雕英雄传》中，曾描述东邪、西毒、南帝、北丐等武林豪杰在华山顶上斗了七天七夜，争夺《九阴真经》的故事。不知阅读小说时，是否有人想过，几位武林绝顶高手，为什么不在其他的山上决斗，而偏偏要选择华山？华山，究竟是个什么样的地方？

有关这个问题，唯有亲自登临一次华山才会得到解答。在华山论剑的那个时代，不登华山，不足以证明自己武功卓绝，非常人能及。若说攀登其他四岳如同游览踏春，那么华山，便是一座只要登临便能产生极大震撼的地方。

华山西峰

西峰海拔2082.6米，华山主峰之一，因位置居西得名。西峰为一块完整巨石，浑然天成。西北绝崖千丈，似刀削锯截，其陡峭巍峨、阳刚挺拔之势是华山山形之代表，又因巨石形状好似莲花瓣，古代文人多称其为莲花峰、芙蓉峰。袁宏道在他的《华山咏》中记述："石叶上覆而横裂。"徐霞客《游太华山日记》中也记述："峰上石耸起，有石片覆其上，如荷花。"李白诗中有句"石作莲花云作台"，就是指的此石，因此古人也常把华山叫作莲花山。

长空栈道

在南天门外，是华山著名险道之首长空栈道。栈道分三段，出南天门石坊至朝元洞西，栈道依崖凿出，长20米，宽约0.67米，是上段；折而向下行，在崖隙间横贯铁棍，形如凌空悬梯，游人需挽索逐级而下，称之“鸡下架”，是中段；西折为下段，筑路者在峭壁上凿出石孔，楔进石桩，石桩之间架木椽三根，游人至此，面壁贴腹，脚踏木椽横向移动前行。

此栈道开凿在南峰腰间，上下皆是悬崖绝壁，铁索横悬，由条石搭成尺许路面，下由石柱固定。由于栈道险峻，故当地人有“小心小心九厘三分，要寻尸首，洛南商州”之说。

这里只是探险之道，并非登山必经之路，胆小的游客观望一下即可，没有把握，不应轻易冒险，石刻上有不少警告之语，如“悬崖勒马”等。

华山南峰

南峰海拔为2154.9米，是华山最高主峰，也是五岳的最高峰，古人尊称它是“华山元首”。南峰又名落雁峰，来到这里如临仙境。登上南峰绝顶，顿感天近咫尺，星斗可摘。举目环视，但见群山起伏，苍苍莽莽，黄河渭水如丝如缕。正如古诗所云：“唯有天在上，更无山与齐，抬头红日近，俯首白云低。”

这里四周都是松林，杂以桧柏，迤逦数里，浓荫密布。峰顶有太上泉，池水青绿澄澈，常年不竭，俗称“仰天池”。池崖上镌刻甚多，多

1.长空栈道 | 2.华山南峰

华山南峰

为明清和近代诗人所题。上面建有金天宫，是专门供奉白帝的。白帝即少昊，号金天氏，是专管西方的神。

■诗词延伸

西岳峥嵘何壮哉，黄河如丝天际来。
黄河万里触山动，盘涡毂转秦地雷。
荣光休气纷五彩，千年一清圣人在。
巨灵咆哮擘两山，洪波喷箭射东海。
三峰却立如欲摧，翠崖丹谷高掌开。
白帝金精运元气，石作莲花云作台。
云台阁道连窈冥，中有不死丹丘生。
明星玉女备洒扫，麻姑搔背指爪轻。
我皇手把天地户，丹丘谈天与天语。
九重出入生光辉，东来蓬莱复西归。
玉浆倘惠故人饮，骑二茅龙上天飞。
——李白·《西岳云台歌送丹丘子》

泰山→嵩山→恒山→华山→太行山

太行山 有我在此，齐天大圣又能奈何

一夕绕山秋，香露溘蒙绿。
新桥倚云阪，候虫嘶露朴。
洛南今已远，越衾谁为熟。
石气何凄凄，老莎如短镞。
——李贺·《七月一日晓入太行山》

故事·STORY

一夕绕山秋

一夜之间山中已尽染秋色，清香的晨露骤然覆盖了往日的翠绿。新桥笼罩在云雾之中，秋虫发出阵阵嘶鸣。如今已远离了繁华的洛南，温暖柔软的棉被何人正在享用？冰冷的山石令人心生凄凉，枯萎的莎草如同光秃秃的箭杆一般。

《七月一日晓入太行山》是诗人李贺从祖籍河南赴山西潞州途中所作，此时南太行山还是夏天景象，但当李贺走了一夜，晨起时却突然发觉，山的北麓早已染满秋色，与南麓大不相同，感慨之情油然而生。当读到"一夕绕山秋"时，不知孩子是否能想象得出太行山究竟有多大。不身临其境，他们或许无法回答。太行之大，不仅超出了孩子的想象，也超出了许多家长的想象。

太行山，它的别名又叫五行山、王母山、女娲山。它是我国东部地区的重要山脉和地理分界线。耸于北京、河北、山西、河南四省（直辖市）之间，范围极大。它北起北京西山，南达豫北黄河北崖，西接山西高原，东临华北平原，绵延400余千米，为山西东部、东南部与河北、河南两省的天然界山。

太行山，群山拱翠，流泉碧潭，是钟灵毓秀的风水宝地。这里有三伏酷暑天也能让水结冰的太极山，有被称作千古之谜猪叫石的三大奇观；有太行之魂王相岩；有潭深谷幽的仙霞谷；有鬼斧神工的鲁班门；有华夏一绝的桃花瀑等奇观异景。历朝历代也有不少名人雅士在这里留下足迹。

据说，商王武丁和奴隶出身的宰相傅说曾在山中居住与生活。东汉末年的名士夏馥也曾因"党锢之祸"削发为僧，隐居在这里。三国曹丕曾在太行的蚁尖山屯兵立寨，谋划大业。北齐神武帝高欢、明代名将左良玉在山中桃花洞统率兵将，南征北战。李白曾如是咏颂太行山："欲渡黄河

冰塞川，将登太行雪满山。”曹操也留诗为证：“北上太行山，艰哉何巍巍！羊肠坂诘屈，车轮为之摧。”

还记得《西游记》中那个将孙悟空压在下面五百年的地方吗？据说，《西游记》中压住孙悟空的五行山，正是吴承恩以太行山中的五指峰为原型创作的。传说此五行山于王莽篡政时降落凡间，后大唐西征定国，改名两界山。孙悟空于公元8年被压在五行山下，到公元627年被唐僧救出，大约在山下压了619年。

不过，太行山中不仅有奇观异景和传说故事，它山势险峻，山形变化多端，易守难攻，还是兵家征战的固定战场。从春秋战国直到明清，2000多年间烽火不息。

公元前650年，齐国伐晋，入孟门、登太行，齐桓公曾悬车束马窬太行。

公元前263年，秦国伐韩，在太行山“决羊肠之险”，一举夺取韩国的荥阳。

公元前204年，刘邦被困于荥阳、成皋之间，他采纳郦食其的建议，北扼太行的飞狐之口，南守白马之津，终于转危为安。

公元114年，汉安帝为防外敌侵犯洛阳，下诏在太行南端36处要冲屯兵。

公元394年，后燕慕容垂进伐西燕，屯军于临漳西南。西燕慕容永令全部人马前去堵塞太行山口，慕容垂引兵自滏口进入，灭了西燕。

太行虽不在五岳之列，却与北岳恒山一般，静静地守护着中原大门，得太行者，得中原大地。整个太行山的历史，就如同中原的战争史一样久远。但太行并未因此而变得千疮百孔，岁月的流逝，洗去了这里大部分战争留下的痕迹，它们或被山间老藤覆于其下，或被风雨雷电磨去了当年痕迹。千百年来，除了传说中那个坚定不移的愚公，再也没有人能改变太行。

太行山

教养关键词·KEY WORD

1.引导孩子思考愚公移山的精神

为孩子诵读愚公移山的故事，并和他们一起思考，愚公这种“傻乎乎”的移山精神，在今天究竟还有没有市场？它的利弊又是什么？

2.引导孩子思考保护环境的重要性

太行山虽非五岳名山，但环境保护工作做得非常好，而太行山的整体环境，其实对整个山脉周边城市的影响非常大。由此可以引导孩子思考一下，如果太行山的植被、环境都被破坏了，对我们国家的气候会产生什么样的影响？

提示·TIPS：

太行山的著名景区壶关大峡谷，位于山西省长治市壶关县境内，由五指峡、龙泉峡、王莽峡和紫团山组成，占地面积5848公顷，共有景观44处，景点400余个。壶关距离山西省省会太原大约有300千米，太原每天都有发往壶关的大巴，到达壶关之后，必须再另寻车进大峡谷景区。

山风依旧，山花烂漫，太行虽无封号，但在北国，它的魅力，它的名号，却丝毫不亚于五岳。可以毫不夸张地说，太行是一个神奇的地方，在北国，它秀比黄山，巍峨泰山，连绵不绝的山势更甚嵩山。就如陈毅元帅曾赞叹的那样："太行山似海，波澜壮天地。山峡十九转，奇峰当面立。仰望天一线，俯窥千仞壁。外线雾飘浮，内线云层积。山阳薄雾散，山阴白雪密。溪流走山谷，千里赴无极。清漳映垂柳，灌溉稻黍稷。"

太行山山势东陡西缓，西翼连接山西高原，东翼由中山、低山、丘陵过渡到平原。山中多雄关，著名的有位于河北的紫荆关，山西的娘子关、虹梯关、壶关、天井关等。山西高原的河流经太行山流入华北平原，流曲深澈，峡谷毗连，多瀑布湍流。河谷及山前地带多泉水，以娘子关泉为最大。河谷两岸有多层溶洞，著名的有陵川的黄围洞、晋城的黄龙洞、黎城的黄崖洞和北京房山的云水洞等。在太行山深山区河北赞皇县，有世界上最大的天然回音壁。

太行山

当我们带着孩子站在太行山下时会发现，太行山一定是孩子的乐园，它一定不会让我们失望。

紫团山

紫团山距山西壶关县城东南60千米，因山有紫气缭绕成团而得名。山区万

紫团山

峰突兀，方圆百里。紫团山古称抱犊，风光绝佳，有“南五夷，北抱犊”之说，是“海内不可多得”之胜境。历史上颂扬它的诗词有百余篇。主要有九大景点：仙翁崖、云盖寺、照壁山、倚秀峰、南参园、唐崖碑、将军峰、翠微洞和白龙潭。

羊肠坂

羊肠坂曾是古代中原与上党太行交往的一条必经的险道，它因道路狭窄，盘桓似羊肠而得名。三国时期，曹操亲自率军征讨并州刺史高干，从临漳进军壶关，太行山大峡谷是必经之路，曹操经此留下著名的诗篇《苦寒行》：“北上太行山，艰哉何巍巍！羊肠坂佶屈，车轮为之摧。树木何萧瑟，北风声正悲。熊罴对我蹲，虎豹夹路啼。溪谷少人民，雪落何霏

羊肠坂

霏！延颈长叹息，远行多所怀。我心何怫郁，思欲一东归。水深桥梁绝，中路正徘徊。迷惑失故路，薄暮无宿栖。行行日已远，人马同时饥。担囊行取薪，斧冰持作糜。悲彼东山诗，悠悠令我哀。”

全诗将太行山羊肠坂的苦寒之行抒发得淋漓尽致。这首诗对后世影响深远，后人描写太行山羊肠坂的诗多受它的启发。在诗人的笔下，羊肠坂已不仅仅是个地名，它已成为道路危艰的代名词或人生历程艰辛、仕途难测的同义语。

五指峰

五指峰的形状好像是伸出的五指，而五指峡也是因为这座山峰而得名。五指峰集雄、奇、险、幽、美于一体，不仅有刀削斧劈的悬崖，又有千奇百态的山石。古人曾如此描写五指峰：“五朵危崖五指开，亭亭玉立绝尘埃，惊涛忽涨清泉水，是否翻云覆雨来。”更让孩子欢喜的是，我们可以告诉他们，这里或许就是《西游记》中如来佛把孙悟空压在下面的五指山。

■诗词延伸

五指峰

金樽清酒斗十千，玉盘珍羞直万钱。
停杯投箸不能食，拔剑四顾心茫然。
欲渡黄河冰塞川，将登太行雪满山。
闲来垂钓碧溪上，忽复乘舟梦日边。
行路难，行路难，多歧路，今安在？
长风破浪会有时，直挂云帆济沧海。

——李白·《行路难》

【第三辑】留给孩子的旅行思考题

1. 悬空寺悬而不塌的秘密是什么?

2. 说出跟华山有关的三首诗词。

3. 找出《西游记》中跟太行山有关的文字描述。

第四辑

一路向西——有一种美丽叫苍凉

兰州→敦煌→酒泉→玉门关→阳关

兰州 金城金城，金戈铁马铸就而成

古戍依重险，高楼见五凉。
山根盘驿道，河水浸城墙。
庭树巢鹦鹉，园花隐麝香。
忽如江浦上，忆作捕鱼郎。
——岑参·《题金城临河驿楼》

现代兰州城

故事·STORY

被诅咒的城市

从古至今，戍守在此的边城傍依着重险之地，登上高楼，仿佛能看见曾经的五代凉国。山间的树藤盘缠着爬上驿道，河水在城墙之下滔滔流过。庭院中的老树上栖息着鹦鹉，园中的花儿隐隐散发出好像麝香一般的香气。凭栏远眺，看见江中的渔船，忽然回忆起在乡下曾做捕鱼郎的生活。

若不是有岑参的这首《题金城临河驿楼》，人们恐怕很难想象，兰州竟然还有如此美丽的一面。现如今，许多人可能以为兰州不过只是一个以拉面闻名的城市。人们完全不知，这座干燥、粗犷的城市，也曾有过细腻的一面，也曾有过诗情画意的那一瞬间。

兰州，也称金城，岑参的这首《题金城临河驿楼》，描写的就是兰州城外位于白塔山下的临河驿楼。那时，兰州也曾绿意盎然，拥有亭台水榭

的美宅遍布城中，其北城有楼，能远眺黄河，河面宽广，登上城楼，黄河奔腾之势一览无余，古城雄关的气度令人心胸涌起一腔热血。但不知从何时开始，金城不再美丽，它就像一个被诅咒的城市，无数“修罗”蜂拥至此，战马嘶鸣之声在城中回荡，亭台水榭尽数被毁。这座城市，一遍又一遍被摧毁、践踏，一次又一次重生、恢复，就像神话传说中的“普罗米修斯”一样。

对于兰州的百姓来说，安详的日子不过昙花一现，更多的时间都在战乱中度过。若是非要形容兰州曾经的经历，那么，它大概有点像今天的中东地区。只因它站在那里，拥有了那个位置，所以，它必须承受这样的命运。

古代的兰州是兵家必争之地，屡遭战争的侵扰，现存的城堡墩台等遗迹，如城关区古城坪、盐场堡、头营、二营、三营、土门墩、拱星墩、四墩坪、王保保城、官山、将军山、营盘岭等，这些富有军事色彩的地名，大都修筑于明清时期，是兰州城历史上战事多发的真实记录。

兰州，自有文字记载的历史，便是以战争为开端的。《汉书·匈奴传》中说：秦昭王“起兵伐灭义渠，于是秦有陇西”。按照唐代杜佑《通典》的注释，当时的陇西郡是包括金城的。因此，两千多年前，著名史学家班固在他的著作中所书的这一笔，便成为目前已知的有关兰州城最早的文字记载。

秦汉时期，金城西南为西羌之地，东北为匈奴之地。当时，西羌首领和匈奴贵族经常互相勾结，骚扰居住在西部和北部地区的汉族人民。为此，秦始皇统一六国后，曾派大将蒙恬率领30万大军，“西击诸羌，北却众狄”，在西部攻占了“榆中并河以东”地区，在北部攻占了河套以南地区。那一场战争，尽管秦始皇赢了，但金城却因此遭受了无妄之灾。

西汉据有河西之后，加强了对河西东大门兰州地区的防守，兰州成为扼守河西走廊的咽喉和隔绝匈奴与羌人联络的战略要地。匈奴贵族为扭转战略上的劣势，一直企图重新夺回这一地区。为了抵御匈奴的进攻，加强对羌人的控制，汉昭帝始元六年（公元前81年），从天水、陇西、张掖三

郡中各分出二县，设置了金城郡，从而大大强化了汉王朝在兰州地区的统治。郡名金城，体现了汉朝对兰州地区军事地位的重视。

及至“十六国”时期，金城一带更是成了军阀混战的战场。而“十六国”中至少有一半，即前凉、后凉、西凉、南凉、北凉、前秦、后秦、西秦，先后将金城人民卷入战争。前赵、后赵和赫连夏，也曾多次在金城一带发动战争。

隋文帝即位时，北有突厥侵扰，西有吐谷浑内犯。开皇二年（公元582年），突厥大可汗沙钵略纵兵40万，大举攻入长城，占据凉州、兰州等地，将六畜抢掠一空。

唐朝初叶，突厥又重新开始对汉族地区进行武装骚扰，并于武德九年（公元626年）攻克兰州。与此同时，吐谷浑也一再发兵侵扰兰州。

安史之乱以后，吐蕃乘虚而入，“尽取河西、陇右之地”，而且战争越演越烈。以至于到德宗建中元年（公元780年），唐朝政府不得不遣使讲和，公开承认“蕃国守镇兰、渭、原、会”诸州的权利。代宗广德元年（公元763年）以后，兰州被吐蕃占据，直到宣宗大中二年（公元848年），沙州（今敦煌）张议潮起兵赶走吐蕃守将，平定瓜州、肃州等十州之后，兰州才复归唐朝所辖。

在往后的历史中，这样的过程反反复复，据说，兰州有记载且规模较

大的战争就发生了280多次，平均每七年发生两次。所以历朝历代对这个地方都给予了极大的重视，从先秦到近代，兰州都是必须坚守的军事重镇。

可是，重视又能如何，这里发生的不是歌舞剧，是战争。如果我们来到兰州，应该借机告诉孩子，战争并不是他们从电视上看见的那个样子，好人总是会赢。真实的战争是会死人的。在现实世界里，有战争，这个城市就注定无法得到长远发展，因为它和城中的百姓，都在随时准备牺牲。当年的许多小朋友，可能今天高高兴兴一觉睡下，第二天早上却再也无法看见爸爸妈妈的身影，这是一件非常残酷的事情。

我们无须跟孩子分析，这些战争究竟为何会发生，战争对这个城市有着什么意义。因为，这些话从一个从未受过战争之苦的人嘴里说出，实在太没分量。我们可以告诉他们，只有读过兰州的历史，才能真切理解这个城市为何如此狂野，因为它必须如此。它的粗犷和狂野，让它在战争之后有足够的精力休养生息，而在如今的和平之中，这个样子，反倒更显现出它的可爱和质朴。

教养关键词·KEY WORD

1.告诉孩子，他们其实没有理由拥有更多的优越感

告诉孩子，他们现在的生活或许比某些地区的孩子更加优越，并不是因为其他地区的孩子不够努力，而是因为，那些孩子并没有和他们站在同一条平等的起跑线上。

2.和孩子一起感悟，能够拥有其实是件值得庆幸的事

人生要学习汲取正能量，我们和孩子都要懂得珍惜现在所得到的一切，因为很可能，我们嗤之以鼻，甚至早已厌倦的生活，或许正是许多人梦寐以求的东西。

3.体会战争的残酷，让孩子认识到和平究竟有多可贵

给孩子讲述兰州的历史，让他们看看战争时期与和平时期的兰州有什么不同，从而让他们感悟和平对于人类来说究竟有多么可贵。

提示·TIPS:

兰州又称金城、陆都、黄河之城，是甘肃省省会，中国西北第二大城市。它是中国大陆地理版图的几何中心，又称为中国的“陆都”。兰州市市区南北环绕群山，黄河从西向东穿流而过，这里依山傍水，平均海拔1500米，具有盆地城市的特征。

这里降水少，日照多，气候干燥，年平均气温10.3℃。年温差、日温差均较大，夏季最高温30℃左右，冬季最低温零下10℃左右。此外，兰州也是唯一一个黄河穿越市区中心的省会城市。

风景·SCENERY

带着孩子边走边看

每一个作为古战场的城市，都是值得敬佩的。没有经历过战争的人，无法体会到战争的残酷。当一个城市被无数的铁骑踏过，城下堆满了无数的尸骨，而它还能继续发展，这样的城市，值得我们尊敬。因为，在中国数千年的历史中，被战争摧毁，然后再也不曾留下踪迹的城市数不胜数。

兰州，就是一座这样的城市，它曾被无数次摧毁，被无数次踏平，又无数次被重建。它就像一只凤凰一样，不断涅槃，不断重生。可贵的是，直至今天，它仍然作为我国的军事重地而存在，同时，它也保留了一种独

兰州“黄河第一桥”

特的美。现在，就让我们带着孩子，一起去探寻属于兰州的独特之美吧。

兴隆山

兴隆山是距兰州市最近的国家级自然森林保护区。古因“常有白云浩渺无际”而取名栖云山，向来有“陇上名胜”之称，被誉为“陇右第一名山”。兴隆山的主峰由东西两部分组成，东峰兴隆海拔2400米，西峰栖云海拔2500米，二峰间为兴隆峡，有云龙桥横空飞架峡谷。现栖云峰有混元阁、朝云观、雷祖殿等殿阁，兴隆峰有二仙台、太白泉、大佛殿、喜松亭、滴泪亭等景点。

白塔山

白塔山濒临黄河北岸，海拔1700多米。山下有金城、玉迭二关，为古代军事要冲。白塔始建于元朝，现存的白塔是明朝景泰年间，镇守甘肃的内监刘永成重建而成。清康熙五十四年（公元1715年），巡抚绰奇又对塔身补旧增新。白塔上有绿顶，下筑圆基，高约17米。塔的外层涂抹白灰，刷白浆，故俗称白塔。

山上一、二、三台建筑群，飞檐红柱，在参差绿树丛中，由亭榭回廊连属，四通八达。三台建筑群的迎面是白塔山主峰，山势陡峭，古代建筑有风林香袅牌坊、罗汉殿、三宫殿等。山顶的古建筑物有三星殿、迎旭阁。

黄河铁桥

铁桥位于兰州城北的白塔山下、金城关前，有“天下黄河第一桥”之称，是兰州市内标志性建筑之一。铁桥建成之前，这里设有浮桥横渡黄河。浮桥始建于明洪武年间，名叫镇远桥，今尚存建桥所用铁柱一根，高达三米，重约数吨，上有“洪武九年”字样。清光绪三十三年（公元1907年），改浮桥为铁桥，这是黄河上游第一座铁桥。桥有四墩，下用水泥铁柱，上用石块，弧形钢架拱梁是后来进行加固工程时增建的，全部工程共耗白银30余万两。

1.兴隆山

2.白塔山 | 3.黄河铁桥

■诗词延伸

北楼西望满晴空，积水连山胜画中。
湍上急流声若箭，城头残月势如弓。
垂竿已谢磻溪老，体道犹思塞上翁。
为问边庭更何事，至今羌笛怨无穷。

——高适·《金城北楼》

兰州→敦煌→酒泉→玉门关→阳关

敦煌 大戈壁中的无限温柔

敦煌太守才且贤，郡中无事高枕眠。
太守到来山出泉，黄沙碛里人种田。
敦煌耆旧鬓皓然，愿留太守更五年。
城头月出星满天，曲房置酒张锦筵。
——岑参·《敦煌太守后庭歌》（节选）

故事·STORY

艺术明珠的诞生

敦煌太守有才又贤德，敦煌郡在他的治理下相安无事，人们因此可以高枕无忧。自从太守来了之后，雪山之水被引到了此处，黄沙地中也被人们种上了庄稼。太守如此德高望重，哪怕头发早已花白，可敦煌的百姓，还是希望他能留任五年。城头月儿东升星斗满天，后庭早已摆下豪华酒筵。

这首《敦煌太守后庭歌》是岑参在天宝八年（公元749年）赴安西高仙芝幕府就职时所作。诗中所体现的敦煌，和如今的敦煌大不相同。在这首诗里，我们很明显可以看出，唐代的敦煌，雪山之水被引到这里，形成了一片生机盎然的绿洲。那时，这片土地沟渠遍地，瓜果芬芳，在大戈壁中流露出无限温柔。

敦煌，它生在沙海之中，生命力却异常顽强。无论是千年前还是现如今，四周黄沙飞扬，敦煌，却好似一个置身黄沙中的“飞天”，它舞姿曼妙，沉浸在自己的思绪之中，书写着属于自己的历史。茫茫戈壁，似乎和这座神奇的城市，一点儿关系也没有。

敦煌，南枕气势雄伟的祁连山，西接浩瀚无垠的罗布泊荒原，北靠嶙峋蛇曲的北塞山，东峙峰岩突兀的三危山。这是一个干旱得令人吃惊的城市，它的年降雨量只有39.9毫米，而蒸发量却高达2400毫米。这又是一个生命力顽强得令人不敢相信的城市。在这个群山拥抱的天然小盆地中，党河雪水滋润着肥田沃土，绿树浓荫挡住了黑风黄沙。这里粮棉旱涝保收，瓜果四季飘香。

这里，还诞生了举世闻名的莫高窟，诞生了令佛界动容的《大藏经》。这里的沙漠奇观神秘莫测，戈壁幻海光怪陆离。这里还是多种文化融汇与撞击的交叉点，中国、印度、希腊、伊斯兰文化在这里相遇。4—11世纪，这里诞生了无数的壁画与雕塑，带给人们极具震撼力的艺术

感受。而在敦煌挖掘出的数以万计的赤轴黄卷中，蕴藏着丰富的文献资料，汉文、古藏文、回鹘文、于阗文、龟兹文、粟特文、梵文在此应有尽有。

来到这里，孩子会不会觉得很奇怪，在这自然条件极端恶劣的地方，这么璀璨的“艺术明珠”究竟是怎样诞生的？这还得从东汉初年的一段历史说起。

东汉初年，匈奴逐渐强盛，征服了西汉曾经管辖的大部分西域地区，丝绸之路被迫中断。公元75年，东汉王朝出兵四路进攻北匈奴，凉州牧窦固率河西兵大败匈奴，收复了伊吾等失地，重新打开通向西域的门户，同时派遣名将班超两度出使西域，杀死匈奴使节，联络西域诸国重新与东汉建立友好关系，使断绝65年的丝绸之路重新畅通。

到了十六国时期，群雄逐鹿中原，战火四起，百姓流离失所，处于水深火热之中，而河西地区则成为相对稳定的地区。中原大批硕学鸿儒和百姓纷纷背井离乡，逃往河西避难，带来了先进的文化和生产技术。尤其是汉魏时期传入的佛教在敦煌空前兴盛。饱受战争之苦的百姓拜倒在佛的脚

敦煌一景

下，企望解脱苦难，过上幸福、安定的生活。

此时，敦煌早已是佛教东传的通道和门户，也是河西地区的佛教中心。有一大批佛学高僧在敦煌讲经说法。河西各地的佛门弟子多来此地研习佛学。如有世居敦煌的译经大师竺法护，有前往印度学习佛法的敦煌人宋云等。法显、鸠摩罗什等佛学大师无论东进还是西去，都在敦煌留下了他们的足迹。

前秦建元二年（公元366年），乐僔和尚在三危山下的大泉河谷首开石窟供佛，莫高窟从此诞生了。之后，开窟造佛之举延续了千百年，创造了闻名于世的敦煌艺术。

我们无法得知，究竟是敦煌成就了莫高窟的盛名，还是莫高窟让敦煌变得举世闻名。但对于我们的孩子来说，这些都不是最重要的。重要的是，孩子能在这里得到艺术的熏陶，能在敦煌感受到艺术的精神和魅力。他们来到这里的目的，就是要学会一个道理，无论外在的环境有多么恶劣，能改变自己命运的力量，其实永远都只存在于自己的心中。

教养关键词 · KEY WORD

1.学会自强自立，不靠外界帮助

在茫茫戈壁之中，阳关和玉门关因为环境的变迁早已作古，但敦煌却凭借自己顽强的生命力长存至今。可以以此教育孩子，做一件事情，若是遇见困难无法继续，首先应该自己想办法解决问题，而不是一味地依靠他人，敦煌在这么恶劣的环境中也存在下来，那么只要肯开动脑筋，很多困难都会迎刃而解。

2.在恶劣的环境中体会生存之道

敦煌虽然身处戈壁之中，但唐代的太守已经懂得引出雪山之水灌溉农田，这说明任何困难，都有其对应的解决之道，困难无法突破，则说明还没有找到适合的方法。

提示 · TIPS：

敦煌位于甘肃、青海、新疆三省（自治区）的交汇点，隶属甘肃省酒泉市管辖。敦煌的东西分别与瓜州县、肃北蒙古族自治县和阿克塞哈萨克族自治县相接。全市总面积3.12万平方千米，其中绿洲面积只有1400平方千米，仅占总面积的4.5%，这里的四周都被沙漠戈壁包围，故有“戈壁绿洲”的称谓。

风景 · SCENERY

带着孩子边走边看

敦煌，是大戈壁中最神奇的城市，也是茫茫沙海中最温柔的城市。当楼兰、龟兹早已消失在历史的长河中时，敦煌却像“河”中最顽固的那块卵石，留存了下来。不到敦煌，你或许永远无法想象，一座灯红酒绿，同时也充满了人文和艺术气息的城市，竟然可以和茫茫戈壁相互交融，就像夏季沙漠中不可思议的海市蜃楼一般。

据说，敦煌的一切，比如沙和水、石窟与佛像，都相处得十分和谐，

敦煌一景

令人不敢相信这是真实发生的事情，这逼迫着我们不得不在它们可能消失之前，带着孩子赶紧去一睹它们的风采。

鸣沙山和月牙泉

鸣沙山和月牙泉是大漠戈壁中一对孪生姐妹，“山以灵而故鸣，水以神而益秀”。游人无论从山顶鸟瞰，还是在泉边畅游，都会骋怀神往。鸣沙山位距城南5千米，因沙动成响而得名。山为流沙积成，沙分红、黄、绿、白、黑五色。汉代称沙角山，又名神沙山，晋代始称鸣沙山。其山东西绵亘40余千米，南北宽约20千米，主峰海拔1715米，沙垄相衔，盘桓回环。

而月牙泉则处于鸣沙山环抱之中，因其形酷似一弯新月而得名。古称沙井，又名药泉。月牙泉占地13.2亩，平均水深4.2米。水质甘冽，澄清如镜。流沙与泉水之间仅数十米。沙漠之中，时有狂风扫过，但月牙泉却不会被流沙所掩埋。这种地处戈壁而泉水不浊不涸、泉沙共存的独特地貌，实为天下奇观。

莫高窟

莫高窟俗称千佛洞，被誉为20世纪最有价值的文化奇观，也有“东方卢浮宫”之称，坐落在河西走廊西端的敦煌，以精美的壁画和塑像闻名于世。

莫高窟虽然在漫长的岁月中受到大自然的侵袭和人为的破坏，但其壁画容量之大，内容之丰富，是当今世界上任何宗教石窟、寺院或宫殿都不能媲美的。环顾洞窟的四周和窟顶，到处都画着佛像、飞天、伎乐、仙女等。有佛经故事画、经变画和佛教史迹画，也有神怪画和供养人画像，还有各式各样精美的装饰图案等。

雅丹魔鬼城

“雅丹”是维吾尔语，原意是指具有陡壁的小山。在地质学上，雅丹地貌专指经长期风蚀，由一系列平行的垄脊和沟槽构成的景观。新发现的这处雅丹地貌，面积约400平方千米。它的形成经历了30万~70万年的岁

1.鸣沙山和月牙泉　2.莫高窟　3.雅丹魔鬼城

月。当大风刮过时，会发出各种怪叫声，因而也被人们称为敦煌雅丹魔鬼城。这里看不见一草一木，到处是黑色的砺石沙海、黄色的黏土雕像，在蔚蓝的天空下各种造型惟妙惟肖。

■诗词延伸

万里敦煌道，三春雪未晴。
送君走马去，遥似踏花行。
度迹迷沙远，临关讶月明。
故乡飞雁绝，相送若为情。
——王偁·《赋得边城雪送行人胡敬使灵武》

酒泉 黄沙漫漫，这里的风景曾赛江南

十里一走马，五里一扬鞭。
都护军书至，匈奴围酒泉。
关山正飞雪，烽戍断无烟。
——王维·《陇西行》

故事·STORY

城下有泉，其水若酒

军情十万火急，军使跃马扬鞭，风驰电掣般一闪而过。都护的军书及时送到，匈奴人已将酒泉团团围住。接到军书之后，将军举目西望，却见漫天飞雪，一片迷茫，望断关山，不见烽烟。

提到酒泉，今天许多人可能会想起酒泉卫星发射中心，以为这是个年轻的城市。其实不然，酒泉这座城市，早在汉武帝时期就已设郡。隋唐时期这里称为肃州，与张掖的古称甘州一起，组成了“甘”“肃”二字，甘肃省的名称也由此而来。从古至今，这里都是河西走廊西端区域中心城市。可以说，酒泉地区是我国西部土地开发利用最早的区域之一。

酒泉西接新疆，是丝绸之路连通中土与西域的要道，也是内地前往新疆的咽喉之地。自西汉始，这里就是中原通往西域，甚至中亚、欧洲的门户，著名的丝绸之路横贯全境。

酒泉以“城下有泉”“其水若酒”而得名。传说在2000多年前的西汉时期，霍去病征战西域，大败匈奴，汉武帝特赐御酒犒赏，霍去病认为功在全军，自己一人独饮甚为不妥，又因酒少人多，无法一一分享，因此将御酒倒入金泉，然后与将士们共饮泉水，于是官兵同乐，万众欢呼。此事一时成为佳话，广为流传。从那以后，金泉随之改为酒泉。据说，如今的酒泉水依然清凉甘澈，沁人心脾，饮下令人难以忘怀。

如今，这口泉眼尚在酒泉公园内。它冬季不冻，夏日清凉可口，宜于饮用。泉水向北渗入小湖。绕过泉边，沿曲径再往里走，一座座假山环绕着一个明净如镜的湖泊。一座高大的石拱桥，把湖面一分为二。湖面上有九曲桥等景致。到了冬天，湖面结冰，这里又成了很好的滑冰场。公园西侧的动物园，有各种鸟类、鹿、熊、猴等，还有产于甘肃的熊猫、金丝猴、野骆驼、牦牛等供游人观赏。

来到酒泉，我们无须再和孩子讲述它那漫长繁复的历史，只需带着他们，静静地感受这里的美，感受这里犹如江南一般的大好风光。这里有高山丘陵，也有大漠戈壁，还有绿洲草原，这三种看似无法相容的地貌，构成了酒泉地区独特的自然景观。大自然的神工鬼斧，在这里创造出众多山川形胜，蔚为壮观。

酒泉南部的祁连山，层峦叠嶂，绵亘千里；北部的马鬃山，岩石嶙峋，戈壁广布；而中部走廊的平原上，每一片绿洲都是一个花果乡，每一片田野都是一个米粮仓。在那里，如碧毯般美丽的草原上，群马和羊群像朵朵白云飘荡，辽阔的草原面积更居甘肃省之冠。

酒泉的建筑艺术十分辉煌，傲然屹立的汉长城烽燧，迄今还能同土筑墙同存，成为中国历史上因地制宜采用建筑技术措施的典范。在这座美丽的城市中，现代风格与古老艺术交相辉映。更神奇的是，当我们沉浸在如诗如画的酒泉风光中时，谁又能想到，一旦走出这里，你踏入的居然会是茫茫戈壁。

“葡萄美酒夜光杯，欲饮琵琶马上催。醉卧沙场君莫笑，古来征战几人回。”还记得这首绝妙的凉州词吗？词中描写的夜光杯，正是产自酒泉。酒泉夜光杯是一种用玉琢成的名贵饮酒器皿。当把美酒置于杯中，放在月光下，杯中就会闪闪发亮，夜光杯由此而得名。据《十洲记》记

酒泉一景

载，周穆王时，西域向周王室进献夜光杯，杯是白玉之精，此正为西域夜光杯的特色。千百年来，制作夜光杯的玉料都采自距酒泉城百余千米的祁连山中。

教养关键词 · KEY WORD

1.试着对霍去病将酒倒入泉中的行为作出评价

传闻霍去病将酒倒入泉水中，形成了酒泉，这显然只是传说。但既然将酒倒入水中并不能将水变成酒，那他为什么又要这么做呢？和孩子一起讨论，霍去病这么做的理由是什么。

2.锻炼孩子的观察能力，玩一次现实版的“城市找不同”游戏

酒泉和敦煌都是戈壁中的城市，让孩子仔细观察，看看这两座城市有哪些相同和不同之处。家长也可以和孩子一起玩玩真实的“城市找不同”游戏。

提示 · TIPS：

酒泉市位于甘肃省西北部的阿尔金山、祁连山与马鬃山之间。它东临张掖市和内蒙古自治区，南接青海省，西接新疆维吾尔自治区，北接蒙古国。东西长约680千米，南北宽约550千米，总面积19.2万平方千米，占甘肃省面积的42%。

从省会兰州到酒泉市约有18趟列车，行程需要6～8个小时。由于两市相隔700多千米，自驾车时间过长，气候相对东部城市又较为恶劣，故不建议家长带着孩子自驾游。

风景 · SCENERY

带着孩子边走边看

酒泉，是一个山脉连绵、戈壁浩瀚、盆地毗连的城市，这些地形、地貌构成了酒泉雄浑独特的西北风光。在这里，我们既可以看见祁连山银装素裹的冰川雪景，又可以看见碧波万里的平原绿洲，如果运气好的话，还可以欣赏到沙漠戈壁的海市蜃楼。

酒泉一景

酒泉公园

酒泉公园位于酒泉市东2000米处，因园中有酒泉而得名，它是河西走廊唯一一座保存完整的汉式园林，迄今已有2000多年的历史。园内有泉有湖，有山有石，建有酒泉胜迹、月洞金珠、西汉胜境、祁连澄波、烟云深处、曲苑餐秀、花月双清、芦伴晚舟八大景区。古树名木，参天蔽日；亭台楼阁，雕梁画栋，素有“塞外江南”“瀚海明珠”之美誉。

酒泉鼓楼

酒泉鼓楼坐落在酒泉古城中央，距今已有1600多年的历史。它整体轮廓呈金字塔形，挺拔雄伟，巍峨壮丽。鼓楼的基座是东晋时期酒泉故城的东门旧址，外面的青砖是清雍正年间包砌上去的，三层木楼则是清光绪三十一年（公元1905年）重修的。整个鼓楼为木架结构塔形楼，一楼每面三开间，楼内立有四根粗壮的通天柱。二楼每面有12个雕花窗扇，嵌在

1.酒泉公园 | 2.酒泉鼓楼

祁连山

12根撑柱之间。鼓楼东西两面分别悬挂“声震华夷”“气壮雄关”巨幅匾额。而三楼为单间单檐，四面开窗，外有回廊护栏。

祁连山

祁连山的平均海拔在4000~5000米，高山积雪形成了它奇丽壮观的冰川地貌。海拔在4000米以上的地方，称为雪线，一般而言，这里冰天雪地，万物绝迹。然而，祁连山的雪线之上，常常会出现反常的生物奇观。在浅雪的山层之中，有名为雪山草甸植物的蘑菇状蚕缀，还有珍贵的药材——高山雪莲，以及一种生长在风蚀的岩石下的雪山草。因此，雪莲、蚕缀、雪山草又合称为祁连山雪线上的“岁寒三友”。

■诗词延伸

孤城穷巷秋寂寂，美人停梭夜叹息。
空园露湿荆棘枝，荒蹊月照狐狸迹。
忆君去时儿在腹，走如黄犊爷未识。
紫姑吉语元无据，况凭瓦兆占归日。
嫁来不省出门前，魂梦何因识酒泉。
粉绵磨镜不忍照，女子盛时无十年。
——陆游·《古别离》

玉门关 当我们以为被世界冷落

黄河远上白云间，一片孤城万仞山。
羌笛何须怨杨柳，春风不度玉门关。
——王之涣·《出塞》

故事·STORY

马迷途

远远奔流而来的黄河，好像与白云连在一起，玉门关孤零零地耸峙在高山之中，显得孤峭冷寂。何必用羌笛吹起那哀怨的杨柳曲去埋怨春光迟来呢，原来玉门关一带春风是吹不到的啊！

王之涣的这首《出塞》生动描绘出旷远荒凉的塞外风光，尽情倾诉了戍边将士的疾苦。

大唐盛世，长安城繁华得让世界上所有的人都心向往之，洛阳的牡丹也艳放得让百花羞涩，在那喧嚣的灯红酒绿里，人们似乎遗忘了，在远离国都的千里之外，远远奔流而来的黄河，好像与白云连在一起，玉门关孤零零地耸峙在高山之中，它是那么的孤峭冷寂。

玉门关，始建于汉武帝时期。公元前116—公元前105年，修筑酒泉至玉门间的长城时，玉门关随之设立。据《汉书·地理志》记载，当时玉门关与阳关均位于敦煌郡龙勒县境，皆为都尉治所，都是汉朝极为重要的屯兵之地，更是丝绸之路通往西域北道的咽喉要隘。若说阳关是向北通往楼兰的必经之地，玉门关则是向北通向哈密、吐鲁番的门户要道。

自西汉张骞出使西域以来，通过玉门关，中原的丝绸和茶叶等物品源源不断地输向西方各国，而西域诸国的葡萄、瓜果等名优特产和宗教文化也相继传入中原。当时的玉门关，驼铃悠悠，人喊马嘶，商队络绎，使者往来，一派繁荣景象。

其实，关于玉门这个名称的来历，还有个有趣的传说可以讲给孩子听。

古时候，在甘肃小方盘城的西面，有个名叫马迷途的驿站。这里地形十分复杂，每当马队走到这里时，常会迷失方向，即使是经常往返此路的老马，也无法发挥它识途的本事。有一支专门贩卖玉石和丝绸的商队，刚进入马迷途就迷路了。当大家正焦急万分的时候，突然从天上掉下来一只大雁。商队里一个善良的小伙子，懂得雁语，他知道大雁是因为饥饿才从天上掉下来的，便拿出了自己的干粮和水，喂给大雁。大雁吃饱之后，飞上天空，带领商队走出了马迷途。

后来，商队经过马迷途的时候，又迷失了方向。而那只感恩的大雁，又及时地出现在他们面前。它飞在空中叫着："咕噜咕噜，商队迷路。咕噜咕噜，方盘镶玉。"边叫边飞，又引着商队走出了迷途。只有那只救过大雁的小伙子听懂了大雁的话语，他转告领队的老板说："大雁叫我们在小方盘城上镶上一块夜光墨绿玉的玉石，以后商队有了目标，就再也不会迷路了。"老板听后，心里一盘算，一块夜光墨绿玉要值几千两银子，实在舍不得，就没有答应。

没想到第三次商队又在马迷途迷了路，数天找不到水源，骆驼干渴地喘着粗气，人人嘴干舌燥，口渴得寸步难行，生命危在旦夕，正在此时，那只大雁又飞来了，并在上空叫道："商队迷路，方盘镶玉。不舍墨玉，绝不引路。"小伙子听罢急忙转告给老板，老板慌了手脚，忙问小伙子到底应该怎么办才好，小伙子说："你赶快跪下向大雁起誓'一定镶玉，绝不食言'。"

老板马上照小伙子说的，跪着向大雁起誓，大雁听后，在空中旋转片刻，把商队又一次引出了马迷途，商队得救了。到达小方盘城后，老板再也不敢吝惜了，立刻挑了一块最大、最好的夜光墨绿玉，镶在关楼的顶端，每当夜幕降临之际，这块玉便发出耀眼的光芒，方圆数十里之外看得清清楚楚，过往商队有了目标，再也不迷路了。从此，小方盘城就改名玉门关。

玉门关外

然而，再美丽的传说，也抵不过岁月的变迁，好景不长，王莽篡位后不久，丝路中断，玉门关就此封闭。两晋南北朝之后，海上交通日益兴盛，丝绸之路也渐渐失去了原有的繁盛，呈现出衰败迹象。而隋唐之后，玉门关址更是东移至今天的安息县双塔堡附近，旧玉门关也逐渐衰败了。

两千多年来，随着时间的流逝，玉门关关口湮没，城墙坍塌，已沦为人迹罕至的废墟，昔日车水马龙、驼铃声声的繁华景象，也终究只留在了史书的只言片语之中。世间变化万千，沧海桑田，玉门关却好像始终凝固了一样，渐渐被世界遗忘在了时光的角落里。

但孤傲的玉门关，却似乎并不愿服从命运的安排。1907年，冒险家斯坦因在这片戈壁的黄沙中挖出了许多汉简，随着汉简的出土，玉门关再一次出现在公众面前。今日的玉门关，不再孤单。它的遗世独立，它的沧桑孤绝，它的傲然不屈，都深深地吸引着人们不远千里地前去膜拜，去瞻仰，去用灵魂触摸那屹立了两千多年的孤城与战魂。

教养关键词 · KEY WORD

1.让孩子感悟生存的不易

大戈壁被称为世界上最难生存的地区之一，这里干旱、缺水，狂风肆虐，稍不小心就会迷失在被称为死亡之地的戈壁深处。在这里，孩子能更加直观地感受到生命的顽强与不易。

2.让孩子感受诗人的爱国主义情怀

即使在唐代，玉门关也是远离尘世、远离故土的所在。在这风沙肆虐的土地上，戍边将士们的爱国情怀，成了支撑他们驻守在此的坚定信念。当孩子站在玉门关前，咏出“不破楼兰终不还”的绝世佳句时，必能对这句诗中饱含的爱国主义情怀有一个更加深刻的理解。

3.教育孩子要节约用水

玉门关的所在地可以说是中国最缺水的地区之一，而玉门关的日渐萧条，也跟疏勒河的日渐干枯、水资源流失有关。孩子被我们带到玉门关之后，一定能更加感悟水对我们的重要性，从而学会节约用水。

提示·TIPS：

玉门关位于敦煌市去往雅丹国家地质公园的途中，它与阳关均位于敦煌龙勒县境内，是古时重要的屯兵之地。距玉门关15千米处有河仓古城，是汉代玉门关守卒的粮仓，现仅存遗址。若去玉门关，可以从敦煌租小车去往雅丹，大约行驶300千米就到了。这段路况很好，但沿途要看玉门关汉长城，往返需要七八个小时。

风景·SCENERY

带着孩子边走边看

在大戈壁广阔而湛蓝的苍穹下，玉门关就像一位避世的将军，孤绝而不失傲气地站在那里，那里虽只剩一方质朴的土墙，但它的铮铮铁骨，却象征着中华民族的军魂，纵使时光流逝千年，也绝不改一身傲骨。

玉门关遗址远景

玉门关周围，遍布沙砾，放眼望去，满目疮痍，这里没有舒适的房间，没有喧嚣的街市，甚至就连前来这里的旅途，也必定是颠簸不已。戈壁的狂风是这里的主人，孩子稚嫩的脸庞，也很可能被迎面而来的风沙打得生疼。但这丝毫无法阻止人们一睹玉门的真容。

王之涣说：“春风不度玉门关。”而我们，却有着比春风更加执着的信念。

玉门关遗址

玉门关遗址离敦煌80千米，在西北方向的戈壁滩上，与阳关刚好呈相反方向，和敦煌组成一个三角形。关城为正方形，用黄土垒就，高10米、

上宽3米、下宽5米，城墙保存完好，东西长24米，南北宽26.4米，面积633平方米，西、北各开一门。

城北100米左右为哈拉湖，湖水为淡盐水，生有大片芦苇。小城堡挺立在荒凉的戈壁，脚下的拉塔湖2000年前连接疏勒河故道，水面拥挤着运送粮食、兵士的船舶，从大漠戈壁辛苦而来的商旅、僧人在这里接受入关检查，然后就算进入中原大地。

玉门关遗址

玉门关大门

众多的文人骚客和许多脍炙人口的诗句，成就了“春风不度玉门关”的赫赫声名。站在玉门关大门的门口遥遥望去，虽只剩下一片残垣断壁的玉门关，但却依旧能让人感受到一种深邃而悲壮的美。

透过茫茫的风沙，从高高隆起的干裂坚硬的黄土层里，从断裂的古长城残垣断壁坚硬、厚实、粗糙的表面中，这种美不断渗出，它承载的是戈壁千年的倾诉和将士们无法磨灭的离愁。

玉门关日出

想要观看世间最美的景色，总是要付出一定代价的。而玉门关的日出，绝对值得你付出这样的代价。如果你愿意忍受戈壁清晨的寒冷和寂寞，当太阳冉冉升起时，伴随着戈壁的清冷，玉门关东方出现的那抹霞光，则一定会成为你毕生难忘的记忆。

它自无边的黑暗中渐渐涌现，瞬间驱散了弥漫在大戈壁上那无边的黑暗与荒凉。玉门关迎着这抹霞光，暗夜里黑漆漆的轮廓，渐渐被镀上了一层金色，泛着柔美的光。它逐渐展露真颜，让人心生欢喜，迎接希望。

1.玉门关大门 | 2.玉门关日出

戈壁滩的海市蜃楼

海市蜃楼，是戈壁滩绝对不能错过的奇景之一。在由敦煌去往玉门关的路上，当太阳狂热地照射在戈壁滩上时，你或许会惊奇地发现，在那晴空碧云之下，在那荒凉的戈壁之中，却突然出现了一个湖泊，湖中大大小小地散布着一些滩涂。隐约之中，不可触摸之间，还可以看到树，三三两两，枝干笔直，树叶下垂，有点像西北常见的杨树。透过树林，似乎有黄色的房屋，矮矮的，像个土包，没有人影。这景从天而降，亦真亦幻，而这正是传说中让旅人迷茫的海市蜃楼。

诗词延伸

青海长云暗雪山，孤城遥望玉门关。
黄沙百战穿金甲，不破楼兰终不还。
——王昌龄·《从军行》

兰州→敦煌→酒泉→玉门关→阳关

阳关 我送你离开，千里之外

渭城朝雨浥轻尘，客舍青青柳色新。
劝君更尽一杯酒，西出阳关无故人。
——王维·《送元二使安西》

故事 · STORY

古董滩

盛唐的一个早晨，渭城刚下了一场雨，雨水湿润了地上的沙土，空气也变得明净起来。刚刚抽出新芽的柳枝，被雨水打湿，显得更绿了。在渭城的一家酒店里，王维与元二依依惜别。王维劝元二再喝一杯酒："出了阳关，就很难见到我这位好朋友了。"

阳关始建于汉武帝元鼎三年（公元前114年），距今已有2000多年的历史。西汉王朝为抗击匈奴，经营西域，在河西走廊设置了武威、张掖、酒泉、敦煌四郡，同时建立了阳关和玉门关。阳关作为通往西域的门户，又是丝绸之路南路的必经关隘，有着极其重要的战略地位。

自西汉以来，各个王朝都把这里作为军事重地派兵把守。多少将士曾在这里戍守征战；多少商贾、僧侣、使臣、游客曾在这里验证过关；又有多少文人骚客面对阳关感慨万千。据史料记载，西汉时，在南湖置龙勒县，阳关为都尉治所。魏晋时在阳关置县，唐代设寿昌县。高僧玄奘从印度取经回国，就是走丝路南道，东入阳关返回长安的。宋以后，来自白龙堆的流沙逼着人们东撤，阳关被无情的沙漠掩埋了。而今，昔日的阳关城早已荡然无存，仅剩墩墩山上被称为阳关耳目的一座烽燧。攀登烽燧顶，方圆数十里尽收眼底。其南侧是一片四五千米见方的凹地，人称古董滩，到处可见碎瓦残片，是当年历史的见证。

古董滩流沙茫茫，一道道错落起伏的沙丘从东到西自然排列成20余座大沙梁，沙梁之间是砾石平地。汉唐陶片，铁砖瓦块，俯拾皆是。如果看到颜色乌黑、质地细腻、坚硬如石的砖块，千万莫要小瞧它，昔日有名的阳关砚就是用这种铁砖磨制的。因为它曾是阳关城墙上的砖块，便称之为阳关砖，用它做的砚台便叫阳关砚，其特点是冬不结冰，夏不缩水。如果你运气好，还可能会拣到金、银、玛瑙、五铢钱、陶器、箭头、铁刀片……

当地人说："进了古董滩，空手不回还。"古董滩上的古董为啥这样多呢？相传唐天子为了和西域于阗国保持友好和睦的关系，将自己的女儿嫁给了于阗国王。皇帝下嫁公主，自然要送好多嫁妆。金银珠宝，钱币绸缎，应有尽有。送亲队带着嫁妆，长途跋涉来到了阳关。当时这里是绿树掩映的城镇、村庄、田园。因为出了阳关便是戈壁沙漠，路途艰难，送亲队伍便在此地歇息休整，做出关的准备。不料，晚上狂风大作，黄沙四起，天黑地暗。这风沙一直刮了七天七夜。待风停沙住之后，城镇、村庄、田园、送亲的队伍和嫁妆全部被埋到了沙丘下。从此，这里便荒芜了。等到大风刮起，流沙移动，沙丘下的东西就露出了地面。

自古以来，阳关在人们心中总是凄凉悲惋、寂寞荒凉的象征。然而，今天的阳关、南湖，已是柳绿花红、林茂粮丰、泉水清清、葡萄串串的好地方。烽火台高耸的墩墩山上，修建了名人碑文长廊。游人漫步在长廊里，既可欣赏当代名人的诗词书法，又可凭吊古阳关遗址，还可以远眺绿洲、沙漠、雪峰等自然风光。

当代散文大家余秋雨在他的散文《阳关雪》中如此描写阳关遗址："所谓古址，已经没有什么故迹，只有近处的烽火台还在，这就是刚才在下面看到的土墩。土墩已坍了大半，可以看见一层层泥沙，一层层苇草，苇草飘扬出来，在千年之后的寒风中抖动。眼下是西北的群山，都积着雪，层层叠叠，直伸天际。任何站立在这儿的人，都会感觉到自己是站在大海边的礁石上，那些山，全是冰海冻浪。"

教养关键词 · KEY WORD

1.带孩子体验桑海沧田的历史感

阳关是最有历史感的旅游胜地之一，是汉代以来边关文化的标志性地标，也是西域文化的起点。在这里，孩子能够感性地触摸到历史的沧桑容颜。

2.让孩子对辽阔苍凉的大漠边关有一个感性的认识

久居城市的孩子，必被大漠的辽远和苍凉所震撼，这可以开拓孩子的视野，让他们知道城市的拥挤和舒适并非世界的全部。

3.让孩子体会依依惜别的友情

阳关是远方的起点，是思念的开始。孩子到阳关之后，能够对《送元二使安西》这首以友情为主题的诗歌有更深的认识。孤寂苍凉的西行路，会让友情显得更温暖，会让孩子懂得珍惜美好的情感。

提示·TIPS：

阳关位于敦煌市西南70千米南湖乡的古董滩上，因坐落在玉门关之南而取名阳关。敦煌市至阳关有柏油马路相通，家长可以包车前往。但到达景区之后，因景区较大，步行进去时间太长，可在景区门口买票乘坐电瓶车进入。

风景·SCENERY

带着孩子边走边看

对于今天在城市里长大的孩子而言，阳关是一个遥远的存在。无论在空间还是时间上，都是如此。

真实的阳关，只存在于千年前思乡戍卒的脚下、孤单旅人的身后。即使对于王维而言，阳关也只是一个分离的符号，渭城就在京城长安的旁边，而阳关还远在边关，在人们心目中，那是近与远的一个分界点。出了阳关，朋友就远去了，何日再见，很难预测。

那么，今天我们带孩子去阳关，还能看到什么？

阳关汉代烽燧遗址

如今的阳关，只剩被称为阳关耳目的汉代烽燧遗址，耸立在墩墩山上，让后人凭吊。

在古阳关烽燧处看日出、日落是带孩子来敦煌体验“大漠孤烟直，长河落日圆”的首选地，这里地理位置奇特，视野开阔，登高远望，能够真正感受到“无限风光在顶峰”的效果，感受西北风光的独特、地域的广阔、空气的新鲜、阳光的灿烂。天高地阔，放松心情，使人精神愉悦。

阳关博物馆出关仪式

到阳关博物馆，由12~24人组成的着汉代守关将士服装的仪仗队在关城门前列两队迎接，展示守关的场景。景区迎宾员身着西域各民族服装，表演欢快的民族大联欢舞蹈。入关后，由讲解员带游客参观两处文物陈列厅，体验历史、感受文化，让游客系统了解阳关的历史及设关于此的作用。参观完陈列厅后，讲解员带游客进入阳关都尉府，申请办理通关文牒。当你验完牒准予出关时，你会很欣喜地看到8名“飞天”姑娘，踏着欢快、轻盈的步伐，向你翩翩走来。伴随着古乐表演送别舞蹈，舞毕敬阳关美酒，尽情演绎唐代诗人王维的《渭城曲》“劝君更尽一杯酒，西出阳关无故人”的送别场面。

1.阳关汉代烽燧遗址 | 2.阳关博物馆

阳关景区骑马沙漠游

参观完博物馆后，骑马到阳关汉代烽燧遗址，从此处出发，踏上真正的古阳关大道，向沙漠深处进发（全程往返约8千米），寻找古河道（西头沟水源）。骑着马，沿着古丝绸之路，途经古董滩（据考证，为阳关关城遗址），伴着马铃声深情体验茫茫沙漠商旅马队的行进感觉。行进1小时左右，就会看到茫茫沙漠上突然出现一条挡住行进路线的河流，即西头沟河。进入河里，可尽情享受大漠奇观，戏水、留影、休整后，备足水源返回。

阳关一景

■诗词延伸

《阳关三叠》阳春堂琴谱版词：

长亭柳依依，渭城朝雨浥轻尘，客舍青青柳色新。劝君更尽一杯酒，西出阳关无故人。长亭柳依依，伤怀伤怀，祖道送我故人，相别十里亭。情最深，情最深，情意最深，不忍分，不忍分。

渭城朝雨浥轻尘，客舍青青柳色新。劝君更尽一杯酒，西出阳关无故人。担头行李，沙头酒樽，携酒在长亭。咫尺千里，未饮心已先醉，此恨有谁知。哀可怜，哀可怜，哀哀可怜，不忍离，不忍离。

渭城朝雨浥轻尘，客舍青青柳色新。劝君更尽一杯酒，西出阳关无故人。堪叹商与参，寄予丝桐，对景那禁伤情。盼征旌，盼征旌，未审何日归程。对酉此香醪，香醪有限，此恨无穷。无穷伤怀，楚天湘水隔渊星，早早托鳞鸿。情最殷，情最殷，情意最殷。奚忍分，奚忍分。

从今别后，两地相思万种，有谁告陈。

【第四辑】留给孩子的旅行思考题

1. 兰州到底有几处古战场遗迹?
2. 找出三种有关酒泉的传说。
3. 阳关始建于什么朝代?

第五辑

西域风土——异域风情谁能拒绝

火焰山 你是天堂，你是地狱

火山突兀赤亭口，火山五月火云厚。

火云满山凝未开，飞鸟千里不敢来。

——岑参·《火山云歌送别》（节选）

故事·STORY

火焰山的传说

火焰山突兀地矗立在赤亭口，时值五月，山上的火云已厚厚地堆积在此。这些火云炎炎逼人，好像凝固在那儿无法散开，即便在千里之外的飞鸟，也不敢从这里飞过。

中国古典神话小说《西游记》第五十九回“唐三奘路阻火焰山，孙行者三调芭蕉扇”中讲述了这样一个故事：在唐僧师徒四人去西天取经的路上，有座火焰山，这里无春无秋，四季皆热，火焰山八百里火焰，四周寸草不生。若想过火焰山，就是铜头铁身怕也要化成汁。大智大勇的孙悟空智斗牛魔王，三借芭蕉扇，冲着火焰山攒足了劲儿，扇了七七四十九下，果然，有火处下雨，无火处天晴，师徒四人翻过了火焰山，向西天取经而去。

这个故事中所提到的火焰山，正是诗人岑参笔下“飞鸟千里不敢来”的火山。它位于吐鲁番盆地的中部，东西长98千米，南北宽9千米，最高处海拔851米，主峰位于鄯善县连木沁镇西面12千米处。维吾尔语称火焰山为“克孜勒塔格”，也就是红山的意思。

《西游记》中说，火焰山能将人的皮骨都熔化掉，这对于从小在空调房中长大的孩子来说，着实没有多少概念。明代诗人陈诚就曾咏叹火焰山道：“一片青烟一片红，炎炎气焰欲烧空。春光未半浑如夏，谁道西方有祝融。”

火焰山重山秃岭，寸草不生。若是去的时间正值盛夏，便会看见红日当空、地气蒸腾、烟云缭绕的景象。据说，旧时的县太爷每到盛夏，都必须泡在盛满凉水的水缸里处理公务。而老百姓则挖地为穴，躲在里面等到太阳落山才外出劳作。到现在，这里的农村还有许多这样的地窝子和半地窝子。而在一辆汽车里，如果车内没有空调设备，驾驶员则一定会脱去衣衫，头顶一块湿毛巾冲过火焰山。当地人说，在太阳直射时，这里的地表

最高温度会高达70℃，磕个鸡蛋放在地上，几分钟之内就会被烤熟。

关于火焰山，当地维吾尔族人还有一个传说：古时候，天山深处有一条恶龙，专吃童男童女，这令当地百姓终日惶恐不安。年轻的英雄哈拉和卓决心降伏恶龙，为民除害。他手持宝剑与恶龙大战三天三夜，终于在七角井将恶龙斩为两截。恶龙满身是血在地上翻滚，勇敢的哈拉和卓又挥舞宝剑将恶龙斩为七截，满身鲜血的恶龙化作了一座山，维吾尔族人称此山为“克孜勒塔格”。恶龙身上的七条伤痕化作了七条山沟，七条山沟流出了七条清泉，这就是今天的葡萄沟、木头沟、吐峪沟、桃尔沟、连木沁沟、干沟、树柏沟。

火焰山

位于吐鲁番市东北角的葡萄沟，是火焰山西侧的一个峡谷。整个峡谷都被茂密的葡萄藤所覆盖，风一吹，活像一条波浪翻滚的绿色河流。置身其中，一股凉意丝丝袭来，再回想火焰山那火红的天空、火红的土地，仿佛到了另一个世界一般。就像一首歌中所描述的那样，火焰山，你的一半是地狱，而另一半，却远在天堂之上。

教养关键词 · KEY WORD

1.让孩子学着挑战自我，体验酷热和寒冷的交替出现

常年在空调房中长大的城市孩子，或许还不曾体验过酷热和极寒交替

出现的情况。火焰山白天和夜晚的温差高达几十摄氏度，孩子之前已经挑战过登山这种考验耐力的运动，现在，可以让孩子体验自身对于温度的忍耐能力，这一定很难忘。

2.思考一下，为什么在这么极端的气候条件下，这里还能种出好吃又高产的葡萄和哈密瓜

一般的城市孩子，或许对农作物的生长印象并不深刻。这些植物结出果实，需要多少水，需要多少肥，需要多少阳光，孩子一定一无所知。带孩子参观葡萄园之后，可以告诉孩子种植葡萄和哈密瓜的过程，并让孩子自己查找资料，看看这些水果究竟需要什么样的环境，才能结出又大又好吃的果子。

3.告诉孩子，生物的生存虽然依赖外在环境，但自身的随机应变更加重要

许多孩子学习没有进步，人际关系也不太好，却始终喜欢将理由归为外因。可以带孩子来看看火焰山的寻常百姓，带着孩子看看唐玄奘曾经走过的路，并告诉孩子，这里的环境比起家乡差别太大，但这里的人们却从未放弃过希望，唐玄奘也从未因为路途艰辛而放弃取经。所以，一个人能够成功，虽然也离不开外因的帮助，但最重要的，是自己要有一颗坚韧的心。

提示·TIPS：

火焰山位于新疆吐鲁番盆地中部，当地人称“克孜勒塔格”，意即红山。它在由吐鲁番向东去鄯善的路段中间。这是一条东西长约100千米，南北宽7～10千米，平均海拔500米左右的年轻褶皱低山。最高峰位于胜金口附近，海拔851米。它主要由中生代的侏罗纪、白垩纪和第三纪的赤红色砂砾岩和泥岩组成。

火焰山山体雄浑曲折，主要受古代水流的冲刷，山坡上布满冲沟。山上寸草不生，基岩裸露，且常年受风化沙层覆盖。盛夏，在灼热的阳光照射下，红色山岩热浪滚滚，绛红色烟云蒸腾缭绕，热气流不断上升，红色砂砾岩熠熠发光，恰似团团烈焰在燃烧，故名火焰山。这里是我国最炎热的区域，夏季气温高达47℃，据说山顶气温可达80℃。

带着孩子边走边看

每到寒暑假，老版新版的《西游记》便开始在各个电视台轮番放映，孩子看了一遍又一遍，始终没个够。但无论在电视中看了多少遍，都不如我们带着孩子亲临现场，让孩子亲身感受唐僧西天取经的艰难与困苦。

如果孩子听说要去孙悟空曾经去过的火焰山，他们会不会显得很兴奋？不过我们得提前告诉孩子，现实中所看到的火焰山，或许会和电视中的火焰山有一点点不同。不过要相信，来到这里，孩子并不会感到失望，因为现实中的火焰山比起《西游记》中所描述的那个，绝对毫不逊色。

火焰山地宫

沿着火焰山石碑东去100米就是火焰山地宫游览区，这个景区是按照著名古典小说《西游记》中唐僧师徒四人途经火焰山、三借芭蕉扇的描述进行总体设计的，具有浓厚的神话色彩。

景区两侧是古代图腾浮雕，景区入口有孙悟空、铁扇公主及牛魔王的大型石雕，其造型出自《西游记》中唐僧取经路过火焰山，孙悟空三借芭蕉扇的神话传说；入口两侧分别是孙悟空、铁扇公主手执兵器奋力打斗的景象，远方的牛魔王骑着金睛兽怒目而视，张牙舞爪匆忙赶来助阵。

世界上最大的立体造型温度计

这个温度计是仿造《西游记》中描写的炼丹炉建造。整个景点的地面和地下建筑面积达2700平方米。在景点正中央建有一根高12米的金箍棒造型的温度计，它的温度显示窗高5.4米，直径0.65米。该立体造型温度计可实测100℃以内的地表温度，抗风能力非常强。

葡萄沟

葡萄沟，是火洲的桃花源。位于吐鲁番市东北10千米的火焰山中，这

1.火焰山地宫

2.世界上最大的立体造型温度计

3.葡萄沟

是一条南北长约7千米、东西宽约2千米的峡谷。依山傍水，安静幽雅，景物天成，数条葡萄长廊深邃幽静。人工引来的天山雪水沿着第一人民渠穿沟而下，潺潺流水声给葡萄沟增添了青春的活力。

两面山坡上，梯田层层叠叠，葡萄园连成一片，到处郁郁葱葱，犹如绿色的海洋。在这绿色的海洋中，点缀着桃、杏、梨、桑、苹果、石榴、无花果等各种果树，一幢幢粉墙朗窗的农舍掩映在浓郁的林荫之中，一座座晾制葡萄干的荫房排列在山坡下、农家庭院上，别具特色。夏天，沟里风景优美，凉风习习，是火洲避暑的天堂。

诗词延伸

火山五月行人少，看君马去疾如鸟。

都护行营太白西，角声一动胡天晓。

——岑参·《武威送刘判官赴碛西行军》

交河城 世间最完美的废墟

白日登山望烽火，黄昏饮马傍交河。
行人刁斗风沙暗，公主琵琶幽怨多。
——李颀·《古从军行》（节选）

故事 · STORY

消失的古城

白天爬上山去观望四方有无烽火，黄昏时候又到交河边上放马饮水。到了晚上，风沙弥漫，一片漆黑，将士们和打更用的刁斗全都看不清楚，只听得见军营中巡夜的打更声和那如泣如诉的幽怨的琵琶声。

吐鲁番往西，曾经的交河故城巍然屹立于一座黄土高台之上，不过经历了千年风霜的摧蚀，曾经的辉煌与繁华早已烟消云散，此处只空留着残垣断壁仍在诉说着过往的历史。据说，这座故城名字的由来，是由于当初城市东西两边的河流在此交汇，故而得名。

交河故城是丝绸之路的交通重镇，是公元前2世纪—公元5世纪由车师人开创和建造的，是古代西域36国之一的车师前国的都城，唐朝安西都护府最早的政府所在地。汉代班超父子、唐代玄奘法师及边塞诗人岑参等都曾到过这里，留下千古佳话和不朽诗章。岑参曾作诗形容这里："交河城边飞鸟绝，轮台路上马蹄滑。晻霭寒氛万里凝，阑干阴崖千丈冰。"

汉武帝元封三年（公元前108年），汉将赵破奴攻破车师，分立车师前、后国。公元450年，车师前国被北凉所灭。车师前国灭亡后直至唐初，交河一直是历代高昌王国辖下的交河郡治。唐太宗派兵灭高昌王国后，在此设交河县，并于贞观十四年（公元640年）在交河故城设置了安西都护府，交河城成了西域军事要塞。

公元8世纪中叶—9世纪中叶，交河城曾一度为吐蕃人所据。后又成为回鹘高昌王国属地，设交河州。13世纪下半叶，西北蒙古贵族发动战争，率领铁骑12万进攻交河，交城损失惨重。公元1383年，交河城在战火中消亡。

曾经，交河故城东西环水，状如柳叶，为一河心小洲。《汉书 · 西域传》记载："车师前国，王治交河城，河水分流绕城下，故号交河。"与新疆大部分地区一样，曾经绿水环绕、树木成荫的故城随着战火纷争城市

破败，城市虽残存着，可生命却远离了，失去了曾经的青山绿水，失去了曾经的都市繁荣，直至变成一座死城，变成一堆黄土。

如今，当我们站在这座昔日繁华的交河城前时，放眼望去，这座故城仅存城基及断壁残垣，但当年的市井格局及官署、寺院、佛塔、坊曲街巷等仍历历可辨。

这座故城南北长约1650米，东西最宽处约300米，四周为高达30余米的壁立如削的崖岸，崖下是已近干涸的河床。故城建筑主要在崖的南端，因此当地人也称其为崖儿城，明代吏部员外郎陈诚曾有《崖儿城》诗为证："沙河三水自交流，天设危城水上头。断壁悬崖多险要，荒台废址几春秋。"故城的建筑以崖为屏障，不筑城墙。

夕阳残照之时，交河故城在夕阳的余晖中更显深沉与静默。触摸着那些历经世事沧桑的断壁残垣，我们仿佛依然可以看到，交河女子织布时绽开的笑颜，交河男子耕种时挥下的汗水，交河孩子玩耍时的童真，以及交河僧人诵经时流露出的无比虔诚。

教养关键词 · KEY WORD

1.告诉孩子，凡事最重要的是基础，而不是投机取巧走捷径

交河故城之所以得以保留，除了吐鲁番地区的气候原因外，更重要的

交河故城遗址

是，这座城市的基础打得非常牢固，它是从上向下挖出，并用夯土垒实。这跟做人是一样的道理，无论你的外表功夫做得多花哨，基础没有打牢，总有一天会在时间的考验下露出马脚。

2.辉煌的过去不会一直给人带来福音，我们必须不断向前奔跑

交河城和西域的所有城关一样，都曾经无比辉煌，都曾有无数的名士踏足其上，但时间未过千年，却已消逝于茫茫戈壁之上，它的文明，城内的族人，都不知去往何方。世间万物莫不过如此，人生百年，又有谁能守着曾经的辉煌风光一生？所以，告诉孩子不能有了一点成绩就骄傲自满，人要急流勇进，否则不会有建树。

3.有时候要学会放弃，因为有些事情不是一直努力就会变成你想要的结果

交河城的逝去，并不是因为居民不够努力，也不是因为他们不曾好好珍惜生命，而是因为自然环境的无情变迁。所以，我们在做事的时候，不能只是凭着一股“不撞南墙不回头”的劲儿，还应该停下来仔细观察，仔细思考，该放弃的东西，就应该果断放弃。

提示·TIPS：

交河故城位于新疆吐鲁番市以西约13千米的亚尔乡，它长约1650米，两端窄，中间最宽处约300米，呈柳叶形。这里是古代西域36国之一的车师前国都城，是该国政治、经济、军事和文化中心。由于吐鲁番地区干旱少雨，使得交河故城保存得非常完整。

这里的建筑全部由夯土版筑而成，形制布局则与唐代长安城相仿。城内有市井、官署、佛寺、佛塔、街巷，以及作坊、民居、演兵场、藏兵壕等。寺院佛龛中的泥菩萨都还可以找到。城内的寺院占地5000平方米，有汲水井一口。佛塔群有佛塔101座。

现在去交河故城，可以在吐鲁番市新城路乘1、101路公交车到亚尔乡，然后换乘出租车或马车到达。

走进交河故城，就仿佛在读一本厚厚的书卷，每一个废弃了的黄土房舍里都有一个过往的故事，都有一个家庭的喜怒哀乐；就像欣赏一幅古老的画卷，那种苍凉的、残破的美一样能够让人心动、感悟。走在那深邃的巷道里，就像穿越时空，回到几千年前，那丝绸之路上南来北往的商人和戍边的将士，行色匆匆。一座故城，一个黄土塑成的城市，就像一尊墓志铭，书写着交河故城的过往，注释着它的兴盛和衰败，为后人留下未知的莫名的思绪和联想。

岁月无情地消逝，交河城渐渐地在时光的飞逝中隐去轮廓。然而，这个目前世界上最大、最古老、保存最完好的生土建筑城市，它曾经辉煌的存在，卓绝的贡献，却不知会不会在某年某月消失得无影无踪。趁它还没完全消失之前，带上我们的孩子，赶紧去一睹它的真颜吧。

交河故城遗址

交河故城遗址在吐鲁番市以西约13千米处。古城与故城的不同在于，古城是古老而现存的尚具有生命力的城市，故城是古老而现已废弃的城市

交河故城遗址

遗迹。交河故城废弃是由于连年战乱，逐渐衰落使然。但可以肯定的是，它曾有过辉煌、繁华和兴盛，从它的城市规模可以看出，昔日的古国是多么富足和丰饶。

千百年风雨沧桑之后，交河故城的主体建筑、基本格局至今尚存，成为国内乃至世界上保存状态最好的生土结构的大型遗址。更令人难以置信的是，如此规模巨大的一座故城，并非一砖一瓦平地筑起，而是在两河相抱的一处险峻峭拔的土岛上，向下挖出街道、官衙、民居、寺院、城门。而它的墙体大部分是生土，整个城市仿佛一组庞大的雕塑，巍然壮阔，堪称世界建筑史上的奇迹。

维吾尔古村

维吾尔古村位于吐鲁番市亚尔乡亚尔果勒村，毗邻交河故城，是一个展示维吾尔原生态民居建筑、民俗风情和交河历史文化的旅游景区。景区内维吾尔民俗陈列馆与传统民居交相辉映，立体地展示了维吾尔族人的历史变迁、生产劳动、民居建筑、风土人情、宗教信仰等风貌，其中不少是已经消失和正在消失的原生态文化展示。

苏公塔

苏公塔位于吐鲁番市东郊2000米处的葡萄乡木纳尔村，是一座造型新颖别致的伊斯兰教古塔。它是新疆境内现存最大的古塔，全部用青灰色砖建成，高44米，塔基直径为10米，塔身下大上小，呈圆锥形。塔内有螺旋形台阶72级通往顶部。塔身周围不同方向和高度，设有14个窗口。塔的表面分层砌出三角纹、四瓣花纹、水波纹、菱格纹等15种几何图案，具有浓厚的伊斯兰建筑风格。

苏公塔的塔体简朴、明快。更妙的是塔的内部结构，这里不用一根木料，而是在塔的中心用砖砌出72级螺旋式阶梯当作中心柱体，既代替木结构支撑加固了塔身，又可作楼梯攀登通达塔顶。

1.交河故城遗址 | 2.维吾尔古村

3.苏公塔

■诗词延伸

天山有雪常不开，千峰万岭雪崔嵬。
北风夜卷赤亭口，一夜天山雪更厚。
能兼汉月照银山，复逐胡风过铁关。
交河城边飞鸟绝，轮台路上马蹄滑。
晻霭寒氛万里凝，阑干阴崖千丈冰。
将军狐裘卧不暖，都护宝刀冻欲断。
正是天山雪下时，送君走马归京师。
雪中何以赠君别，惟有青青松树枝。
——岑参·《天山雪歌送萧治归京》

天山 无边西域，你最神秘

明月出天山，苍茫云海间。
长风几万里，吹度玉门关。
——李白·《关山月》（节选）

故事 · STORY

离仙界最近的地方

征战沙场的将士们戍守在天山之西，回首东望，所看到的是明月从天山升起的景象。而那在大海上空才能见到的云月苍茫的景象，此时出现在雄浑磅礴的天山之上。士卒们身在西北边疆，在月光下伫立遥望故园之时，但觉长风浩浩，好似掠过几万里中原国土，往玉门关而来。

天山，自古以来有北山、雪山、白山、阴山等诸多称号。唐诗中著名的那句“不教胡马度阴山”中的“阴山”，便是指的此处。

从史前直到现在，人类从未停止过沟通天山东西及南北的脚步，其中东西向的道路便是闻名遐迩的丝绸之路。中国有句成语，叫作“筚路蓝缕，以启山林”，意思是指驾着简陋的车，穿着破烂的衣服去开辟山林。而这句成语，用来形容当年开辟天山之路的古人，真是再也合适不过了。

据说，当年玄奘取经之时，当他行走到荒无人烟的莫贺延碛，也就是今天甘肃与新疆交界的大戈壁时，首先看到了亚洲腹地的天山，这片被冰河覆盖的险峻山岭。这里，是玄奘当年走出中国国门的最后一步，而这一步一定走得异常艰难。冰雪聚集，堆积成凌块，春夏不消，冻成一片，与白云连接，抬头只见白茫茫的一片，无边无际。山上冰峰崩塌下来，堆积在路旁，有的高达百尺，有的宽达数丈。因此山路崎岖，登攀艰难，加上风雪交加，即使穿上厚厚的鞋袜，套上重重皮衣，仍不免冷得发抖。

玄奘所走的这条路当时是大唐西域通往中亚的最主要的道路，事实上就在他出发的乌什县的邻县——现在阿克苏温宿县，还有一条穿越天山抵达今天伊犁昭苏的驿道，名为乌孙道，今人称为夏特古道。当年张骞奉汉武帝之命前去联盟乌孙共击匈奴时走的就是这条道。还有一个正值妙龄、多愁善感的青年女子——细君公主也是通过这条道路，走到了已届老年的草莽英雄——猎骄靡的身边，由于年龄差距、语言不通、文化习俗迥异，这场政治婚姻的个人感情悲剧是可想而知的。流传至今的《黄鹄歌》深沉地诉说了细君当年的内心痛苦：“吾家嫁我兮天一方，远托异国兮乌孙王。穹庐为室兮旃为墙，以肉为食兮酪为浆。居常土思兮心内伤，愿为黄鹄兮归故乡。”

而我们来到这里时，我们中的大部分人，凭借先进的现代装备，只会感受到天山的美和神圣。但在古人的心中，他们一定认为，在天山圣洁的外表下，一定藏着一颗比恶魔还要可怕的“内心”，这座远远望去光彩夺目的大山，当你走进它时，它是残酷的、毫无情面的，它仿佛不是人间之物，要将所有靠近它的人们一一吞噬。

天山，在古人的心中，是西域最为神秘的存在，曾有无数的诗人歌颂它，描绘它，为它写下无数千古流传的诗词。但即便是玄奘这样的探险家，也只敢沿着山边，小心地绕行过去。那时，即便是天山下的原住民，也没有多少人敢进入天山深处，生怕触怒了山上的神灵。

那时，天山唯一为人所知的，是传说中万金难求的天山雪莲，据说它

天山一景

生长于天山山脉海拔4000米左右的悬崖陡壁之上、冰碛岩缝之中。那里气候奇寒，终年积雪不化，一般植物根本无法生存，而雪莲却能在零下几十摄氏度的严寒中和空气稀薄的缺氧环境中傲霜斗雪、顽强生长。这种独有的生存习性和独特的生长环境使其天然而稀有，以至于古人纷纷传说，天山雪莲千年方能一遇，其包解百毒，是百草之王，药中极品。

教养关键词 · KEY WORD

1.让孩子感受一下宁静的奢侈

天山的宁静和都市里的喧嚣可以形成鲜明的对比，带着孩子来到天山，并不一定要教导孩子什么，只需让孩子静静地感受一下，什么是真正的宁静。多年之后，当孩子长大成人，或许会想起儿时感受过的这种宁静，那是一种难得的、奢侈的享受。

2.带着孩子看看亿万年前形成的冰川

眼前那一片美丽的冰川，要经过亿万年的时光才会形成。最美丽的事物往往都要经历十分漫长的过程，才能形成今天我们见到的样子，无论是雅丹的魔鬼城，还是天山的亿年冰川。而我们身边的美丽事物，也大多如此。

提示 · TIPS：

天山横贯中国新疆的中部，西端则伸入哈萨克斯坦。它长约2500千米，宽250～300千米，平均海拔约5000米。最高峰是托木尔峰，海拔为7443米，汗腾格里峰海拔6995米，博格达峰海拔5445米。这些高峰的峰顶终年覆盖着皑皑冰雪，而新疆的三条生命之河——锡尔河、楚河和伊犁河也都自这些冰雪之中诞生。

风景 · SCENERY
带着孩子边走边看

许多人听闻天山这个地方，大多是在各类武侠小说之中，在武侠世界里，“天山派”这个词充满了神秘。而天山本身，也和这个神秘的门派一样，它带给人的感觉，就像天女在无意间撒下的一卷彩绸，顺着九天的银河落到人间。不到天山，人们或许并不知晓，在这个世界上，竟然还有如此如诗如画的地方。它的神秘、它的美丽、它的空灵、它的摄魂夺魄，都深深地震撼了这个世界。

当孩子念出“明月出天山”时，我们无法得知，他们是否能想象出天山究竟有多美。我们甚至不知道，当他们亲眼见到这里的圣洁、宁静之后，是否还会留恋城市里喧嚣的生活。尤其是那号称“九天画卷”的天山大峡谷，又是不是真的跟仙境一样美丽呢？

天山大峡谷

神秘的天山大峡谷是天山支脉克孜利亚山中的一条峡谷，大峡谷红褐色的山体群直插云天，在阳光照射下，犹如一簇簇燃烧的火焰。红褐色的岩石经过大自然亿万年的风刻雨蚀之后，才形成了现在的样子。

大峡谷距离库车县城约70千米，谷口十分开阔，深谷之中却是峰回路转，时而宽阔，时而狭窄，有些地方仅容一人侧身通过。谷底比较平坦，两侧是高耸的石壁，脚下是细沙，有些路段还有一层浅浅的积水。谷内奇

天山大峡谷

峰异石千姿百态，数不胜数。

神犬守谷

大峡谷内的奇景令人惊恐，在紧靠峡谷入口处内侧突兀的崖壁上，有一黑色“神犬”面谷而卧，故名“神犬守谷”。一般季节“神犬”呈黑色，每到七八月份会由黑色变成黄褐色，但无论光线如何变化，这只“神犬”的形状却从不改变。

中国一号冰川

中国一号冰川位于乌鲁木齐南山地区天山中段喀拉乌城山王峰，天格尔峰分水岭北侧，距乌鲁木齐118千米。同时它也是乌鲁木齐河的源头。一号冰川形成于第三冰川纪，距今已有400万年历史。冰川为双支冰山冰川，冰川上限海拔为4474米，冰舌末端，海拔3790米，冰川长度为200米，面积1.74平方千米。

1.天山大峡谷 | 2.神犬守谷

中国一号冰川

■诗词延伸

去年战桑乾源。

今年战葱河道。

洗兵条支海上波，放马天山雪中草。

万里长征战，三军尽衰老。

匈奴以杀戮为耕作，古来唯见白骨黄沙田。

秦家筑城避胡处，汉家还有烽火燃。

烽火燃不息，征战无已时。

野战格斗死，败马号鸣向天悲。

乌鸢啄人肠，衔飞上挂枯树枝。

士卒涂草莽，将军空尔为。

乃知兵者是凶器，圣人不得已而用之。

——李白·《战城南》

天池 西王母，你真的住在这里吗

瑶池阿母绮窗开，黄竹歌声动地哀。
八骏日行三万里，穆王何事不重来。
——李商隐·《瑶池》

故事 · STORY

神仙聚会的地方

约定的日期已到，可心上人就是没有露面，住在瑶池的西王母不由得打开绮窗向山下眺望，山下却传来阵阵搅动大地的哀歌。细细一听，这哀歌却是那穆天子所作的《黄竹歌》。穆天子啊，你有日行三万里的八匹骏马，却为何不再来和西王母相会呢？

李商隐的这首诗，讲的是在唐代广为流传的一个神话故事。传说西王母在这里宴请西游的周穆王，两人边饮美酒边吟诗对歌，渐渐地彼此暗生爱意。后来周穆王东去，朝思暮想王母娘娘。为了排遣忧愁，用法术将湖水变为一面镜子摆在天山之上。

据说，李商隐的这首诗中所提到的瑶池，就是今天天山上的天池。传说中，西王母居住的瑶池，仙雾缭绕，鲜花四季不谢。可当我们真正看见天池的真面目时，才发现，这个人间仙境的景色，竟比传说之中还要美丽百倍。

天池风景区以天池为中心，融森林、草原、雪山、人文景观为一体，形成别具一格的风光特色。它北起石门，南到雪线，西达马牙山，东至大东沟，总面积达160平方千米。

立足高处，举目远望，一片绿色的海浪此起彼伏，那一泓碧波高悬半山，就像一只玉盏被岩山的巨手高高擎起。沿岸苍松翠柏，怪石嶙峋，含烟蓄罩。在这里，漫山遍野绿草如茵，羊群游移，远处更有千年冰峰，银装素裹，神峻异常。整个风景区内湖光山色，美不胜收。

而天池本身，也有三处水面。除了主湖面以外，在其东西两侧还另有两处小池子。东边的叫作黑龙潭，传说是西王母沐浴梳洗的地方，故又有“梳洗涧”“浴仙盆”之称。在它的一侧有悬崖百丈，一道瀑布飞流直下，犹如银川一般从天而降。

在主湖的西面，是玉女潭，相传西王母时常在此沐足。玉女潭的形状好像一轮圆月，池水清澈幽深，而在潭水的四周围绕着一圈塔松，倒映在碧波之中，静影沉璧，令人陶醉。而玉女潭的一侧也飞挂着一条“白练”，有数十米之高，落下时如吐珠溅玉。

天池美得勾人心魄，却不知西王母是否真的曾以此为别院。《穆天子传》卷三曾如此写道：“乙丑，天子觞西王母于瑶池之上。”这一美好神奇的传说，激发了古往今来多少文人墨客的无尽遐想，也成就了李商隐的《瑶池》一诗。不过，后据《四库全书总目提要》卷142页载：“西王母者，不过是西方一国君。”

或许，人们宁愿相信，西王母，正是那高高在上的天帝之妻。因为，这天池，实在美得不似人间景色。也实在无法令人相信，这里没有神仙居住，因为，它的气息是如此纯净。无风之时，那如镜的湖面，倒映着雪峰，倒映着天空，就好似镶嵌在雪山之中的蓝宝石一般，毫无瑕疵。

据说，在公元1219年，道教全真派首领长春真人丘处机，应元太祖成吉思汗诏命，率弟子西行，一路讲经布道，修寺建观，赋诗抒怀。这位走遍名山大川、仙风道骨的长春真人，登临天山瑶池和博格达峰后，激情难

天池

抑，写下千古流传的诗篇《宿轮台东南望阴山》：“三峰并起插云寒，四壁横陈绕涧盘。雪岭界天人不到，冰池耀日俗难观。岩深可避刀兵害，水众能滋稼穑干。名镇北方为第一，无人写向画图看。”

教养关键词·KEY WORD

1.让孩子领悟成语“画龙点睛”

如果说天山就如西域中的一条长龙，那天池就是龙的眼睛。让孩子想象一下，失去天池的天山，是否还像现在这般美丽。以此让他们领悟一下“画龙点睛”的真正含义。

2.搜寻有关西王母的神话传说

西王母是中国神话中十分著名的人物，传说天山天池就是西王母所在的瑶池，既然要去天山，之前可以搜寻一下有关西王母的传说故事，当作旅游预习。

3.带一盒彩色铅笔，让孩子将心中的天池画下来

坐在教室里始终想象不出大自然的美丽多彩，来到天山，明亮干净的自然景物是孩子最好的灵感来源，可以带一盒方便的彩色铅笔或者蜡笔，让孩子自由发挥，将天山所见一一画下，看看经过孩子再造之后的天山是什么样子。

提示·TIPS：

天山天池位于新疆维吾尔自治区阜康市境内，在乌鲁木齐东北100千米，博格达峰北坡山腰。湖面海拔1910米，南北长3.5千米，东西宽0.8～1.5千米，最深处103米。天山天池是以高山湖泊为中心的自然风景区。天池湖畔森林茂密，绿草如茵。随着海拔不同可分为冰川积雪带、高山亚高山带、山地针叶林带和低山带。湖滨云杉环绕，雪峰辉映，非常壮观，为著名避暑和旅游胜地。

游览天池可从乌鲁木齐乘汽车前往。汽车在上山时，山路蜿蜒曲折，车窗外是一条溪流在身侧奔腾，这是来自天池的水。我们可以看见天池清澈的溪水冲击岩石时激起雪白的浪花，使人感到一股无法言语的清新气息。

天山天池湖面呈半月形，水面开阔无比，晶莹如玉，四周群山环抱，绿草如茵，素有“天山明珠”的盛誉。在天池周围，环绕着挺拔、苍翠的云杉、塔松，这些树木漫山遍岭，遮天蔽日，是极好的自然氧吧。

而天池里的湖水，也是由周围高山融雪汇集而成的。这里的水质清纯怡人，每到盛夏，湖周繁花似锦，湖水的温度也相当低，触手冰凉，是都市人极难感受到的独特体验。并且，天池景美，传说更美，如果能在盛夏时节带着孩子来天山天池感受一下，一定不虚此行。

天池石门

天池石门，是进入天池风景区的门阙，其门石壁巍峨，高达数十米，长约100米，天巧奇绝，犹如两扇敞开的大门板，故称石门。门道最宽处仅十余米，两壁夹峙，一线中通，取其“山势两崖对，天门一线通”之景，定名石门一线。

这里是由古河道鬼斧神工切割形成的峡谷，亦称石峡。又因其石色赭暗，如同铁铸，又名铁门关。悬崖壁立，形势峥嵘，有一夫当关，万夫莫开之险峻。三工河从石门内一侧奔腾激荡而下，水旋路转，浪花堆雪，水声如雷，惊心动魄，谷幽气寒，别具洞天。

天池一景

穿过石门，“柳暗花明又一村”，在进口处远眺天池，叠瀑悬泉，凌空飞腾。

聚仙亭、闻涛亭，擎天矗立。山路逶迤，云杉连绵，隐现于祥云异彩之间，恍若仙境，未抵天池，即已感叹天池景观的雄伟瑰奇。今人谢玉康作《天池八景诗》，赞石门一线曰："巍峨石峡瑶池门，峭壁悬天险断魂。鬼斧神工刀劈就，一线通途上青天。"

天池石门

龙潭碧月

龙潭是指位于天池下方约2000米，海拔1660米，盘山公路西侧的西小天池。传说是西王母当年的濯足之处，但实际上，它是天池湖水透过地下湖坝粗大的冰碛物渗漏下来的泉水，在山嘴交汇的低洼处形成的一个积水深潭。池周塔松竞秀，满山苍翠，每当夜幕降临，皓月当空，山峰、树木和碧月一起倒映潭中，静影沉璧，月影微颤，曾有诗赞曰："一泓碧流成龙潭，青松白雪镶翠盘。金秋桂月沉璧底，疑是嫦娥出广寒。"

海峰晨曦

天池的日出有一个雅致的名字——海峰晨曦。在天池观日出，太阳是从群山后探头而出。天色蒙蒙时，你即可在天池西侧山坡上静静入座。太

1.龙潭碧月 | 2.海峰晨曦

阳升起时，远处峰顶即出现一抹金黄的晨曦，随着冉冉上升的朝阳，一抹晨曦扩大为一片，翠绿的山峰罩上金红色外衣，漫山云杉变得五彩斑斓，沉睡的天池那幽静的湖面也闪跳着金黄的光斑，大自然一下子变得富丽堂皇起来。正当人们为此良辰美景腾跃欢呼之际，太阳似乎也觉察到偷窥她晨妆的人们，涨红了脸，一下子从山顶腾跃升高。这时，你尽管放心直视，初出的朝阳并不似正午的阳光骄气逼人，只有满面羞红的娇气。

■诗词延伸

半醉凌风过月旁，水精宫殿桂花香。
素娥定赴瑶池宴，侍女皆骑白凤凰。
——陆游·《无题》

楼兰 丝绸之路上最神奇的传说

莫邪三尺照人寒，试与挑灯仔细看。
且挂空斋作琴伴，未须携去斩楼兰。
——辛弃疾·《送剑与傅岩叟》

故事·STORY

神秘的楼兰古城

三尺长的莫邪剑寒光逼人，我将它拿出，夜里挑亮明灯细细欣赏。这把绝世宝剑啊，现在挂在我空荡荡的书斋墙上，只与一把古琴做伴，而无须带去斩楼兰。

在整个西域，楼兰就像一个不朽的传说，即便黄沙覆灭，它的大名却依然流传在市井之中，黄金、宝藏的传闻不绝于耳。甚至有段时间，人们以为楼兰只是一个传说中的城市，因为谁也不知道，它究竟在什么地方。直到有一天，科考人员终于在罗布泊中发现了它的残垣断壁，我们才知道，原来，楼兰它真的存在过。

《史记·大宛列传》和《汉书·西域传》上曾有记载，早在公元2世纪以前，楼兰古城就是西域著名的“城郭之国”，有人口1.4万多，光士兵就有近3000人，在当时的西域便可谓一个泱泱大国。不仅如此，楼兰古城还是古丝绸之路上西出阳关的第一站，别看现在黄沙满天飞，可在当年，这条交通线上绝对交通繁忙，城市经济繁荣。

不过，传奇般的西域古城，总有一个让人费解的共同点，那便是，声名赫赫的楼兰古城如同世界上的很多古城一样，在繁荣兴旺了五六百年以后，从公元4世纪之后，突然销声匿迹了，而它消失的原因，却没有任何史册详细记载。它消失的唯一线索，是公元7世纪时，唐玄奘西游归来，看到楼兰古城“城郭岿然，人烟断绝”，这时，楼兰的萧条之境才被人们知晓，但其中原因，却没有人说得清。

至此，楼兰便随着罗布泊飞旋的沙砾，逐渐销声匿迹，只留下无数的传说飞向中原，飞向世界各地。古往今来，无数寻宝客前往西域找寻楼兰王国的宝藏，却大都有去无回，甚至大多数根本没有走到楼兰，便客死异乡，连古城的海市蜃楼，都没有看上一眼。直到公元1900年春，一个瑞典探险家的出现，才打破了楼兰古城的宁静。

那一年，瑞典探险家斯文率领一支驼队来到罗布泊探测，而当他深入罗布泊还不到10千米时，便不幸遭到沙暴袭击，他的驼队几乎全军覆没，而向导阿尔迪克活了下来。在返回考察营的时候，这位向导却意外地在月光下发现了一座高大的佛塔，还有密密麻麻的废墟。废墟中露出了半截雕刻精美的木头。但由于当时环境极端恶劣，斯文没有能力继续考察下去，只得无功而返。20年后，当他再次组织考察团来到罗布泊时，他的考察队员在孔雀河的一个支流发掘出了一具漂亮的女性木乃伊，尽管她已逝去1000多年，但身上的衣着依然华贵无比，这具女尸，后来被尊称为楼兰女王。

自那之后，楼兰古城便一点点展现在了我们的面前。它神秘的面纱，也逐渐被科考人员揭开。现在，当你站在楼兰古城面前时，你会发现，它最显眼的建筑遗址，是古城中间的那三间房。奇怪的是，这三间房的墙壁是城中唯一使用土坯垒砌而成的。房间坐北朝南，直接对着南城门，而它东西两端的房屋都是木结构，木料上还残留着朱漆，有的木料长达6.4米。

从这一组建筑物的位置和构造等情况分析，这里可能就是当年楼兰古城统治者的衙署所在地。考察队还发现了一条东西走向，穿城而过的古渠道遗迹，可能就是楼兰古城居民直接取水的水源。在城内还发现大量的厚

楼兰古城遗址

陶缸片、石磨盘断片、残破的木桶和各种钱币、戒指、耳环和汉文木简残片等。

教养关键词·KEY WORD

1.做一件事要有头有尾，不可半途而废

用瑞典探险家斯文的故事告诉孩子，做一件事情，无论时间耗费多久，只要还有一丝希望，就不应轻言放弃，有始有终是一个难得的好习惯。如果斯文第一次回去之后，就放弃了对楼兰的考察，那楼兰第一次被发现的时间，还不知道会推迟到什么时候。

2.开动想象力，猜想一下楼兰古城的下面可能埋藏着什么东西

想象力是孩子宝贵的财富，孩子的想象力有时候比大人要丰富得多。我们不一定非要前往楼兰，但可以让孩子任意发挥他们的想象力，想想楼兰古城的下面，除了黄沙之外，还会埋藏着什么东西：是楼兰王的宝藏，还是外星人的实验基地。

提示·TIPS：

楼兰古城地处新疆巴音郭楞蒙古自治州若羌县北境，孔雀河道南岸7千米处。古城西北距库尔勒市350千米，而西南则距若羌县城330千米。

整个古城现占地面积12万平方米，略呈正方形，边长330米。一条大致西北—东南走向的古河道斜贯城中，将楼兰古城分成东北、西南两区。城东则是罗布泊，古城的整个遗址散布在罗布泊西岸的雅丹群中。

不过，若要进入楼兰古城遗址，必须提前到若羌县文化局办理手续。个人很难进入，一般要参加旅行社的罗布泊探险团队，或自行组队聘请专业向导。车队可从距若羌县74千米的米兰36团场出发，向东北方行进222千米，路上须不断以卫星定位仪和指南针校正方向，以免迷路。

由于一路上经过的都是沟沟坎坎的雅丹地貌，汽车每小时仅能行驶3千米左右。在距楼兰古城还有18千米的地方，汽车便无法开进去了，必须骑骆驼或步行前进方能抵达。所以，如果携带的孩子不满15岁，请家长慎重考虑。

对于非考古专业的游客而言，不知我们现在看见的楼兰古城，是不是楼兰的全部，也不知它究竟还有多少秘密被深藏于黄沙之下。但我们却能从众多诗篇中得知，曾有众多诗人想要“挥剑斩楼兰”。王昌龄曾说“不破楼兰终不还”，李白豪言“游猎向楼兰”，而陆游则说“楼兰勋业竟悠悠”。不知楼兰和当时的中原王朝，究竟是什么样的关系，它们是敌是友；而楼兰的消逝，会不会与此有关。

楼兰遗址

但这些都不重要了，重要的是，楼兰已不再是一个虚无缥缈的传说，对于爱它、想要寻找它的人们来说，它已是可以触摸、可以追寻的存在。楼兰终究从传说中走出，等待我们去揭开它更多更神秘的面纱。

楼兰太阳墓

楼兰太阳墓位于孔雀河古河道北岸。它是1979年冬被考古学家侯灿、王炳华等人发现的，古墓有数十座，每座都是中间用一圆形木桩围成的墓穴，外面用一尺多高的木桩围成7个圆圈，并组成若干条射线，呈太阳放射光芒状。

经碳14测定，太阳墓已有3800年之久，它是哪个民族哪个部落的墓地？为何葬在这里？这群人居住何方？是把太阳当作图腾建造此墓还是有别的意义？20年过去了，这些仍是个不解之谜。罗布泊文明和楼兰文明之间近2000年的断裂又是怎么一回事？也许待太阳墓之谜解开，才有结论。

1.楼兰太阳墓 | 2.罗布泊

罗布泊

罗布泊是去往楼兰的必经之地，它是中国新疆维吾尔自治区东南部湖泊，在塔里木盆地东部，位于塔里木盆地的最低处。蒙古语罗布泊即多水汇入之湖。古代也称泑泽、盐泽、蒲昌海等。公元330年以前湖水较多。为中国第二大咸水湖。现仅为大片盐壳。

那里曾经是牛马成群、绿林环绕、河流清澈的生命绿洲。但现已成为一望无际的戈壁滩，没有一株草、一条溪，夏季气温高达71℃。天空不见一只鸟，没有任何飞禽敢穿越。不过现在的罗布泊也并非完全是一片不毛之地，这里有胡杨、罗布麻、甘草生长，还有野骆驼、马鹿、野猪等动物。

近年来罗布泊已经成为户外探险的热门线路。进罗布泊一般有东、西两条路线可以选择，由东边进入，以敦煌为出发点，由西边进入，则可以库尔勒或若羌为出发点，但是，若从各地前往库尔勒或若羌，最好选择乌鲁木齐为首站。罗布泊位于荒漠之中，交通十分不便，目前探险者多选择驾车或是徒步穿越。

野骆驼自然保护区

罗布泊野骆驼国家级自然保护区地处温带、暖温带荒漠地带，气候干旱、植被稀疏，自然条件十分严酷。在恶劣的自然环境中，仍有多种独特的珍稀荒漠动植物物种分布，这些生物不仅具有特殊的基因类型，而且是罗布泊地区脆弱的生态系统的重要组成部分。除了野骆驼之外，还有塔里木兔、野马、天鹅、丛林猫生存。

野骆驼自然保护区

■诗词延伸

五月天山雪，无花只有寒。
笛中闻折柳，春色未曾看。
晓战随金鼓，宵眠抱玉鞍。
愿将腰下剑，直为斩楼兰。
——李白·《塞下曲》

【第五辑】留给孩子的旅行思考题

1. 火焰山为什么这么热?
2. 李商隐的《瑶池》根据哪个神话故事而作?
3. 楼兰消失的原因是什么?

第六辑

江南烟雨——多情总被风吹雨打

南京 金陵金陵，你的风采不减当年

王濬楼船下益州，金陵王气黯然收。
千寻铁锁沉江底，一片降幡出石头。
人世几回伤往事，山形依旧枕寒流。
今逢四海为家日，故垒萧萧芦荻秋。
——刘禹锡·《西塞山怀古》

故事·STORY

金陵梦

晋代王濬乘楼船自成都东下，金陵帝王瑞气全都黯然收敛。吴国千寻铁链也被烧沉江底，一片投降白旗金陵城头悬挂。人间有几回兴亡的伤心往事，高山依旧枕着寒流没有变化。从此四海一家过着太平日子，故垒萧条长满芦荻，秋风飒飒。

这首诗讲的是一段有关金陵的历史。公元279年，司马炎为完成统一大业，下令伐吴。在东起滁州西至益州的辽阔战线上，组织了数路大军，向东吴发动了全面进攻。当时身为龙骧将军的王濬，在益州造战船，“以木为城，起楼橹，开四处门，其上皆得驰马往来”，此即诗中所言之“楼船”。船造好后的第二年，王濬带兵从益州出发，沿江东下，很快攻破金陵，接受了吴主孙皓的投降，从此东吴灭亡。

这里的金陵，也就是如今的南京。历史名城南京，在漫长的岁月中曾经有过很多名称，其中最响亮的名字莫过于金陵了。尽管数次易名，但时至今日，金陵却依然是南京最雅致而又古老的名称。

据说，这个名字是因为南京钟山在春秋时称金陵山而得名。公元前333年，楚威王灭越后，就在今清凉山上修筑了一座城邑。因为那时紫金山叫作金陵山，它的余脉小山都还没有自己的名字，楚邑建在清凉山上，而清凉山当时是金陵山的一部分，所以把此城命名为金陵邑。唐代的《建康实录》明确记载楚威王“因山立号，置金陵邑”，即用山名作为邑名。

当时的金陵邑只是个具有军事意义的小城堡，城市虽然规模不大，但它却是南京设置行政区划的开始，也是南京称为金陵的发端。而由于金陵邑险要的地理位置，随着此地影响力越来越大，金陵之名也越叫越响。

南京是中国著名的四大古都及历史文化名城之一。作为都城，它历经三国、东晋，南朝宋、齐、梁、陈，南唐、明朝。刘禹锡另一首著名的

南京一景

《乌衣巷》写道："朱雀桥边野草花，乌衣巷口夕阳斜。旧时王谢堂前燕，飞入寻常百姓家。"乌衣巷也在南京。

千百年来，奔腾不息的长江不仅孕育了长江流域的文明，也催生了南京这座江南城市。南京襟江带河，依山傍水，钟山龙蟠，石头虎踞，山川秀美，古迹众多。孙中山先生也曾经这样评价过南京："南京为中国古都，在北京之前。其位置乃在一美善之地区。其地有高山，有深水，有平原。此三种天工钟毓一处，在世界之大都市诚难觅如此佳境也。"

南京，的确古老，即便是在现代化发展如此之快的年代，人们也不得不承认，南京的古，是从骨子里散发出来的一缕印记。早在20世纪30年代，著名文学家朱自清先生游历南京后，写下的《南京》一文就有这样一段评价："逛南京像逛古董铺子，到处都有些时代侵蚀的痕迹。你可以揣摩，你可以凭吊，可以悠然遐想。"

教养关键词 · KEY WORD

1.带着孩子探索星空的奥秘

南京的紫金山天文台十分有名，家长既然带着孩子来到南京，有兴趣的话可以上去看一看，这里可以培养孩子探索星空的兴趣。

2.找找乌衣巷究竟在哪里

刘禹锡的《乌衣巷》曾经出现在孩子的课本中，可以带着孩子实地考察一下，看看这个早已耳熟能详的地方究竟在哪里。

提示·TIPS：

南京是江苏省的省会，因曾称江宁，所以又简称宁，这里有着2500余年的建城史和近500年的建都史，秦淮河从城中流过。

风景·SCENERY

带着孩子边走边看

不到南京，你或许无法相信，时至如今，南京的这种古韵，在高楼林立之间也能找到丝丝痕迹。夜幕降临之后，当你依身在秦淮河边的石桥上时，你或许依稀还能找到“烟笼寒水月笼沙，夜泊秦淮近酒家”的感觉。杜牧的《泊秦淮》，哪怕在千年之后，也依然能准确地描绘出南京城内秦淮河的光鲜艳丽。

秦淮河

秦淮河是古老的南京文化渊源之地，而内秦淮河从东水关至西水关全长4.2千米的沿河两岸，从六朝起便是望族聚居之地，这里商贾云集，文人

秦淮河

荟萃，儒学鼎盛，素有“六朝金粉”之誉。自六朝至明清，十里秦淮的繁华景象和特有的风貌，曾被历代文人所讴歌。

这里素为“六朝烟月之区，金粉荟萃之所”，更兼十代繁华之地，被称为“中国第一历史文化名河”。从宋代开始这里就成为江南文化的中心。明清两代是十里秦淮的鼎盛时期。这里金粉楼台，鳞次栉比，画舫凌波，桨声灯影，构成一幅如梦如幻的美景奇观。

夫子庙

夫子庙位于秦淮河北岸，原是祀奉孔子的地方，始建于宋代景祐元年（公元1034年），由东晋学宫旧址扩建而成。元代为集庆路学，明代为应天府学，清代将府学迁至城北明国子监旧址，这里便成为江宁、上元两县县学。咸丰年间毁于兵火，同治八年（公元1869年）重建。后毁于抗日战争时期。如今的夫子庙修复于1985年，周围茶肆、酒楼、店铺等建筑也都改建成明清风格。

夫子庙建筑群由孔庙、学宫、江南贡院荟萃而成，是秦淮风光的精华。临河的贡院街一带则为古色古香的旅游文化商业街。同时按历史上形

夫子庙

成的庙会的格局，复建了东市场、西市场。这里还供应传统食品和风味小吃。每年农历正月初一至十八，举行夫子庙灯会。

南京大屠杀纪念馆

这里是侵华日军南京大屠杀遇难同胞纪念馆。南京大屠杀是日本侵华战争初期日本军队在南京犯下的大规模屠杀、强奸以及纵火、抢劫等战争罪行与反人类罪行。日军暴行的高潮从1937年12月13日攻占南京开始，持续了6周，直到1938年2月，南京的秩序才开始好转。据第二次世界大战结束后远东国际军事法庭和南京军事法庭的有关判决和调查，在大屠杀中有30万以上的中国平民和战俘被日军杀害，约两万中国妇女遭日军奸淫，南京城的三分之一被日军纵火烧毁。

纪念馆坐落在南京江东门街418号。该馆的所在地，就是南京大屠杀江东门集体屠杀遗址和遇难者丛葬地。为悼念遇难者，南京市人民政府于1985年建成这座纪念馆。纪念馆的建筑物采用灰白色大理石垒砌而成，气势恢宏，庄严肃穆，是一处以史料、文物、建筑、雕塑、影视等综合手法，全面展示南京大屠杀特大惨案的专史陈列馆。陈列分广场陈列、遗骨陈列、史料陈列三大部分。

南京大屠杀纪念馆

中山陵

中山陵

中山陵是中国近代伟大的政治家、伟大的革命先行者孙中山先生的陵墓及其附属纪念建筑群。它位于江苏省南京市东郊钟山风景名胜区内，紫金山东峰茅山的南麓。钟山古称金陵山，汉代开始称钟山，东晋时开始称紫金山。紫金山共有三座东西并列的山峰，主峰为北高峰，其西为天堡山、东为茅山。中山陵便坐落于茅山，它坐北朝南，西邻明孝陵，东毗灵谷寺，整个建筑群依山势而建，由南往北沿中轴线逐渐升高。

中山陵的面积共8万余平方米，其中的主要建筑有牌坊、墓道、陵门、石阶、碑亭、祭堂和墓室等，排列在一条中轴线上，体现了中国传统建筑的风格。

■诗词延伸

金陵夜寂凉风发，独上高楼望吴越。
白云映水摇空城，白露垂珠滴秋月。
月下沉吟久不归，古来相接眼中稀。
解道澄江净如练，令人长忆谢玄晖。
——李白·《金陵城西楼月下吟》

苏州 千里吴越，此处风光最温柔

月落乌啼霜满天，江枫渔火对愁眠。
姑苏城外寒山寺，夜半钟声到客船。
——张继·《枫桥夜泊》

故事·STORY

吴侬软语的由来

月已落下，乌鸦仍然在啼叫着，暮色朦胧，漫天霜色。江边枫树与船上渔火，难抵我独自一人傍愁而眠。姑苏城外那寂寞清静的寒山古寺，半夜里敲响的钟声传到了我乘坐的客船里。

《枫桥夜泊》描写了一个秋天的夜晚，诗人张继泊船苏州城外的枫桥。江南水乡秋夜幽美的景色，吸引着这位怀着旅愁的游子，使他领略到一种情味隽永的诗意美，写下了这首意境深远的小诗，表达了诗人旅途中孤寂忧愁的思想感情。

自从张继的《枫桥夜泊》问世后，寒山寺就因此名扬天下，成为游览胜地，就是在日本也家喻户晓。不但我国历代各种唐诗选本和别集将张继的《枫桥夜泊》选入，连亚洲一些国家的小学课本也载有此诗，可见诗名之盛。在多年前，甚至有一首流行歌曲也以它为背景，歌词中有这样的句子："带走一盏灯火，让它温暖我的双眼；留下一段真情，让它停泊在枫桥边。""流连的钟声还在敲打我的无眠……""月落乌啼总是千年的风霜……"

然而，许多人却不知，寒山寺所在的苏州城，它的盛名，远在这首诗之上。

苏州，位于江苏省东南部，古称吴郡。自有文字记载以来，已有4000余年的历史。苏州古城始建于公元前514年的吴王阖闾时期，又因城西南有山曰姑苏，于隋开皇九年（公元589年）更名为苏州。苏州历史悠久，人文荟萃，以"上有天堂、下有苏杭"而驰名海内，有秀丽、典雅且具甲江南声名的苏州园林，小桥流水环绕姑苏城内，令人心驰神往。

苏州古典园林，始于春秋，成熟于宋代，由文人士大夫修建。苏州科举入仕者是全国之最，然而文人为官，不得意的很多，苏州古典园林就是这些文人官场失意后，回归乡里，利用当地的自然条件，营造园林作为市隐之所，以修身养性。体现中国古典文化艺术和文人的审美观，历史文化气息厚重。

在这里，水巷小桥甚多，家家尽枕河。顺着春水，当小舟一波三摇地划入水巷深处，苏州不经意间，便会流露出纤姿弱态的春日风韵。如同苏州的精致园林一般，姑苏的春色，也是伴着吴侬软语，和着咿呀的江南小调，悄然显露。

相传，在夏代有一位很有名望的谋臣叫胥。胥不仅有才学，而且精通天文地理，因帮助大禹治水有功，深受舜王的敬重，舜王封他为大臣，并把吴地册封给胥。从此，吴中便有了“姑胥”之称。年代久了，“胥”字又不太好认，而在吴语中，“胥”“苏”两字相近，于是“姑胥”就渐渐演变成“姑苏”了。

苏州除了景美，人也美，而吴侬软语的盛名，更是传遍大江南北，甚至有些人一提到“温柔”二字，便会想起苏州的美人、苏州的方言。关于吴侬软语，我们可以给孩子讲一个有趣的小故事。

听苏州老人说，苏州人的语气之所以柔软动听，全仗西施美女。传说中吴王夫差霸道暴躁，但自从有了西施，他脸上开始出现笑容，令人发寒的嘴里终于有了通情达理的和气语言。是什么令这个暴君改变了脾气呢?臣民们发现原来西施说话语气特别柔软好听，如黄莺啼春，令人心动。于

苏州一景

是，一些善模仿的臣民开始学起西施的语气。他们效仿西施的语气和人交谈后，果然讨人喜欢，使人有亲近感，用这种语气说话，不但能化解矛盾排除忧愁，甚至能化仇敌为朋友。于是，吴国人一个个效仿起来，蔚然成风，遂成吴语。

吴侬软语就这样通过美人的嘴轻轻地吐了出来，流传下来。那声如落珠的小调软化了人心，这曼妙的语言就好像苏州城中蘸满千年灵气的运河水，飘飘摇摇地就在清清浅浅的运河里轻柔地起伏着，穿过一座又一座古老的小桥，枕着婆娑起舞的秋风，在雅致的水乡阡陌图里沉沉睡去。

教养关键词 · KEY WORD

1.教导孩子话要慢慢说，有理不在声高

提到吴侬软语，人们通常都会想到“温柔可人”四个字，可见人们对轻言细语说话的女孩印象有多么深刻。可以借此教导孩子，出门在外，说话声音应该小一点儿，语气温和一点儿，毕竟懂礼貌、讲礼仪的孩子才是人人都喜欢的。

2.跟孩子一起学说一到两句苏州话

跟孩子一起学说几句苏州话，分析一下苏州话为什么被称为软语，看看它的发声音调和普通话有何不同，锻炼孩子对不同方言的敏感性。

提示 · TIPS：

苏州东邻上海，距上海市区有81千米，它濒临东海，西接太湖，无锡是它的邻居。

苏州被誉为“人间天堂”“丝绸之府”“园林之城”，素来以山水秀丽、园林典雅而闻名天下，有“江南园林甲天下，苏州园林甲江南”的美称，又因其小桥流水人家的水乡古城特色，有“东方水都”之称。

风景 · SCENERY

带着孩子边走边看

姑苏城内自然风光秀丽，形成了富有江南风情的湖光山色。如今的苏州，既有园林之美，又有山水之胜，自然、人文景观交相辉映，加之文人墨客题咏吟唱，使它成为名副其实的“人间天堂”。家长带着孩子逛苏州，逛的就是小桥流水，听的就是吴侬软语。只是不知，当孩子徜徉在苏州的大街小巷之中时，孩子的心情，会不会也随着这个精致的城市而放松下来呢?

平江路

平江路南起干将东路，北越白塔东路和东北街相接，古名叫作十泉里，在苏州最古老的城市地图宋代《平江图》上，就有平江路这条街道，它是当时苏州东半城的主干道，1834年的《吴门表隐》中曾说：“平江路古名十泉里，有古井十口，华阳桥南一，奚家桥南一，苑桥北一。”平江路是沿河的路，全长1606米，两侧的横街窄巷很多，比如狮子寺巷、传芳巷、东花桥巷、曹胡徐巷、大新桥巷、卫道观前、中张家巷、大儒巷、萧家巷、钮家巷、悬桥巷等。

800年来，平江路依然在原址保留了它河路并行的格局、肌理和长度，小桥流水、粉墙黛瓦，房屋的体量、街道的宽度和河道，比例恰当，显示出疏朗淡雅的风格。平江路两边小巷（特别是东边）还较好地保留了多条

平江路水巷

拙政园

水巷，是今天苏州古城最有水城原味的一处古街区。

拙政园

拙政园建于明代正德四年（公元1509年），位于苏州市东北街178号，是江南园林的代表，是苏州园林中面积最大的古典山水园林，是中国四大名园之一。初为唐代诗人陆龟蒙的住宅，元朝时为大弘寺。明正德四年，明代弘治进士、明嘉靖年间御史王献臣仕途失意，归隐苏州后将其买下，聘著名画家、吴门画派的代表人物文徵明参与设计蓝图，历时16年建成。

“拙政”二字源于西晋文人潘岳《闲居赋》中“筑室种树，逍遥自得……灌园鬻蔬，以供朝夕之膳……是亦拙者之为政也”之句。暗喻自己把浇园种菜作为自己的“政”事。园建成不久，王献臣去世，其子在一夜豪赌中，把整个园子输给徐氏。500多年来，拙政园屡换园主，曾一分为三，园名各异，或为私园，或为官府，或散为民居，直到20世纪50年代，才完璧合一，恢复初名拙政园。

虎丘

虎丘山是著名的风景名胜区，位于苏州城西北郊，距城区中心5千米。此处原名海涌山，据《史记》记载：吴王阖闾葬于此，传说葬后三日有“白虎蹲其上”，故名。虎丘已有2500多年的悠久历史，素有“吴中第一名胜”之称，宋代大文豪苏东坡“到苏州不游虎丘，乃憾事也”的千古名言，使虎丘成为旅行者到苏州必游之地。虎丘也成为历史文化名城苏州的标志。

虎丘占地虽仅300余亩，山高仅30多米，却有“江左丘壑之表”的风范，绝岩耸壑，气象万千，并有三绝九宜十八景之胜。最为著名的是云岩寺塔和剑池。高耸入云的云岩寺塔已有1000多年历史，是世界第二斜塔，古朴雄奇，早已成为古老苏州的象征。剑池幽奇神秘，吴王阖闾墓葬的千古之谜以及神鹅易字的美丽传说耐人寻味，风壑云泉，令人流连忘返。

这里还是苏州民间重要的集会场所，根据“三市三节”的历史，景区创新推出了春季的艺术花会，展现了牡丹、郁金香、杜鹃、百合等一大批名贵花卉的迷人风姿，具有较高的艺术品位；与花会相映成趣的是民俗风情浓郁的金秋庙会，再现了山塘出会的盛况，展演了南北交融的民间艺术节目，深得游客喜爱。如今，一年两会已成为著名的特色旅游项目，是苏州的旅游热点。

■诗词延伸

云岩寺塔

姑苏台上乌栖时，吴王宫里醉西施。
吴歌楚舞欢未毕，青山欲衔半边日。
银箭金壶漏水多，起看秋月坠江波。
东方渐高奈乐何！

——李白·《乌栖曲》

杭州 最精彩的，不是只有雷峰塔

江南忆，
最忆是杭州。
山寺月中寻桂子，
郡亭枕上看潮头。
何日更重游？
——白居易·《忆江南》（节选）

故事·STORY

白公治水

回忆起江南，我最想念的还是杭州。想念山寺中的桂花树，想念在那桂花树下拾取桂子的日子。那一年，当我躺在郡衙的亭子里，一抬头就仿佛能看见钱塘江上卷云拥雪的潮头。唉，我什么时候，还能重游杭州啊。

读罢《忆江南》，决定带着孩子前往之时，家长一定要思考一个问题，如今的杭州十景，都是在宋代之后才形成的，当我们将这首唐诗念给孩子听时，我们又该怎样向他介绍唐时的杭州呢？所幸，唐代杭州的繁华点点，与白居易是密不可分的。现在，我们如果要向孩子描绘杭州在唐代的情形，就必定要先讲述一下白居易的故事。我们必须让孩子知道，在那个时代，白居易的故事比雷峰塔要精彩得多。

唐宪宗元和十年（公元815年），白居易因上书言事，被贬到地僻无音的江州做司马，后又改任地处三峡的忠州刺史。唐穆宗长庆二年（公元822年），皇宫里发出一道普通的人事任命，将他任命为杭州刺史。

白居易于长庆二年（公元822年）十月到任。在杭州任刺史期间，他兴修水利，拓建石涵，疏浚西湖，加高湖堤，修筑堤坝水闸，增加了湖水容量，解决了杭州、盐官农田的灌溉问题，使西湖周围的千顷农田得以灌溉。

据说，白居易在杭州所修建的那道堤坝就是西湖上的白堤，但经过一番考证之后，发现其实并非如此。白居易在杭州主持修筑的那条堤坝，在钱塘门外的石涵桥附近，称为白公堤，并不是现在的白堤。他在钱塘门外修堤，建石涵闸，把湖水贮蓄起来。为了让百姓了解修筑堤坝的利害，还写了一篇《钱塘湖闸记》刻在石碑上，立于湖边。写明堤坝的功用，以及蓄放水和保护堤坝的方法。

然而，漫漫千年已逝，白公堤的遗址现已漫漶无存。逝去之堤为历史

所淹没，而心中之堤却难以忘却，于是，顺应人们的念想，白堤便取代了白公堤。

白堤之美凝聚了西湖美的精华。白堤横亘于西湖之上，长1000米，把西湖分成内、外湖。东到湖滨，西至苏堤，可见整个外西湖的景色。白堤分割了西湖的湖面，增加了空间的层次和变化。传说，白居易好酒，每到春天，暖风熏面，柳舞桃艳，他时常会到白堤上喝酒，吟诗会友。

不过，关于治水一事，在杭州却并非只有白居易一人做过。其实，早在白居易之前数十年，李泌出任杭州刺史时，就已开治六井，解决了杭州居民的饮水难题。杭州为江海故地，当时仍距海极近，地下水咸苦不能饮，居民唯有近山处凿井方得淡水，但远不够用。

李泌利用一种有别于一般挖井手段的特殊方法开六井，以引西湖之水入城，供居民饮用。六井为相国井、西井、方井、金牛井、白龟井和小方井。相国井遗迹犹存，即在今井亭桥西天香楼侧。早时井上有亭，乃为纪念李泌而筑。而附近有一桥，便因井亭而命名为“井亭桥”了。只可惜，如今井尚在，亭却没了，桥亦不见，只留下“井亭桥”之地名。

可同样都是治水，李泌的名望却不比白居易大。白居易用他的诗文，记录下了一个千姿百态、湖光山色的杭州。白居易一生作诗3600多首，其

西湖一景

中写西湖山水的诗竟然高达200余首，为历代写西湖诗歌最多之人。白居易的诗中充满真情实感，表现出他对杭州、对西湖的真爱挚念，他把杭州当作了第二故乡。

那首著名的“乱花渐欲迷人眼，浅草才能没马蹄”，描写的正是杭州初春的景象。而像“绕郭荷花三十里，拂城松树一千株”“灯火万家城四畔，星河一道水中央”“湖上春来似画图，乱峰围绕水平铺”这些脍炙人口的佳句，更是字字句句饱含着白居易对杭州的一片热爱之心。

据说，白居易在杭州刺史任满之时，奉诏回京。他离开杭州时，在天竺山捡了两块石头，表示自己不忘“三年为刺史，饮冰复食檗；唯向天竺山，取得两片石；此抵有千金，无乃伤清白”。而长庆四年（公元824年）五月，白居易离开杭州的那一天，当地百姓扶老携幼前来为他送行。人群阻断了道路，许多老人流着泪水，抓住他的马缰不松手。

教养关键词·KEY WORD

1.教导孩子像白居易学习，用心做事，用心做人

白居易到了杭州，就以杭州为家，用心治理杭州，就像治理自己的家一样。用他的事迹教导孩子，每做一件事，都要用心，着力深了，事情才能做得更好。

2.试着不坐游览车，带着孩子围绕西湖走上一圈，看看需要多少时间

现在许多孩子出门坐车，回家就坐在书桌跟前，普遍缺乏锻炼。西湖是一个开放式的景区，春暖花开之日，最适合徒步运动。既然来到西湖，就不要让孩子坐在车里，好好开动自己的双脚，在欣赏西湖大好风光的同时，也锻炼一下僵硬的筋骨吧。

提示·TIPS：

杭州市简称杭，古时也曾称“临安”“钱塘”等。它位于浙江省北部，钱塘江下游北岸，京杭大运河南端，是浙江省省会。杭州历史悠久，4700多年前就有人类在此繁衍生息，是五代时期吴越国西府和南宋都城，为中国八大古都之一。

带着孩子边走边看

杭州，是一个令白居易魂牵梦绕的地方，后来，他即使回到了洛阳，也无法释怀对杭州的留恋之情。杭州，究竟是一个怎样的城市？在唐朝那个时候，没有“苏堤春晓”，没有“雷峰夕照”，或许也不曾有“南屏晚钟”，但它却依然将白居易的心留在了那里。或许，我们可以跟着白居易的诗，带着孩子，看看是否能找到香山居士当年的记忆。

西湖

杭州以其美丽的西湖著称于世。元朝时曾被意大利著名旅行家马可·波罗赞为“世界上最美丽华贵之城”。西湖古称钱塘湖，古代诗人苏轼曾对它评价道：“欲把西湖比西子，淡妆浓抹总相宜。”

西湖位于杭州市西部，杭州市中心，旧时也曾称武林水。云山秀水是西湖的底色，山水与人文交融是西湖风景名胜区的格调。西湖之妙，在于湖裹山中，山屏湖外，湖和山相得益彰；西湖的美，在于晴中见潋滟，雨中显空蒙，无论雨雪晴阴都能成景。

湖区以苏堤和白堤的优美风光见称，苏堤和白堤横贯于西湖，把西湖

西湖

分隔为西里湖、小南湖、岳湖、外湖和里湖五部分。每当晨光初启、宿雾如烟、湖面腾起薄雾时，便出现六桥烟柳的优美风景。

湖中分别有三岛：三潭印月、湖心亭、阮公墩。而如今西湖新十景则分别为云栖竹径、满陇桂雨、虎跑梦泉、龙井问茶、九溪烟树、吴山天风、阮墩环碧、黄龙吐翠、玉皇飞云、宝石流霞。

灵隐寺

灵隐寺位于西湖西北面，取“仙灵所隐”之意，又可称为云林禅寺。寺内的飞来峰因为济公而名扬天下。

游人一般可自咫尺西天照壁往西进入灵隐寺，先至理公塔前小驻。理公塔为慧理和尚骨灰埋葬之处，塔高八米余，有八角七层，是一座石塔。往右过春淙亭，一道红墙暂将灵隐寺遮住，左边便是飞来峰与冷泉，在泉边漫步，景色幽深，引人入胜。

过了冷泉之后，灵隐古刹即在眼前。灵隐寺天王殿上悬“云林禅寺”匾额，为清康熙帝所题。据灵隐寺记载，清康熙二十八年（公元1689年）康熙帝南巡至灵隐，一日早晨灵隐寺住持谛晖法师陪同康熙帝登上北高峰，只见灵隐寺笼罩在一片晨雾之中，一派云林蒙蒙的景色，回到山下，谛晖法师请康熙帝为寺院题字，康熙帝即景生情题了“云林禅寺”。但此时灵隐寺早已名扬天下，所以人们依旧称云林禅寺为灵隐寺。

龙井村

茶乡第一村——龙井村，因盛产顶级西湖龙井茶而闻名于世。它位于西湖风景名胜区西南面，四面群山环抱，呈北高南低的趋势，拥有近800亩的高山茶园。

它东临西子湖，西依五云山，南靠滔滔东去的钱塘江水，北抵插入云端的南北高峰，四周群山叠翠，云雾环绕，就如一颗镶嵌在西子湖畔的翡翠宝石。龙井村的西北面北高峰、狮子峰、天竺峰形成一道天然屏障，挡住西北寒风的侵袭。南面为九溪，溪谷深广，直通钱塘江，春夏季的东南

1.灵隐寺 | 2.龙井村

风易入山谷，通风通气的地理条件为龙井茶的生长提供了得天独厚的优势。

这里出产的龙井茶位居“狮、龙、云、虎”之首。相传乾隆皇帝下江南时，曾到龙井村狮峰山下的胡公庙品尝西湖龙井茶，饮后赞不绝口，并将庙前18棵茶树封为御茶。

■诗词延伸

湖上春来如画图，乱峰围绕水平铺。
松排山面千重翠，月点波心一颗珠。
碧毯线头抽早稻，青罗裙带展新蒲。
未能抛得杭州去，一半勾留是此湖。

——白居易·《春题湖上》

扬州 烟花三月，忘不掉那惊鸿一瞥

故人西辞黄鹤楼，烟花三月下扬州。
孤帆远影碧空尽，唯见长江天际流。
——李白·《送孟浩然之广陵》

故事·STORY

送孟浩然

老朋友孟浩然要告别黄鹤楼向东远行，在这阳春三月的时节里，他就要去往那花木繁盛、景色美丽的扬州了。送走了好友，李白独自站在黄鹤楼遥望风帆远去的情景，江面上那只载着故人东去的船，渐行渐远，终于在水天相接的江面上消失，能够看到的，只剩下滔滔不绝向东流去的长江，直望到船儿都已经在天际边消失。

扬州，地处江苏省中部，南临滔滔的长江，东依静静的京杭大运河，历来就是风光秀美的风景城、人文荟萃的文化城、博大精深的博物城。扬州的名称，最早见于《尚书·禹贡》“淮海维扬州”。其由来是因“州界多水，水扬波”，遂以“扬”为州名。扬州建城始于2400余年前的春秋时期，灿烂的历史文化给扬州留下了大量的名胜古迹和丰富的旅游资源。

李白这首脍炙人口的千古绝唱，更为扬州古城平添了无限风韵。古诗里的春天总是最美好的，万物苏醒，春光明媚，什么都刚刚开始，什么都希望满怀。不过，扬州瘦西湖，却是兴盛于明清，而那古香古意的青石小巷，也大都是清时的建筑，唯有杜牧曾作诗云：“二十四桥明月夜，玉人何处教吹箫。”读着唐诗，穿行在扬州的大街小巷，我们的孩子是否会感到好奇，不知唐代李白所在的时期，扬州又是个什么样子。

据史料记载，有着2400余年建城史的扬州，在唐代是国内数一数二的大都市。“扬一益二”，流传已久，论城市的富庶繁华，号称天府之国首府的成都比起扬州，也只能坐上第二把交椅。据考证，唐代的扬州城被一分为二：一半叫作衙城，另一半叫作罗城。它的规模比后来宋、元、明、清的扬州都要大许多。

安史之乱后，北方的名门望族纷纷涌入扬州，这段时期的扬州城空前繁华，有诗曾形容这里“十里长街市井连，明月桥上看神仙”。那时的扬

扬州城一景

州，集市喧嚣，家家有井，人们安居乐业。生活安逸，人们的艺术欣赏水平也就逐渐提高了。诗人张若虚那首著名的《春江花月夜》，曾享有“孤篇盖全唐”的美誉，而这首诗，讲述的也就是当时发生在曲江一带月下夜景中最动人的五种事物：春、江、花、月、夜。而这曲江，就在扬州的南郊。自此，“浩瀚涌潮”“春江明月”“帘卷美人”等词成了扬州的城市符号。

李白多次来到扬州，并被扬州美景所醉。在这里，他曾作诗赞道：“绿水接柴门，有如桃花源。忘忧或假草，满院罗丛萱。暝色湖上来，微雨飞南轩。”从这首诗中可以推测出，李白所住的地方，必定极其幽静雅致。满院繁盛的花花草草，一定叫人忘却尘世烦恼，以为进入了桃花源。昏花迷离的日光从湖面幽幽泛来，微雨洒拂，飘飘忽忽，真有羽化欲仙的感觉。李白所住的地方，居所也许不复杂，但庭院敞豁空阔，非常闲适。而在当时，扬州城大部分都是这样的居所，这实在令人羡慕得很。

教养关键词 · KEY WORD

1.让孩子说说看，扬州的瘦西湖和杭州的西湖相比有什么不同

瘦西湖和西湖都含有“西湖”二字，但两者带给人们的感觉却截然不

同，带着孩子去往这两个地方，看看孩子是怎么评价这两个西湖的。

2.带着孩子自由穿梭在扬州的石板路上，感受一下白墙黑瓦带来的闲情逸致

不是每一次旅行都必须绞尽脑汁，费尽心思，让其成为一次教育之旅。放松心情，带着孩子一起徜徉在白墙黑瓦之间，感受一下江南特有的闲情逸致。

提示·TIPS：

扬州市属于江苏省，位于长江与京杭大运河交汇处，它的东南部、南部濒临长江，与镇江市隔江相望，西北部与安徽省滁州市、淮安市毗邻，西部、西南部与南京市相连，东部和盐城市、泰州市毗邻。

风景·SCENERY

带着孩子边走边看

唐代的扬州就像一幅水墨写意画在我们面前展开，画卷之上，小桥流水，碧波轻漾，美人卷帘。泛舟湖上，一壶清茶临窗边，蕉叶听雨度清闲。好一个惊艳的阳春三月，恐怕，李白伫立黄鹤楼上，远望的不仅仅是他的故人孟浩然，还有那远在长江下游的扬州。

春秋时代的运河、明净动人的瘦西湖、南北朝的古刹大明寺、明清时期的楼台亭阁等，无一不使古城扬州放射出夺目灿烂的光辉。不过，当我们带着孩子奔跑、跳跃在扬州街头时，还能感受到古人曾经感受到的那种浪漫情怀吗？

瘦西湖

“天下西湖，三十有六。”唯扬州的瘦西湖，以其清秀婉丽的风姿独异诸湖。清代钱塘诗人汪沆有诗云：“垂杨不断接残芜，雁齿虹桥俨画图。也是销金一锅子，故应唤作瘦西湖。”瘦西湖由此得名，并蜚声中外。

瘦西湖位于扬州市北郊，园林群景色怡人，融南秀北雄为一体，在清

瘦西湖

代康乾时期即已形成基本格局，有“园林之盛，甲于天下”之誉。所谓“两岸花柳全依水，一路楼台直到山”，其名园胜迹散布在窈窕曲折的碧水两岸，俨然一幅次第展开的国画长卷。

何园

何园坐落于江苏省扬州市的徐凝门街66号，又名寄啸山庄，由清光绪年间何芷舠所造。何园原址为乾隆年间古园，名双槐园。它的主要特色是把廊道建筑的功能和魅力发挥到极致，1500米复道回廊，是中国园林中绝无仅有的精致景观。园中亭台楼阁左右分流、高低勾搭、衔山环水、登堂入室，形成全方位立体景观和全天候游览空间，把中国园林艺术的回环变化之美和四通八达之妙发挥得淋漓尽致，被誉为立交桥雏形。

曾在何园寓居过的名人有很多。著名国画大师黄宾虹六次来扬州，寓居在骑马楼东一楼。著名作家朱千华先生，曾寓居何园五年多，其旧居在骑马楼东二楼。不仅如此，何园又被誉为“晚清第一园”，其中，片石山房系石涛大师叠山作品，堪称人间孤本。

文昌阁

文昌阁为扬州闹市的一处佳景，它又称文昌楼，建于明代万历十三年（公元1585年），因是扬州府学的魁星楼，因此又名文昌阁，阁上曾经悬有“邗上文枢”匾额。

扬州府学文庙建筑，已陆续圮毁，现在仅余文昌阁，矗立于广场中心。文昌阁为八角三级砖木结构建筑，与北京天坛的祈年殿相似。阁的底层，四面辟有拱门，与街道相通，阁的第二、第三两层，四周虚窗，皆可输转。登楼四眺，远近街景，尽收眼底。

大明寺

大明寺位于江苏省扬州市蜀冈中峰。唐天宝元年（公元742年），名僧鉴真东渡日本前，即在此传经，该寺因此名闻天下。

大明寺及其附属建筑，因其集佛教庙宇、文物古迹和园林风光于一体，而历代享有盛名，是一处文化内涵十分丰富的民族文化宝藏。大明寺因初建于南朝刘宋孝武帝大明年间（公元457—464年）而得名。1500余年来，寺名多有变化，如隋代称“栖灵寺”“西寺”，唐末称“秤平”等。清代，因讳“大明”二字，一度沿称“栖灵寺”，乾隆三十年（公元1765年）皇帝亲笔题书“敕题法净寺”。1980年，大明寺恢复原名。

寺内前院有一株高丈余的琼花树，树叶繁茂，春天花开白如玉盘，有“扬州琼花，世间无双”之誉。唐代鉴真大师曾住持此寺，传经讲律。今大明寺内的鉴真纪念堂为唐代风格建筑，于1963年鉴真圆寂1200周年时奠基，1973年建成，正殿须弥座上供奉的鉴真坐像，闭目冥思，神态坚毅安详。

1.瘦西湖 3.文昌阁

2.何园 4.大明寺

■诗词延伸

春江潮水连海平，海上明月共潮生。
滟滟随波千万里，何处春江无月明。
江流宛转绕芳甸，月照花林皆似霰。
空里流霜不觉飞，汀上白沙看不见。
江天一色无纤尘，皎皎空中孤月轮。
江畔何人初见月，江月何年初照人？
人生代代无穷已，江月年年只相似。
不知江月待何人，但见长江送流水。
白云一片去悠悠，青枫浦上不胜愁。
谁家今夜扁舟子？何处相思明月楼？
可怜楼上月徘徊，应照离人妆镜台。
玉户帘中卷不去，捣衣砧上拂还来。
此时相望不相闻，愿逐月华流照君。
鸿雁长飞光不度，鱼龙潜跃水成文。
昨夜闲潭梦落花，可怜春半不还家。
江水流春去欲尽，江潭落月复西斜。
斜月沉沉藏海雾，碣石潇湘无限路。
不知乘月几人归，落花摇情满江树。

——张若虚·《春江花月夜》

钱塘江 万里而来，只为听一曲“涛声依旧”

八月涛声吼地来，头高数丈触山回。

须臾却入海门去，卷起沙堆似雪堆。

——刘禹锡·《杂曲歌辞·浪淘沙》（节选）

故事·STORY

钱塘潮

八月，浪涛呼啸而来，吼声像是从地下发出的。浪头高达数丈，撞击着两岸的山崖。顷刻间，浪涛便入海而去，在岸边卷起像雪堆一样的沙堆。

刘禹锡的这首诗，讲述的是农历八月钱塘大潮的景象。钱塘江汹涌的海潮是天下最壮观的。每年的农历八月十六至十八，这期间海潮最恢宏。当海潮从远方海口出现的时候，只像一条白色的银线一般，过了一会儿，慢慢逼近，白浪高耸，就像白玉砌成的城堡、白雪堆成的山岭一般，波涛好像从天上堆压下来，发出很大的声音，就像震耳的雷声一般。波涛汹涌澎湃，犹如吞没了蓝天，冲洗了太阳，非常雄壮豪迈。

其实，观赏钱塘秋潮，早在汉、魏、六朝时就已蔚成风气，至唐、宋时，此风更盛。相传农历八月十八日，是潮神的生日，故潮峰最高。南宋朝廷曾经规定，这一天在钱塘江上校阅水师，以后相沿成习，八月十八逐渐成为观潮节。北宋诗人潘阆就在《酒泉子》中记录了这一盛况："长忆观潮，满郭人争江上望。来疑沧海尽成空，万面鼓声中。弄潮儿向涛头立，手把红旗旗不湿。别来几向梦中看，梦觉尚心寒。"

实际上，钱塘秋潮一直处于变化之中。由于潮势最盛之处的变化，人们的观潮点也随之改动。宋时的观潮点在杭州以上折成直角的河段。明朝以后，海宁的盐官镇附近始成观潮胜地。

海宁潮，亦称浙江潮，又称钱江潮，被誉为"天下奇观"。"一线横江"便是当年海宁潮的真实写照。

如果有一天，孩子问，为什么钱塘江大潮会这么大呢？为什么其他地方无法形成这种大潮呢？我们可以这样回答他们。

钱塘潮的形成与月亮、太阳的引力有关。东汉哲学家王充首次提出了"涛之起也，随月盛衰"的论断。后经科学家们长期研究证明：钱塘潮是

钱塘江

在月亮、太阳的引力和地球自转产生的离心力作用下形成的。白居易曾作诗道："早潮才落晚潮来，一月周流六十回。"钱塘潮每日有两潮，农历初一、十五子午潮，半月循环一周，尤以农历初一至初五、十五至二十潮为大，一年有120个观潮佳日。

而海宁是观潮胜地，这与海宁独特的地理条件有关。钱塘江到杭州湾，外宽内窄，外深内浅，是一个非常典型的喇叭状海湾。出海口东面宽达100千米，到海宁盐官镇一带时，江面只有3千米宽。起潮时，宽深的湾口，一下子吞进大量海水，由于江面迅速收缩变浅，夺路上涌的潮水来不及均匀上升，便后浪推前浪，一浪更比一浪高，形成了陡立的水墙。

世界一绝的钱江潮，是大自然的恩赐。千百年来，无数文人骚客为之倾倒。白居易、李白、苏东坡等历代名人墨客在一睹天下奇观后留下了千余首咏潮诗词。清代乾隆皇帝，六下江南中曾四次到盐官观赏海宁潮，赋诗十余首。孙中山、毛泽东等一代伟人，也曾来海宁观潮，并留下了诗文。

教养关键词 · KEY WORD

1.观潮之时一定要看好孩子，不可让其靠近潮水

钱塘江大潮每逢观潮之时，都会不可避免地发生一些意外。孩子没有自制力，更不知潮水危险，很容易靠近潮水。家长一定要将其带到安全地带，毕竟旅途之中，增长见闻是其次，安全最为重要。

2.跟孩子一起找找看，钱塘江大潮的观潮地点，从古至今是如何变化的

钱塘江大潮发生的位置一直在不断变化中，和孩子一起查找一下这方面的资料，看看能不能推算出钱塘江大潮发生的位置正在向哪个方向挪移。

提示 · TIPS：

钱塘江，自源头始，全称浙江，又名罗刹江和之江，是中国东南沿海地区主要河流之一，浙江省最大河流，浙江省著名的旅游景点。实际上，“浙江”下游的杭州段才称钱塘江。最早见名于《山海经》，是越文化的主要发源地之一。

从钱塘江的北源新安江起算，它全长588.73千米。但以南源衢江上游马金溪起算，则全长522.22千米。钱塘江在上海市南汇区和舟山市嵊泗县之间注入东海。钱塘江潮被誉为“天下第一潮”。现最佳观潮点在海宁。

风景 · SCENERY
带着孩子边走边看

浩瀚的海宁潮，曾经激发了无数文人墨客的灵感，给临江而居的海宁人民留下了一笔丰富的自然遗产，大量有关潮的学术著作、文化作品，凝成了一部特殊的历史教材。来到海宁，不为其他，只为了能让孩子看一眼那自唐以来便久负盛名的钱塘大潮。

钱江潮

海宁市的盐官镇为观看钱江潮最佳景区。当涌潮西行至此，全线与围堤成一锐角扑来，坝头以内的潮头同坝身、围堤构成直角三角形，潮头线

钱江潮

两端受阻，分别沿坝身和围堤向直角顶点逼进，最终在坝根“嘣”一声怒吼，涌浪如突兀而起的醒狮，化成一股水柱，直冲云霄，高达十余米。

由于大坝的横江阻拦，直立的潮水又折身返回，形成“卷起沙堆似雪堆”的奇特回头潮。而此时江水前来后涌，上下翻卷，奔腾不息。“滔天浊浪排空来，翻江倒海山为摧”，这就是对钱塘江大潮恢宏气势和霸气的最佳描述。

海神庙

海神庙位于浙江省海宁市盐官镇春熙路东端，是雍正八年（公元1729年）九月浙江总督李卫奉敕建造的，雍正九年（公元1731年）十一月竣工，耗银十万两，其结构仿故宫太和殿，故其有银銮殿之称。咸丰年间大部分建筑毁于兵燹，光绪十一年（公元1885年）重建。现尚存的石坊、石狮、石筑广场、庆成桥以及大门、大殿、御碑亭，仍显示着皇家督造的气度。

海神庙正殿建筑最为雄壮，为重檐歇山顶式宫殿建筑，五楹陛四出七

钱塘江远景

海神庙

级。正脊为双龙抢球，并书有“保厘东海”“永庆安澜”字样。脊梁两侧有高大的鸱吻，正脊、博脊、重脊上均塑有金刚人物像和寓风调雨顺等与风水有关的典故。海神庙祭祀的是传说中的浙海之神。正殿中设一无名之海神，钱镠、伍子胥享配左右。在正殿后有八角重檐攒尖顶御碑亭一座，亭内御碑通高约五米，为汉白玉石质。碑额浮雕飞龙朱雀，双龙抢球。碑身及碑座周刻飞龙、如意、万字及海水图案，精美绝伦。碑身阳面为雍正帝的《海神庙碑记》，阴面为乾隆帝的《阅海塘记》。

■诗词延伸

海神来过恶风回，
浪打天门石壁开。
浙江八月何如此，
涛似连山喷雪来。
——李白·《横江词其四》（节选）

【第六辑】留给孩子的旅行思考题

1. 南京在历史上曾经有过几个名字?

2. 钱塘江大潮是怎样形成的?

吴越山水——梦里寻它千百度

太湖 “天外来客”引发的奇石传说

水宿烟雨寒，洞庭霜落微。
月明移舟去，夜静魂梦归。
暗觉海风度，萧萧闻雁飞。
——王昌龄·《太湖秋夕》

故事·STORY

太湖奇石

深秋的一个夜晚，诗人王昌龄夜宿在太湖的一条小船之上。清冷的月光下，这只小船在水上慢慢地漂泊。夜，是如此的安静，湖面渐渐泛起了一片寒气，太湖上的洞庭山落下了一层微霜。王昌龄似睡非睡，似梦非梦，他隐隐地感到阵阵海风吹过，听到远处传来一阵大雁南飞的声音。真是好一幅宁静的太湖秋夕图。

随着洞庭湖湖面的缩减，太湖逐渐越过了它成为中国第二大淡水湖。太湖古称震泽、笠泽、五湖，从古到今，都是著名的旅游胜地。太湖的形态，好似一弯向西突入的新月，它的南岸为典型的圆弧形岸线，东北岸则曲折多湾，无时无刻不流露出一种不带雕琢的自然美，素有“太湖天下秀”的美名。而这首《太湖秋夕》，则更是在不经意之中，描绘了太湖烟雨的宁静与安详，这种如画之美，伴随着古诗的流传，沉淀至今。

在来太湖之前，也许家长们已带着孩子看过了太多山山水水，再与他们大谈山水之景，想必只会让孩子厌烦。现在，为了让他们换个思维，我们应该告诉他们一些有关石头的故事。

太湖除了诗中所述有“霜微落”之美外，更有令天下人啧啧称奇，甚至争相收藏的太湖奇石。太湖石曾是皇家园林的布景石材，它是大自然的鬼斧神工雕刻而成。太湖石大多玲珑剔透，奇形怪状。它们或形奇，或色艳，或纹美，或玲珑剔透、灵秀飘逸，或浑穆古朴、超凡脱俗。太湖石的形态永不重复，一石一座都浑然天成，是叠置假山、建造园林、点缀环境的最佳选择。古往今来，有不少收藏者为之疯狂。

唐吴融的《太湖石歌》中便曾经这样描绘太湖奇石：“洞庭山下湖波碧，波中万古生幽石。铁索千寻取得来，奇形怪状谁得识。”

白居易也曾作过一篇《太湖石记》，其中说道：“石有族聚，太湖为

甲，罗浮、天竺之徒次焉。”意思是说“可供玩赏的石头有各种类别，唯有太湖石是甲等，罗浮石、天竺石之类的石头都次于太湖石”。而他的这篇《太湖石记》，是中国赏石文化史上第一篇全面阐述太湖石收藏、鉴赏的散文。

据《清异录》记载，太湖石从晋代开始有人赏玩，到唐代便特别盛行。唐代身居相位之尊的牛僧孺就是一个酷爱收藏太湖石的人。据说，他甚至到了“待之如宾友，亲之如贤哲，重之如宝石，爱之如儿孙”的地步，就连好友白居易也称奇不已。

现如今，北京圆明园中就曾有一方太湖石，乾隆御题其为“青莲朵”，后来英法联军火烧圆明园之后，这方奇石便移入了北京中山公园。

不过，太湖这么多瑰丽神奇的太湖石，究竟是怎么来的呢？在这么多湖泊之中，为何又只有太湖之中形成了如此之多怪异而又富有个性的奇石呢？这或许跟太湖的形成原因有关。太湖，在古代又被称为震泽，它的成因一直是个谜。近几年来，“太湖是陨石冲击坑”的假说得到了许多人的关注。据说，太湖大概是在1万年前，由一个体积庞大的“天外来客”冲击而成。

而这个假说，如今得到了一些专业证据的证实。在太湖的一次排水清

太湖泛舟

淤工程中，几位陨石爱好者在湖底沉积的淤泥之中，发现了一些含铁质的石棍，还有一些形状怪异的石头，他们怀疑是陨石。后来，经过陨石专家的鉴定分析，发现目前在太湖发现的各种奇石和石棍，其外形都具有旋转扭曲形态，以及熔壳特征，这是因为高温的陨石冲击地面时，产生了很多碎屑和粉尘，这些东西在空中飞行，会像陀螺一样旋转、扭曲，它们在空中摩擦生热，表层熔化之后，又再次冷却，然后就会产生一层熔壳。所以，那些具有熔壳特征的奇石，正是太湖被“砸”出来的铁证。

尽管太湖的形成还有着各种各样其他的说法，但对于太湖石的来历，却没有比“天外来客”的造访更有说服力了，并且，对于孩子来说，一个被陨石“砸”出来的太湖，明显比被泥沙冲出来的太湖有趣得多。

教养关键词·KEY WORD

1.去太湖前，与孩子一起做一个适合自己的旅行攻略

太湖的范围十分广泛，景点跨度非常大，南来北往的旅客都有最适合自己的起止线路，适合别人的不一定适合自己。所以，如果你不是随团旅行，就请从太湖开始，和孩子一起在旅行前就做好适合自己的旅行攻略，以免绕行太多冤枉路。

2.和孩子一起写旅行日记

旅行是一件快乐的事情，而写旅行日记则是一个非常难得的好习惯。你可以在每天快乐游玩之后，和孩子一起将今天的快乐记录下来，让他们在轻松的心境之下养成记日记的好习惯。

提示·TIPS：

太湖，地处平原地区，是一个浅水湖，水位较稳定，平均水深1.94米，最深处可达2.6米。它位于江苏省南部，与浙江省相连，横跨苏州市（吴中区、相城区、虎丘区、吴江区）、无锡市滨湖区、常州市武进区，其中大部分水域位于苏州市，分别由苏州、无锡、常州三市管辖。它是中国东部近海区域最大的湖泊，也是中国的第二大淡水湖。

太湖，一直是一个富有传奇色彩的地方。自古以来所说的“五湖四海”，太湖便是“五湖”之一。但随着近几年环境的急遽恶化，太湖水面的面积越来越小。在这个事事瞬息万变的时代里，我们还是趁着太湖尚且隽秀，赶紧带着孩子去一睹其风采吧。

鼋头渚

鼋头渚为太湖西北岸无锡境内的一个半岛，因有巨石突入湖中，状如浮鼋翘首而得名，是太湖风景名胜区的主景点之一。

南朝萧梁时，此地就建有广福庵，为“南朝四百八十寺”的一处。明末，东林党首领高攀龙常来此踏浪吟哦，留有“鼋头渚边濯足”遗迹。清末无锡知县廖伦在临湖峭壁上题书“包孕吴越”和“横云”两处摩崖石刻，既赞美了太湖的雄伟气势和孕育吴越两地的宽阔胸怀，也蕴含了对此地风光尽纳吴越山水之美的中肯评价。

1918年，鼋头渚始建园林，社会名流、达官贵人纷纷在鼋头渚附近营造私家花园和别墅。先后建有横云山庄、广福寺、陶朱阁、太湖别墅、郑园等。新中国成立后，这些私家花园和别墅大都由政府接管，合并成鼋头渚公园。20世纪80年代后，经过进一步统一规划布局，精心缀连，又大规模扩建新景点，使这一太湖之畔的风景名胜游览区日趋完美，成为江南最大的山水园林之一。

鼋头渚

无锡灵山大佛

灵山大佛坐落于无锡马山秦履峰南侧的

小灵山地区，这里原为唐宋名刹祥符寺之旧址。为保存古迹，弘扬文化，后来由修复祥符禅寺建造大佛立像筹建委筹划，在恢复祥符寺的同时，还兴建了一个高达88米的露天青铜释迦牟尼佛立像。大佛所在位置是唐玄奘命名的小灵山，故名灵山大佛。

大佛通高88米，佛体79米，莲花瓣9米，佛体由1560块6~8毫米厚的铜壁板构成，焊缝长达30余千米。大佛铸铜约700吨，铜板面积达9000多平方米，约一个半足球场大小，能抵御14级台风和8级地震的侵袭。

宜兴善卷洞

太湖附近的宜兴自古多溶洞，故称“洞天世界”。这些溶洞集“古、大、奇、美”于一体，千姿百态、神奇古怪，有善卷洞、张公洞、灵古洞，尤以洞龄三万多年的善卷洞最具特色，其五光十色、自然典雅，神秘色彩、童话色彩浓郁，被誉为“海内奇观”“万古灵迹”。

善卷洞有上、中、下、后四层，并且层层相连，洞洞相通，整个洞窟宛如一个庞大而华丽的地下宫殿。入口处为中洞，中洞内有天然大石厅狮象大场，洞口有7米高巨型钟乳石笋“砥柱峰”兀立，石厅两旁，有形似青狮、白象巨石一对屹立，惟妙惟肖，形态逼真。

善卷洞的上洞规模更大，洞形似螺壳，终年云雾弥漫，冬暖夏凉，气温终年保持23℃，因而又称暖洞。环壁之上有奇石形成的荷花倒影、万古寒梅、绵羊、骏马、熊猫等景物。石缝间细流潺潺，在地下形成水潭，顶部的石乳倒映在潭中，奇异天成。

西山

西山位于苏州古城西南40千米的太湖之中，面积79.8平方千米，是我国淡水湖泊中最大的岛屿。缥缈峰海拔336.6米，为太湖72峰之首。登巅俯视太湖，沐日浴月，烟雾无际，美不胜收。

西山因太湖而妩媚多姿，太湖因西山而丰富多彩。这里山峦起伏，奇石嶙峋，峰回路转，曲径通幽，自古就形成了以地带景、以景抒情的八大美景和

1.无锡灵山大佛　2.宜兴善卷洞　3.西山

七大名胜。主要景点有石公山、太湖大桥、林屋洞、罗汉寺、太湖梅园等。

■诗词延伸

西溪风生竹森森，南潭萍开水沉沉。
从翠万竿湘岸色，空碧一泊松江心。
浦派萦回误远近，桥岛向背迷窥临。
澄澜方丈若万顷，倒影咫尺如千寻。
泛然独游邈然坐，坐念行心思古今。
菟裘不闻有泉沼，西河亦恐无云林。
岂如白翁退老地，树高竹密池塘深。
华亭双鹤白矫矫，太湖四石青岑岑。
眼前尽日更无客，膝上此时唯有琴。
洛阳冠盖自相索，谁肯来此同抽簪？

——白居易·《池上作》（西溪、南潭皆池中胜处也）

嵊州 东南山水越为最

霜落荆门江树空，布帆无恙挂秋风。
此行不为鲈鱼鲙，自爱名山入剡中。
——李白·《秋下荆门》

故事·STORY

李白在嵊州的日子

秋叶凋零，白霜落在荆门的地面上，诗人李白乘着秋风，踏着帆船，他的旅途一路平安。这一次远离家乡的旅行，并不是为了品尝美味的鲈鱼鲙，而是因为向往名山，才想去越地的嵊州一睹名山之风采啊。

曾有人说："东南山水越为最，越地风光剡领先。"以此来赞美嵊州的大好风光。剡中就是指今浙江省嵊州市一带。嵊州，就在今天的嵊州市，它名山环抱，溪流潺潺，早在晋代就成为各界名流游览隐居的好地方。不仅诗仙李白情系嵊州，谢灵运、杜甫也都钟情嵊州，他们曾乘舟到剡溪之中，饱览"山色四十碧，溪光十里清"的大好风光。谢灵运寄情嵊州之时，还吟出了"暝投嵊州宿，明登天姥岑"的诗句。

嵊州虽曾接纳名士无数，却和诗仙的缘分最为深厚。唐开元十二年，也就是公元724年，当时的诗仙李白，年24岁。他年少自负，豪情万丈，胸怀"四方之志"，仗剑辞亲远行。此时他最主要的目的地就是嵊州。而这首《秋下荆门》，也正是此时所作。

如果说，人与人的缘分是前世回眸所定，那李白和嵊州的缘分，却不知要回眸多少次才能换到。两年之后的夏天，李白从扬州乘船沿京杭运河南下。他先到达会稽，也就是今天的绍兴，又从绍兴沿曹娥江上行到达嵊州。然后，他满怀激情，在《别储邕之嵊州》这首诗中具体描写了这次旅行的全过程："借问嵊州道，东南指越乡。舟从广陵去，水入会稽长。竹色溪下绿，荷花镜里香。辞君向天姥，拂石卧秋霜。"

在嵊州，李白做了许多许多的事，他在这里结识了剡县县尉窦公衡，又寻访了仰慕已久的王羲之遗踪，还探访了谢灵运的石门故居。在这里，他完成了人生中的第一个梦想，访名士，游名山。但人生不如意十有八九，很快，李白便不得不离开嵊州，前往他人生的下一个目的地。他去

嵊州一景

了哪儿，做了什么，在这里并不重要，重要的是，他的身体虽离开了嵊州，但他的心，却被牢牢地拴在了这儿，以至于每当他苦闷忧郁时，思念嵊州便成为他挣脱苦闷的方法之一。

公元742年，李白应召入京，因满腹才华而受到唐玄宗的礼遇。但有才之人却必定孤傲，他遭到权贵们的排挤，入京不到两年便离开了京城。四年之后，李白的苦闷随着对嵊州的思念倾泻如注，他在那首著名的《梦游天姥吟留别》中毫不掩饰地表达了对嵊州的深深眷恋：“我欲因之梦吴越，一夜飞度镜湖月。湖月照我影，送我至剡溪。”

嵊州，值得李白一生牵肠挂肚，即便是安史之乱爆发之际，他也从未收起过对嵊州的思念。洛阳沦陷，安禄山在洛阳称帝之时，李白正在宣城，他希望有报国之日，从宣城到了溧阳，却发现空怀一身本领，却无报国之门。在南下嵊州的途中，他作诗一首：“忽思剡溪去，水石远清妙。雪昼天地明，风开湖山貌。”

诗仙一生，虽几次进出嵊州，却依旧对嵊州之景、之物无限神往。他与嵊州一生纠缠，就像一个彼此擦肩几世的有缘人，只那回眸一次的眼缘，却注定了今生再也无法逃开的羁绊。但俗话说得好，江山何处不风流？诗仙、诗圣，以至如此多的文人雅士，却为何偏偏钟情这小小的嵊州呢？

如果非要一个解释，也许只能归因于所谓的“名人效应”了。嵊州自古便是佛道圣地，早在唐之前，便有诸多著名人物会聚于此。据说，秦始皇曾派人在剡山挖坑以泄王气，王羲之钟爱此处的独秀山，而大禹治水的禹溪也在此处。或许，我们与其说文人雅士是在追逐这里的名山胜景，不如说他们是在追逐这里的魏晋遗风和那些流传于民间、经久不衰的传说故事。

教养关键词 · KEY WORD

1.问问孩子，诗仙一共几次踏足嵊州

诗仙李白对嵊州的情感十分深厚，一生之中数次踏足嵊州，对于交通并不发达的唐代来说，这是十分不易的。让孩子回家之后查查资料，看看诗仙李白一共几次踏足嵊州，在这几次里他分别都做了什么。

2.锻炼一下孩子的观察能力

带孩子旅行，一定要学会锻炼他们的观察能力，孩子不会像大人一样多愁善感，旅行的意义自然是博闻广见，如此一来，观察能力就变得非常重要了，可以试着问问孩子，嵊州和他们所见过的其他地方有什么不同。这个问题不一定有标准答案，只是可以看看他们有没有对这一次的行程用心。

提示 · TIPS：

嵊州，古为越地，今属浙江。嵊州地处浙江东部，是绍兴都市圈的南部副中心和旅游新城。它早在秦汉时就建县称剡，唐初曾设嵊州，北宋年间始名嵊县，至今已有两千一百五十多年历史。每天从杭州东站都有数十班车发往嵊州。

风景 · SCENERY

带着孩子边走边看

嵊州素有“东南山水越为最，越地风光剡领先”之美誉，“书圣”王羲之爱慕嵊州山水，因而晚年隐居在此，并终老金庭。谢灵运、李白、杜甫、朱熹、陆游、戴逵等历代文人墨客，也曾多次来到嵊州游历，留下了不少咏剡佳句和访剡遗迹。现在，就让我们带着孩子，跟随古人的足迹，去一览嵊州的绝妙风姿吧。

嵊州南山风景区

南山风景名胜区以秀峰、林海、丽湖为其特色，是江南最大的火山大峡谷，也是迄今为止国内发现海拔最低的古冰川遗迹。

嵊州南山风景区

南山湖全长11千米。四周古木参天，山清水秀。湖区集密林、丽湖、陡岩、怪石、飞瀑、幽潭、秀峰、悬崖于一身，是优秀的山水风光型旅游胜景。

此地曾是古火山喷发通道，火山喷发年代是晚侏罗纪，距今约1.4亿年。景区内有无以计数的火山弹，是目前我国地质界发现火山弹最多、最集中、最奇特的区域。火山弹内含有水晶晶簇及硫黄，此类火山弹实属罕见，是地质界的奇迹。景区内怪石随处可见，最形象的有相思石、石和尚、石将军、石狮、石佛、石龟等。有的形随步移，如石和尚正面酷似含经礼佛的高僧，背面却成了令人遐思的相思石。

湖西南是历史上有名的双溪江，南宋词人李清照曾在此地居住和泛舟，留下了脍炙人口的诗篇《武陵源》："只恐双溪舴艋舟，载不动许多愁。"朱熹与吕规叔曾在此创办鹿门书院讲学，是南宋理学的发祥地之一。

王羲之故居

王羲之故居位于嵊州市市区东25千米的金庭镇，这里四面环山，故居坐落在这幽静的山谷之中。王羲之金庭故居和绍兴成名地、临沂出生地一样受世人所敬仰。

故居系列建筑有金庭观、书圣殿、右军祠、雪溪书院、潺湲阁，这里还有书圣墓、书法园林、书画长廊、放鹤亭等。一年一度的书法朝圣节，使景区处处洋溢着浓浓的诗情和墨香。

相邻的华堂古村，是王羲之后裔的聚居地。王氏宗祠高高飞翘的屋檐和镂空的雕花，以及屋顶两端的乌龙甩尾，都向人们昭示着王氏家族的气派。悠长的弄堂，串联起一个又一个古老的台门，蕴含着明清时的安逸和雅致。

1.王羲之故居 | 2.崇仁古镇

崇仁古镇

崇仁古镇距离嵊州市区西北约11千米，背倚五龙山，长善溪穿镇而过。古镇距今已有近千年的历史。原名杏花村，北宋熙宁年间，受皇帝敕封的义门裘氏从婺州分迁此地，裘氏以崇尚仁义为本，故名其地为崇仁。自南宋以来，古镇出过不少人才，单裘氏一族，就有4个进士，38名举人，仕宦者几十人。

这里是美丽幽静的江南古镇，它至今仍保留着庞大的古建筑群，虽然历经千年但风貌依旧。古建筑连片成群，群内庙宇、祠堂、古戏台、民居、牌坊、药铺、桥梁、水井一应俱全。以玉山公祠为中心，保存完整的老台门就有一百余座，台门之间用跨街楼勾连，既珠联璧合又独立成章，体现了先人“分户合族、聚只一家”的遗风。

■诗词延伸

樵客高僧两断蓬，偶同烟捞泛秋风。
栖贤雪夜匆匆别，岂意相逢在剡中。

——陆游·《秋兴》

太湖→嵊州→天姥山→天台山→会稽山

天姥山 千年名山里的“蒙娜丽莎”

海客谈瀛洲，烟涛微茫信难求。

越人语天姥，云霞明灭或可睹。

天姥连天向天横，势拔五岳掩赤城。

天台四万八千丈，对此欲倒东南倾。

——李白·《梦游天姥吟留别》（节选）

故事·STORY

天姥的歌声

海外来客谈论瀛洲仙山的美妙景致，实在令人神往，但是再美，却难以追寻。而越人所说的天姥山虽然时明时暗，但透过扑朔迷离的云霞，却是可以看见的。天姥山高耸入云，横贯天际，气势简直超出了五岳而盖压赤城山。与天姥山毗邻的天台山虽然高达四万八千丈，但与天姥山的雄奇壮观相比，它也显得矮小卑微，像要倾倒在天姥山的东南角一样。

天姥山临近剡溪，传说是因登山的人曾听到过天姥的歌唱，因此得名，据说，天姥便是传说中的王母。李白的这首《梦游天姥吟留别》，虽写梦游奇景，却不同于其他人所作的仙游诗，它并非仅存虚幻，而是在缥缈虚无的神仙世界里，撒下一颗颗现实的种子。这诗亦真亦幻，让人无法辨别，天姥山，究竟是真的存在于天地之间，还是仅仅矗立于诗仙的梦境之中。

天姥山，在李白的笔下名冠五岳，他在诗中毫不吝啬笔墨，倾情赞美了天姥山的不凡气势。数千年来，随着这首诗的流传，天姥山也成为媲美五岳的越地灵山。但当我们真的背起行囊，开始追寻诗仙之路，寻找天姥山的身影时，却发现，这首唐诗中扬名中外的“连天名山”，却不过只是浙江省新昌县境内的一座普通山脉，它并无宏伟的气势，也不似黄山那般景色秀丽怡人，甚至许多曾经从它脚下路过的人们，都没有意识到，这就是千年前诗人们曾经倾情赞颂的文化圣山。

天姥山，是真的曾经闻名四方，还仅仅只是诗人在梦中的念想？如果仅仅只是诗人梦中所臆，却又为何有李白、杜甫、白居易等一批接一批的文人雅士寻访到此，并乐此不疲地将天姥山推到一个无比崇高的理想境界？

唯一的解释只能是，早在千年以前，天姥山便是中国文化界的精神乐

天姥山一景

园。如果说，五岳的地位崇高，是帝王为了巩固自己的统治推举出的权力象征，那天姥山，便是中国文人墨客心中的文化圣地。不过，令人惊奇的是，自宋之后，这座神奇的名山，却逐渐在历史的喧嚣之中沉寂了下来，然后，任由人们将它淡忘。

天姥山，就好像名山中的“蒙娜丽莎”一般，它是那么出名，却又那么神秘。它曾被无数的唐诗歌颂，被无数的名人踏访，但时至今日，当其他受到古人推崇的名山仍然炙手可热之时，它却如一株无根的浮萍，消失在了我们的视野中。天姥山的一切，以及它失落的原因，令人费解。

教养关键词·KEY WORD

1.登临天姥山之后，让孩子谈谈自己对《梦游天姥吟留别》的感受

许多人游罢天姥山，都会觉得实景与李白的《梦游天姥吟留别》差别甚远，但孩子的脑袋瓜里所想的，却与大人不大相同。可以借此机会，问问孩子，游完天姥山之后，对李白的这首诗，又有什么感触。得到的答案，说不定会令人大吃一惊。

2.让孩子也写一篇《天姥山游记》

诗仙还未曾登临天姥山，就已在梦中游览了这座名山。现在孩子已经游完了天姥山，想来让孩子写一篇《天姥山游记》应该不是什么难事。现在，就让我们拭目以待，看看孩子心中的天姥山，究竟是什么样子吧。

提示·TIPS：

天姥山主体位于浙江省绍兴市新昌县境内，从新昌与嵊州交界的黄泥桥延绵至新昌与天台交界的横渡桥，在沃洲湖以南。去天姥山可以先坐车到绍兴，然后从绍兴转车去新昌。

风景·SCENERY
带着孩子边走边看

无论出于何种理由渐渐隐匿，天姥山毕竟曾经辉煌过，至少我们今时今日，还能在诗仙的豪言壮语中找到它的身影。数千年前，这座东方名山曾耀眼地霸据这东南一隅，曾经在诗仙的梦中与天比邻，曾经承载了无数诗人的梦想与追求。不过天姥山的风姿虽妙，山下的新昌县里也有不少值得一去的著名景点。现在，游罢天姥山，我们可以来到天姥山下的新昌县，感受一下新昌的名胜。

天姥山

1.新昌大佛寺 | 2.双林石窟

新昌大佛寺

新昌大佛寺位于新昌县城西南，在南明山与石城山之间的山谷之中。寺内有大弥勒佛石像，寺外有隐鹤洞、锯开岩、濯缨亭、俊貌石、石棋坪、放生池及一些摩崖石刻等胜景。

大佛寺始建于东晋永和年间（公元345—350年），已有1600多年的历史，为全国重点寺院之一。寺院依山而建，正面外观五层，寺内高大雄伟，巨大的弥勒佛石像正面趺坐于大殿正中。这座巨大的石像，雕凿于悬崖绝壁之中，历时约30年才全部雕成，为江南早期石窟造像代表作。佛像高大巍峨、气势磅礴，经测定，石佛座高2.4米，正面趺坐像高13.2米，阔15.9米，两膝相距10.6米，耳长2.7米，两手心向上交置膝间，掌心可容十余人。

大佛寺西北约300米处还有一小刹名千佛院，院内有佛千尊，每尊长约23.3厘米，宽近16.7厘米，排列整齐，个个神采飞扬，充分反映了中国古代工匠的无穷智慧与高超的艺术水平。新昌大佛寺中有一尊卧佛，为亚洲第一大卧佛。

双林石窟

双林石窟是大佛寺风景名胜区继露天弥勒、般若谷之后新建的景点，这个景点在明清时期曾经是采石场，后修栈道、凿隧洞、依山造佛。

双林石窟于山中开凿出当今最大空间的洞窟，最大体量的卧佛，与1500年前的江南第一大佛（石弥勒佛）、佛山圣境的露天大佛交相辉映，让人们在欣赏精美的石窟艺术的同时，受到佛教的感化，净化心灵，感悟人生的真谛。

卧佛殿现已成为“江南第一大佛”之后的又一处以佛教文化为主题的旅游胜地，为“越国敦煌”大佛寺增光添彩。

天烛湖

天烛湖在十里潜溪的天烛岭脚，离新昌县城7千米。1998年9月在天烛岭脚的蚱蜢头山和孝天龙山的峡谷上，建造了长73米，高26米的水库大坝，将山涧小溪之水汇成了一个湖泊——天烛湖。

乘龙舟畅游在天烛湖里，沿途湖水清纯，碧波荡漾；石林峻峭峥嵘，似神似兽。左侧的五指山，上书“天烛湖”三字，三个字有75平方米，但并不是平均分配的，因为游客从下方看上去，有一个视角差，“天”字与“湖”字要相差两米，气势雄伟，色彩鲜明。就在五指山旁边，密密的松林中有一支巨大的蜡烛，傲然矗立在山崖上，顶上还有一棵柏树，好像是蜡烛的火苗在熊熊燃烧。

天烛湖岸上有许多漂亮的竹楼，有茶楼，还有客房，如果真想远离城市的喧嚣，这里是再好不过的地方了，犹如世外桃源。

天烛湖

■诗词延伸

海客谈瀛洲，烟涛微茫信难求。

越人语天姥，云霞明灭或可睹。

天姥连天向天横，势拔五岳掩赤城。

天台四万八千丈，对此欲倒东南倾。

我欲因之梦吴越，一夜飞度镜湖月。

湖月照我影，送我至剡溪。

谢公宿处今尚在，渌水荡漾清猿啼。

脚著谢公屐，身登青云梯。

半壁见海日，空中闻天鸡。

千岩万转路不定，迷花倚石忽已暝。

熊咆龙吟殷岩泉，栗深林兮惊层巅。

云青青兮欲雨，水澹澹兮生烟。

列缺霹雳，丘峦崩摧。洞天石扉，訇然中开。

青冥浩荡不见底，日月照耀金银台。

霓为衣兮风为马，云之君兮纷纷而来下。

虎鼓瑟兮鸾回车，仙之人兮列如麻。

忽魂悸以魄动，恍惊起而长嗟。

惟觉时之枕席，失向来之烟霞。

世间行乐亦如此，古来万事东流水。

别君去兮何时还，且放白鹿青崖间，

须行即骑访名山。安能摧眉折腰事权贵，使我不得开心颜。

——李白·《梦游天姥吟留别》

天台山 这里是济公活佛的故乡

挂席东南望，青山水国遥。
舳舻争利涉，来往接风潮。
问我今何去，天台访石桥。
坐看霞色晓，疑是赤城标。
——孟浩然·《舟中晓望》

故事·STORY

济公的故乡

船在拂晓时扬帆出发，诗人迎着朝阳，怀着兴奋的心情驻足船首，向东南方眺望。但山高水远，目的地尚在很遥远的地方，既然如此，只好暂时忍耐些，抓紧赶路。今天起航前，在舳舻船上卜了一卦，卦象显吉，宜于远航，那就张满船帆，兼程前进吧。如果要问，诗人今天如此兴致勃勃，是要到哪里去？他是要去天台踏访那些被称为胜迹的石桥。看，朝霞映红的天际，是那样璀璨美丽，那里大约就是赤城山尖顶所在的地方吧。

四年前，李白在天台山的脚下，写下了著名诗篇《梦游天姥吟留别》。现在，孟浩然又来到此处，写下了同样著名的诗篇《舟中晓望》。不同的是，李白所望，望的是天姥山，而孟浩然在舟首所“望”，“望”见的，是天姥山的邻居——天台山。而这首《舟中晓望》，记载着他沿着曹娥江探访天台山的心情和旅程。

天台山是东南名山，它是佛教圣地，早在公元570年，南朝梁佛教高僧智顗便在此建寺，创立佛教著名的天台宗。公元605年，隋炀帝敕建国清寺，清雍正年间重修，国清寺现为中国保存最完好的著名寺院之一。

这里山清水秀，曾令无数骚人墨客为之倾倒。在唐之前，东晋文学家孙绰就曾这样描绘天台山：“天台山者，盖山岳之神秀者也。”而到了唐代，李白虽以天台山托高天姥山，但也曾为天台山写下绝妙佳句：“龙楼凤阙不肯住，飞腾直欲天台去。”在诗仙之前，王羲之、谢灵运都曾流连在此，而诗仙之后，孟浩然、朱熹、陆游、康有为、郭沫若等名士硕儒都在天台山留下了深深的足迹。就连徐霞客，虽然踏遍三山五岳，在他的《徐霞客游记》中，也赫然以《天台山游记》作为全书起始。

天台山的自然景观得天独厚，人文景观亦是非常悠久。这里有汉末道士葛玄炼丹的“仙山”桃溪，也有碧玉连环的“仙都”琼台。这里有道教

"南宗"圣地桐柏，有佛教"五百罗汉道场"石梁方广寺，更有隋代举国闻名的古刹国清寺。唐代诗僧寒山子曾隐居在这里的寒石山。天台山之上，有着画不尽的奇石、幽洞、飞瀑，也有那无法一一道来的古木、名花、珍禽，这里虽无五岳之气势磅礴，却仙灵道骨，有着其他名山大川无法比拟的吸引力。

不过，说一千，道一万，如果希望孩子更加喜欢这里，或许我们还需要给他们讲一个小小的故事。孩子们一定都听过济公和尚的故事吧，济公和尚一生的事迹极富有传奇性，他一身破衣烂衫，倒穿草鞋，拿着一把破蒲扇，抑暴济困，神通广大。

事实上，济公和尚不仅仅只是文学创作的结果，在历史上真有其人。而天台山，正是济公和尚的故乡。济公原名李修缘，他小时候便受到天台山佛道文化的熏陶，在父母去世之后，便先后在天台山的国清寺、杭州的灵隐寺拜师学佛，法号"道济"。现如今，在天台境内，还依然留有济公亭、赤城山瑞霞洞等纪念他的遗迹。

天台山飞瀑

教养关键词·KEY WORD

1.在来天台山之前，陪着孩子一起看看济公和尚的故事

天台山是济公和尚的故乡，这里有关济公的传说数不胜数。在启程之前，和孩子一起找到济公和尚的故事读一读，看看这位有名的和尚，究竟都做了些什么。

2.让孩子读一读《徐霞客游记》，看看徐霞客是怎么记录天台山的

徐霞客游览过许多名山大川，却偏偏以《天台山游记》作为游记

的开篇之作，说不定他对天台山有着独特的见解，让孩子看看这篇游记，再跟实际旅途结合，看看书中所写和实际所看有何不同。

提示 · TIPS：

天台山是浙江省东部的名山。这里西南连仙霞岭，东北遥接舟山群岛，为曹娥江与甬江的分水岭。主峰华顶山在天台县东北，由花岗岩构成。多悬岩、峭壁、瀑布，瀑布则以石梁瀑布最有名。这里盛产杉木、柑橘、药材等。

天台山绵亘浙江东海之滨，因“山有八重，四面如一，顶对三辰，当牛女之分，上应台宿，故名天台”，以佛教天台宗祖庭、道教南宗祖庭所在地和济公活佛的故乡而闻名于世。

风景 · SCENERY

带着孩子边走边看

以古、幽、清、奇为特色的天台山，各景天然成趣，别具一格，各擅其胜，美不胜收。而下了山后，隶属台州市的临海有一道南长城之称的古城墙，以及仙居的皤滩镇，也是十分著名的景点，这些景点都大有来历，若有时间的话，很值得带上孩子前往一看。

天台山一景

天台山龙穿峡景区

翻开旅行家徐霞客撰写的《徐霞客游记》，第一篇就是《天台山游记》。这座位于浙江台州市天台县的名山，不仅有秀丽的自然景观，还是佛教天台宗和道教南派的发祥地，被称为佛国仙山。

龙穿峡景区就在天台县城的北部大约18千米的白鹤镇境内。龙穿峡景区内的风光主要以险峻的山峰和幽深的峡谷，还有怪石嶙峋的景观、梦幻仙境的雾气、清澈的水流最为壮观。如丝如缎的飞瀑就展现在游客的眼前，秀丽自然而又壮观的景色令所有的游客所折服。龙穿峡风景区分为十大景区：台岳春秋、秀溪观瀑、五泄流泉、太白临风、游龙戏凤、龙穿破壁、石门叩关、天池浴翠、空谷鸟鸣和三峡探险。

济公故居

济公俗家名为李修缘，是南宋时期浙江天台永宁村人。他长成于赭溪之畔，求学悟禅于赤城山，于弱冠之年皈依佛门，师从杭州灵隐寺瞎堂慧远，受具足戒，法名道济，人称他济颠和尚。嘉定三年（公元1210年）五月十四圆寂于净慈寺。后世尊为活佛。

1.天台山龙穿峡景区 | 2.济公故居

济公故居在他的出生地永宁村。故居占地16亩，景区内宅第街坊与楼台亭阁水榭园林荟萃一体，内有佛国灵气，外有仙山精华。故居府宅院错落有致，有着典型的浙东民居特色。这里亭园楼阁美轮美奂，树一邑古建之高标。

临海古城墙

临海古城墙素有“江南八达岭”之称，它具有悠久的历史，自晋代开创以来，已有1600余年。更迭经唐、宋、元、明、清诸朝，不断修筑增扩，其主体部分一直保存到今天。古城墙除了御敌的功能之外，还有防洪的功能。

城墙有三分之一的长度是沿着灵江修筑，台州府城正位于灵江入海近处，江水与潮水相碰，水位升高，时常漫上城来。城墙有如大堤，千余年来抗击着洪水的冲击。为此，临海城墙在修筑设计上，采取了特有的措施，把瓮城修作弧形，特别是把“马面”迎水的一方修作半圆弧形，其余一方仍为方形，在全国古城墙中，十分罕见，目前所知尚属孤例。由于城墙的抗洪作用，在元朝灭掉南宋时，元帝曾下令拆毁江南所有古城墙，以利其铁骑长驱直入，而临海城墙却因其无法替代的防洪功能，得到了特旨免拆。

现在北京八达岭、慕田峪、司马台、古北口，天津黄崖关，河北山海关附近的老龙头、角山等处长城的雄姿，均是经戚继光改进之后所留下来的。可以说，临海古城墙堪称北京八达岭等处长城的“重修蓝本”。

皤滩古镇

皤滩古镇位于浙江省台州市仙居县皤滩乡，距仙居县城西约25千米处。早在公元998年前，这里就因水路便利成为永安溪沿岸一个繁华的集镇。

皤滩为省级历史文化保护区，是一个保存完整的商贸古镇，现存一条东西长2000米，呈“龙”形弯曲有致的古街，街两旁唐、宋、元、明、清

1.临海古城墙 | 2.皤滩古镇

等古代风格的建筑保存完整，店铺、码头、客栈、戏台、当铺、书院义塾、祠堂庙宇一应俱全。

这里又是水陆交汇之地。沿灵江、永安溪的水路在皤滩拢岸，通往浙西的苍岭古道也在皤滩起步。清朝中叶，皤滩古镇颇具规模，除水埠头外，镇内还分布着埠头五处：武义埠、东阳埠、缙云埠、永康埠和公埠。自民国初期起，由于交通条件的变异及天灾人祸，皤滩古街逐渐萧条，特别是铁路通车，使皤滩盐路失去了原有的功能，皤滩市面也风光不再，但主体建筑与结构保持完好。

■诗词延伸

东海天台山，南方缙云驿。
溪澄问人隐，岩险烦登陟。
潭壑随星使，轩车绕春色。
傥寻琪树人，为报长相忆。
——孙逖·《送杨法曹按括州》

会稽山 被遗忘的唐诗之路

欲向江东去，定将谁举杯？
稽山无贺老，却棹酒船回。
——李白·《重忆一首》

故事·STORY

名人的隐居地

这些时日得空，诗仙李白想去往江东拜访老友贺知章，他决定，去到那里之后，一定要和老友痛饮几杯。然而，当他到达会稽山时，却得到了贺知章早已仙逝的消息，既然如此，江东再也无人可尽酒兴，只得将船掉头，郁郁而返。

那一年，李白的好友贺知章还乡之时，李白作诗二首送别与他。但贺知章还乡不久便与世长辞，远在千里之外的李白却毫不知情。两年以后，当李白闲暇之时想起故人，决定南下会稽山前去拜访贺知章，一叙旧情，却不料，船还未行到目的地，前方却传来贺老早已故去的消息。我们无法感同身受，李白是在何种心情下作出此诗，但短短四句，20个字之中，却无不渗透着一种深深的惆怅。来时兴奋、喜悦的心情，一瞬之间，变成了悲痛、伤感。好友的音容笑貌尚在眼前，但整个会稽山却再也遍寻不到他的身影。

会稽山，这个让李白流连忘返、睹物思人的地方，早在隋代，就曾被列入中国“四镇”之一。自南朝以来，这里的秀丽风光就令人赞叹有加，许多文人墨客自天姥山、天台山下来之后，便会泛舟若耶溪，移步会稽山，继续泼洒笔墨，给人们留下无数与诗歌有关的美好记忆。

南朝诗人王藉咏会稽山的诗句“蝉噪林逾静，鸟鸣山更幽”传诵千古。晋代顾恺之也曾说会稽山“千岩竞秀，万壑争流，草木蒙笼其上，若云兴霞蔚”。据说，唐太宗为求王羲之的兰亭序，曾苦心设局，一时间，越州成为国之东门，衣食半天下，贵族名流尽情唱游会稽。

晋史曾载“晋迁江左，中原衣冠之盛，咸萃于越”，那时，会稽成为整个中国最有魅力的城市。山阴风流、兰亭盛会冠绝古今。在唐代，这里成为浙东唐诗之路的门户，而明代大儒王阳明也曾在此筑室隐居，研修心学，创“阳明学派”。

我们可以毫不夸张地说，中华上下五千年，会稽山内的山山水水都无不饱含着深厚的历史底蕴。据说，公元前22世纪，夏禹便大会万国诸侯于绍兴，开创有夏一代，会稽从此名震华夏，成为中华文明的象征。会稽山是中国历代帝王加封祭祀的名山，华夏历史对山脉的崇拜，始于会稽山。据说，三过家门而不入的上古治水英雄大禹，一生行迹中的四件大事：封禅、娶亲、计功、归葬都发生在会稽山。而这里更是传说中禹王的长眠之地。

可是时过千年，到了现代，除了生活在越地的老人们，其余地方的人似乎都将这个名震千年的地方忘记了。人们更多提及的，是会稽山的老酒，而不是铭刻在它身上的诗词，以及诗人们流连在此的那份喜悦、忘情，还有慷慨激昂、一舒歌喉时的洒脱和才气。

这是个有才气、有灵气的地方。尽管时至今日，当我们的脑海之中充斥着无数的名山大川、高原胜地，甚至是西域奇观的名字时，我们的目光，依然无法停止搜寻更有灵气的地方。孩子会问，一个地方的灵气究竟长什么样子？你可以告诉他，灵气，并不在于这个地方多有名，也不在于它的景色有多美。有灵气的地方，当你接近它时，会无法自拔地被它吸引，而它必定是有内涵的。

就好像有的地方，它的景色美艳无比，但却像一道容易吃腻的大餐，

会稽山一景

匆匆而过之后，却再也不想踏足；而另一些地方，就像一道道清粥小菜，初见虽略显平淡，但离开之后，却禁不住一再思念。会稽山的风光虽只如江南之“小家碧玉”，但它深厚内敛的底蕴，却扎扎实实透露着一股大家风范。

教养关键词 · KEY WORD

1.教导孩子学会珍惜朋友

李白千里迢迢探访老友贺知章，但人尚在半路，却听闻了老友去世的噩耗，人世间还有什么比这更悲哀的事情呢？生老病死虽是人之常情，但“人死却是万事空”，我们谁也不知道明天究竟会发生些什么，所以，唯有加倍珍惜今天，珍惜今天身边的人，即便明天再也看不见他们，也不会觉得遗憾。

2.找出大禹治水的故事，想想看大禹为什么能成功治水

大禹并不是中国第一位治水的人，却是中国第一位成功治水的人，想想看他为什么会治水成功，他跟前人用的方法又有何不同呢？

提示 · TIPS：

会稽山位于绍兴市区东南部，距市中心6千米，占地5平方千米，以禹陵、百鸟乐园、香炉峰三大景点为主要景观。如果是自驾游，可从上海上沪杭高速，转杭州绕城东线，转到杭甬高速，绍兴出口下，往南经斗门、104国道，穿过绍兴市区走32省道可达会稽山景区。

风景 · SCENERY
带着孩子边走边看

我们带着孩子看景，不如带着孩子看史、看事、看人、看文。世间景色虽多，但“鬼斧神工”的景物看得过多，也会发生审美疲劳，感叹不过如此。古人云：“读万卷书，行万里路。”但古书中所写的又何止是景呢？来到会稽山，我们所见所闻的，必定不只是景，那些景点背后的人和事，更加值得我们和孩子细细品味。

大禹陵

大禹陵，位于绍兴城东南稽山门外会稽山麓，距城3千米，相传是古代治水英雄大禹的葬地。大禹陵周围群山环抱，奇峰林立，若耶溪水潺潺东去，使陵区更显凝重、壮观。郁郁葱葱的会稽山傍依褐黄色的殿宇，屋群高低错落，各抱地势，气势宏伟。

大禹陵本身是一座规模宏大的古典风格建筑群，由禹陵、禹祠、禹庙三部分组成。禹陵面临禹池，前有石构牌坊，过百米甬道，有“大禹陵”碑亭，字体敦厚隽永，为明嘉靖年间绍兴知府南大吉手笔。禹庙在禹陵的东北面，坐北朝南，是一处宫殿式建筑，始建于南朝梁初，其中轴线建筑自南而北依次为照壁、岣嵝碑亭、午门、拜厅、大殿。

大禹陵整个建筑依山势而逐渐升高。大殿为重檐歇山式，巍然耸立，殿背龙吻鸱尾直刺云天，背间“地平天成”四字为清康熙题跋。禹祠位于禹陵左侧，为二进三开间平屋，祠前一泓清池，悠然如镜，曰“放生池”。

香炉峰

香炉峰位于绍兴市稽山门外，从大禹陵南有三处可上山。从峰北螺蛳旋启程，过南镇殿，拾阶1508级，经青翠亭等数亭，可达峰顶。峰顶数十米见方，形似香炉，唐白居易有“峰峭佛香炉”之诗句，每逢云雨天气，山顶雨雾迷蒙，烟霭缭绕，有“炉峰烟雨”之称，为越中12胜景之一，南宋状元王十朋又有“香炉自烟”的名句。

1.大禹陵 | 2.香炉峰

香炉峰四周景色十分壮观，山脊有半月岩、一片石、云门石、飞来石等厅峰异石。东侧有大老鼠塔，顶上有巨石。据古籍记载，峰下有罗汉潭，峰旁有千丈坑。香炉峰旧有庵，倚岩而筑，名南天竺，现已重建，并在山上新建了三圣殿和观音宝殿。山脊线石壁上，有近现代题刻七处，摩崖中字数最多的是《般若波罗蜜多心经》。

会稽山刻石

公元前210年，秦始皇第五次巡游江南，东下会稽，祭大禹陵，登天柱峰。这位封建帝王为了宣扬他统一中国的功业，就命左丞相李斯手书铭文，刻石记功，将此石竖于会稽鹅鼻山山顶（故鹅鼻山又名刻石山），这就是著名的《会稽刻石》。

而天柱峰亦因此而命名为秦望山。但到宋以后，刻石就散佚了。到清乾隆五十七年（公元1792年），绍兴知府李亨特用旧藏《会稽刻石》申屠駉原拓本重刻于原石，现藏在绍兴文管处，碑高2.9米，宽1.47米，上刻篆书12行，每行24字，还有用隶书撰写的题记3行，计60字。

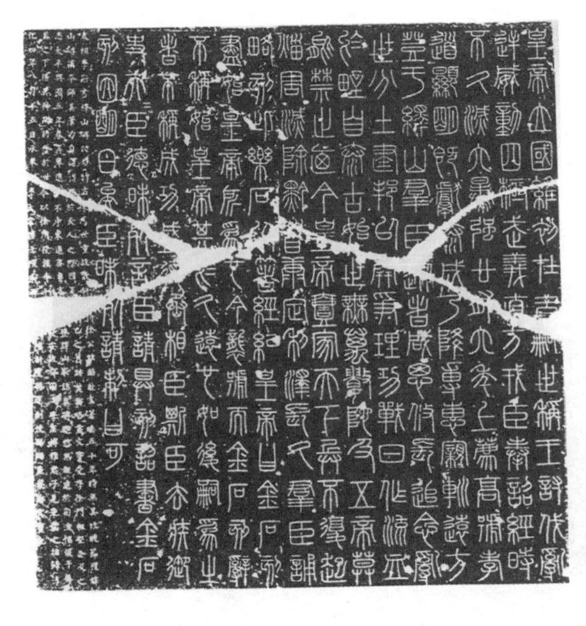

会稽山刻石

鲁迅故居

鲁迅故居

绍兴鲁迅故居位于浙江省绍兴市东昌坊口（今鲁迅路208号），在鲁迅纪念馆的西侧。绍兴是鲁迅的故乡，鲁迅先生1881年9月25日就出生在这里。他在此一直生活到18岁去南京求学，以后回故乡任教也基本上居住此地。

在纪念馆西侧是鲁迅故居，纪念馆东侧是三味书屋，鲁迅曾在这里学习了五年。现鲁迅故居临街的两扇黑漆石库门系原新台门的边门，由鲁迅一家于1913年前后经过修缮独家进出。新台门坐北朝南共六进，有80余间房子，连后园即百草园在内占地4000平方米，是老台门八世祖周熊占在清朝嘉庆年间购地兴建的。

鲁迅曾高祖一房移居新台门，世系绵延，至1918年，周氏房族衰落，才经族人共议把这座屋宇连同屋后的百草园卖给了东邻朱姓。屋宇易主后，原屋大部分拆除重建，但鲁迅家基本被保存了下来。

■诗词延伸

急雨狂风暮不收，燎炉薪暖复何忧。
如倾潋滟鹅黄酒，似拥蒙茸狐白裘。
大泽羁鸿来万里，高城传漏过三筹。
明朝会看稽山雪，莫为冲寒怯上楼。
——陆游·《拥炉》

【第七辑】留给孩子的旅行思考题

1. 太湖被哪几个城市包围?

2. 数数看，全国共有几座山名叫“天台山”？

3. 会稽山是哪位著名人物的长眠之地?

南国名山——千山万水总是情

庐山 千般变化尽在我心中

日照香炉生紫烟，
遥看瀑布挂前川。
飞流直下三千尺，
疑是银河落九天。
——李白·《望庐山瀑布》

故事·STORY

神仙之庐

这一天，天气晴好，诗人乘兴外出。他望向香炉峰的位置，发现香炉峰在阳光的照射下，好像生起了紫色的烟霞，远远望去，飞溅的瀑布好似一条白色绸缎悬挂在山前。这瀑布从高崖之上直落而下，仿佛有三千尺那么长，让人恍惚之中以为是银河从天界落到了人间一般。

《太平寰宇记》中曾提到，香炉峰，在庐山西北，峰顶尖圆，其上有烟云时聚时散，如同一个被放置在山顶的香炉。但在李白的眼中，它却并非如此平凡。李白看见的，是一座顶天立地的香炉，炉尖上冉冉升起了一团又一团的白烟，这团白烟缥缈于蓝天青山之间，一轮红日升起，白烟瞬间凝结成了一片紫色的云霞。庐山，究竟是本身就如此多姿多彩，还是仅在诗仙李白的极力渲染之下，才变得令人遐想，变得摇曳多姿呢？

当我们来到庐山，答案才变得明朗起来了。庐山多变的面貌，跟它的

地质构成不无关系。这是一座崛起于平地的巍峨的孤立山系。它早在震旦纪时就在浅海底开始沉积，而后慢慢升高露出水面，受到锉磨，接着又下沉淹没，汪洋大海给它洗礼。直到白垩纪时期，一场“燕山运动”令它重出水面，继续升高，山的骨架这才定型。经过长期的积雪覆盖之后，地球开始变暖，强烈的冰川剥蚀着山体，庐山的雏形这才呼之欲出。亿万年的磨砺，造就了此山崔嵬孤突、峥嵘潇洒、雄峻诡异的形态。

庐山，是罕见的大江、大湖、大山浑然一体的所在。它雄奇险秀，峰型多变，曾有人如此形容庐山，说它“春如梦、夏如滴、秋如醉、冬如玉”，是一幅魅力非凡的天然立体山水画。庐山，不但山峰景物有千般变化，属于它的文化也是丰富多彩，文人登临此处，留下的诗词书画令人眼花缭乱、目不暇接。

庐山山水文化，是中国山水文化的精彩折射，是中国山水文化的历史缩影。庐山的变化，是诗化的变化，源远流长的历史和数千年博大精深的文化孕育了庐山无比丰厚的内涵，使它不仅风光秀丽，更集教育名山、文化名山、宗教名山、政治名山于一身。历史造就此山，文化孕育此山，名人喜爱此山，世人赞美此山。

自东晋以来，诗人们以其豪迈激情、生花妙笔，歌咏庐山，东晋诗人谢灵运的《登庐山绝顶望诸峤》、南朝诗人鲍照的《望石门》等，都是中

庐山日落

国早期的山水诗。诗人陶渊明一生以庐山为背景进行创作，那篇著名的《桃花源记》，便是为庐山康王谷所作。诗仙李白，曾五次游历庐山，为庐山留下了《庐山遥寄卢侍御虚舟》等14首诗歌，而《望庐山瀑布》则同庐山瀑布千古长流，在中华大地及海外华人社会中家喻户晓，成为中国古代诗歌的极品。而苏轼的“不识庐山真面目，只缘身在此山中”，更是成为充满辩证哲理的千古名句。

庐山，景美、诗好，就连庐山这个名字的来历也颇有一番意味。关于这件事，可以给孩子讲一个小小的故事。

传说，很久很久以前，有一位名叫匡俗的先生，在庐山学道，他的道术非常高明。这件事被天子知道了，天子便想请他出山相助。但匡俗先生却不喜欢入朝为官，便屡次推辞回避，最后干脆潜入深山，再也找不到踪影。再后来，据说有人在深山老林见过他得道成仙的样子，世人为了纪念匡俗不为名利所诱惑的高尚情操，便将他求道成仙的地方，称为神仙之庐。庐山一开始并不叫庐山，而叫匡山，又称为匡庐，后来才渐渐改称为庐山。

无论这个传说的最初版本为何，却是印证了“山不在高，有仙则灵”这一佳句。但庐山的成名，却不仅靠仙，更靠人，靠诗，靠那许许多多喜爱它、赞美它的人们。庐山风景，以山水景观为依托，是渗透着人文景观的综合体。庐山，通过诗人、书画家们的心灵审视，创造出众多散发着浓郁人文气息的历史遗迹。正如一位新加坡学者所评论的那样：“如果说泰山的历史景观是帝王创造的，庐山的历史景观则是文人创造的。”

教养关键词 · KEY WORD

1.临行前让孩子自己准备上山小背包，让他们学会有所担当

旅行前的准备十分重要，“晴带雨伞，饱带饥粮”是每一个受过教训者的名言。让孩子自己学会整理旅行小背包，是让他们学会担当的办法之一，自己准备的东西若有不足，下一次就会牢记教训，记得改正。吃一堑才会长一智。

2.让孩子负重登山，感受古人登山时的辛苦

庐山虽然不高，但也极难攀登，整个过程非常耗费体力。让孩子背着自己的东西登山，可以让他们体验一下，古人在以前没有登山台阶，每一次旅行都好像一次军队负重拉练。这种精神意志有多么可贵！

提示·TIPS：

庐山是江西省北部的名山，位于九江市以南，庐山市以西。它的风景区总面积302平方千米，山体面积282平方千米，最高峰汉阳峰海拔1474米，东偎婺源鄱阳湖，南靠南昌滕王阁，西邻京九大动脉，北枕滔滔长江，耸峙于长江中下游平原与鄱阳湖畔。

庐山距离江西省省会南昌有大约200千米的距离，自助游的朋友也可以坐车到九江之后，从九江火车站坐中巴去往庐山。

风景·SCENERY

带着孩子边走边看

庐山，犹如一座九叠屏风，守护着江西的北大门。它雄、奇、险、秀，气候宜人，与鸡公山、北戴河、莫干山并称四大避暑胜地。自从李白吟出“日照香炉生紫烟”之后，庐山那巍峨挺拔的青峰秀峦、喷雪鸣雷的银泉飞瀑、瞬息万变的云海奇观、俊奇巧秀的园林建筑都在不断地向我们招手，吸引我们前往一观它的真实面目。

但游览庐山，凭借的不仅仅是古诗词的召唤，也不仅仅是兴致盎然的一时兴起，还是一次高强度的身体锻炼。攀爬庐山所耗费的体力，丝毫不比泰山、华山更少，这对于在都市中久未运动的孩子来说，是一次难得的锻炼机会。孩子们，做好热身运动，勇敢地向这些美丽的景色前进吧。

五老峰

五老峰地处庐山东南，因山的绝顶被垭口所断，分成并列的五个山峰，仰望俨若席地而坐的五位老翁，古人们便把这原出一山的五座山峰称为“五老峰”。

五老峰根连鄱阳湖，峰尖触天，海拔1436米，虽高度略低于大汉阳峰，但其雄奇却有过之而无不及，为全山形势最雄伟奇险之胜景。

三叠泉瀑布

三叠泉风景区位于庐山风景区中，总面积16.5平方千米，山峰高峻，峡谷幽深。此泉又名三级泉、水帘泉，古人称“匡庐瀑布，首推三叠”，被誉为“庐山第一奇观”。大月山、五老峰的涧水汇合，从大月山流出，经过五老峰背，由北崖悬口注入大磐石上，又飞泻到二级大磐石，再喷洒至三级磐石，形成三叠，故名。该瀑布势如奔马，声若洪钟，总落差155米。瀑布三叠各异其趣，古人描绘曰：“上级如飘云拖练，中级如碎石摧冰，下级如玉龙走潭。”

有趣的是，历史上，三叠泉长期未被发现，隐居在它上源屏风叠的李白和在它下游白鹿洞讲学的朱熹都不知咫尺之地有此胜境。直到南宋，三叠泉才被人发现，渐渐赢得庐山第一景观的美誉。自此往后，各代诗家名流皆竞相前来观赏，并留下诸多名篇佳作。

美庐

美庐是庐山所特有的一处人文景观，它展示了风云变幻的中国现代史的一个侧面。美庐曾作为蒋介石的夏都官邸，“主席行辕”，是当年“第一夫人”的居所。

五老峰

这幢别墅，始建于

1.三叠泉瀑布 | 2.美庐

1903年，由英国兰诺兹勋爵建造，1922年转让给巴莉女士。巴莉女士与宋美龄私人感情颇深，1933年夏，巴莉女士将此幢别墅让给蒋介石夫妇居住，1934年巴莉女士将这幢别墅作为礼物，赠送给宋美龄。之后，宋美龄成了这栋别墅的主人。

它曾是一处禁苑，日夜被包裹在飘浮的烟云中，令人神往，又令人困惑。如今美庐敞开它的真面目，以它独有的风姿和魅力，吸引着海内外的游人。

■诗词延伸

横看成岭侧成峰，远近高低各不同。
不识庐山真面目，只缘身在此山中。
——苏轼·《题西林壁》

九华山 你好，地藏王菩萨

昔在九江上，遥望九华峰。
天河挂绿水，秀出九芙蓉。
我欲一挥手，谁人可相从。
君为东道主，于此卧云松。
——李白·《望九华赠青阳韦仲堪》

故事·STORY

金乔觉菩萨

昔年，诗人在九江上泛舟之时，遥望九华山峰，那里的景色犹如天河倾泻下一股绿水一般，山峰宛如秀丽摇曳的九朵芙蓉花。见此美景，诗人想挥手呼朋唤友，可谁人又能与他相伴相游？他不禁感慨，朋友啊，你是此地的东道主，却像那神仙一样躺卧在云松之上。

李白自唐天宝八年至上元二年（公元749—761年）前后12年中，因时任青阳县令的韦仲堪相邀，曾多次到九江，并游九华山，其间常作诗送友，这首诗便是他送给韦仲堪的。其中“天河挂绿水，秀出九芙蓉”这一诗句成为描绘九华山秀美景色的千古绝唱。

南朝时期，九华山还不曾有此名称，人们看见此山奇秀，高出云表，峰峦异状，其数有九，曾将它称作九子山。唐天宝年间诗仙李白数游九华山，他见此山秀异，九峰如莲花，触景生情，在与友人唱和的《改九子山为九华山联句并序》中曰：“妙有分二气，灵山开九华”，自此之后，“九子山”被改为“九华山”。而刘禹锡再观山时也赞叹道：“奇峰一见惊魂魄”“自是造化一尤物”。

但九华山让世人皆知的原因，不仅仅是因为诗人对它的赞叹，还因为它是地藏王菩萨的说法道场。传说，在唐玄宗开元年间，新罗国有个名叫金乔觉的王族，他泛舟渡海，历经千辛万苦来到中国求法。当他来到九华山时，发现九华山峰峦叠起，是个修行的极好去处，于是，在深山无人僻静之处，找了一个岩洞栖居修行。

据说，金乔觉修行之时已经60岁了，但他的身体异常强壮。他终日坐禅诵经的事情被山民发现之后，很快便传为美谈。当时九华山下有个闵员外，有一次，金乔觉对他说：“你能不能给我一袈裟地，方便我安心修行？”闵员外拥有土地何止数顷，他自然不假思索，慷慨答应。可是，当他将袈裟递给金乔觉时，令人意想不到的事情发生了。金乔觉将袈裟轻轻一抖，这方小小的布袈裟竟然飞上云天，覆盖了九座山峰那么多的地。闵员外十分诧异，他立即心悦诚服地将九座山峰献给了这位金乔觉菩萨，并为他修建庙宇。

这个传说背后的原型究竟是什么，世人并不知晓，金乔觉究竟如何让闵员外信服于他，必定也说来话长，但有一点是肯定的，自那之后，金乔觉威名远扬，许多善男信女慕名前来膜拜供养他，就连新罗国僧众也纷纷渡海前来随侍。但此时此刻，金乔觉还没有变成地藏王菩萨，他被称为地藏王菩萨的转世化身，是在他圆寂之后。

金乔觉在九华山苦心修炼数十载之后，在唐贞元十年，也就是公元794年，于99岁的高龄圆寂。圆寂之后，他的肉身三年未腐，不仅如此，据文记载，这具肉身甚至“颜色如生，兜罗手软，罗节有声，如撼金锁”。这是一个奇迹，或者说，这根本就是神迹。因为这一“启示录”般的现象，又因其生前笃信地藏王菩萨，而且传说其容貌酷似地藏瑞相，僧众们便当即认定他是地藏菩萨转世，将他的肉身放进石塔中，加以供奉。

我们并非当时的僧众，从未见过地藏王菩萨的本尊，所以无法得知，金乔觉是不是真的酷似这位菩萨，这其中是不是另有其他缘故。但对于孩

九华山雪景

子来说，这可以是一个听来解闷的小故事，至于他们是否能够发现故事中隐藏的真相，或许很多年之后才能知道。总之，自那之后，九华山就成了地藏王菩萨的道场，并与文殊菩萨的五台山、普贤菩萨的峨眉山、观世音菩萨的普陀山并称为佛教四大道场。

教养关键词 · KEY WORD

1.找找有关地藏王菩萨的小故事，初识佛教小知识

既然来到地藏王菩萨的道场，游览之余可以找几个关于地藏王菩萨的小故事讲给孩子听，以此作为孩子初识佛教小知识的启蒙之篇。

2.问问孩子，从地藏王菩萨的小故事中能领悟出什么道理

地藏王菩萨素以孝心闻名于世，他因救母而舍身进入地狱，又以救度地狱众生为己任，终身不愿成佛。问问孩子听了这些小故事之后，能领悟出什么道理。

提示 · TIPS：

九华山位于安徽省池州青阳县境内，西北隔长江与天柱山相望，东南越太平湖与黄山同辉。它古称陵阳山、九子山，其九峰形似莲花，因此而得名。九华山的方圆二百余里内有99座山峰，主峰十王峰海拔1342米，山体由花岗石组成，山形峭拔凌空，素有“东南第一山”之称，至今保留着乾隆御赐金匾“东南第一山”。

从安徽省的省会合肥到九华山所在的池州大约有200千米，其间只有一趟列车，家长可以自行选择出行方式前往九华山。

风景 · SCENERY

带着孩子边走边看

九华山是佛教圣地，据佛经记载，每年农历七月三十为地藏菩萨诞辰，在这一天，九华山都会在肉身殿举行隆重庆典，称“地藏法会”。法会一般历时七天，圆满之日设斋供众，广结良缘。每逢地藏菩萨圣诞期，僧俗二众于肉身塔诵经拜菩萨通宵达旦，常见僧尼和信士一步一跪拜塔不

止，求其超度亡灵、赦免罪孽、消除灾障、增加福寿。

所以，每年农历七月三十这天，九华山之上必是人山人海，家长带着孩子定有诸多不便，因此我们想要带着孩子游览九华山，可以错开这一盛会时间，择他日一览九华山的佛国胜景。

天台寺

天台寺位于九华山的天台峰顶，海拔1306米，为九华山位置最高的寺院，又名“地藏寺”“地藏禅寺”。因天台是佛教徒朝拜地藏圣迹必到之处，所以往往将天台称为九华山主峰，有到九华“不上天台，等于白来”之说。宋代高僧宗杲《游九华山题天台高处》诗云：“踏遍天台不作声，清钟一杵万山鸣。”

天台寺由三组民居式殿堂组成。横卧岭凹间，东面以“青龙背”为屏障，南以玉屏台作为墙身，西面和北面以突兀的巨岩为连接点，在凹陷地上筑高八米的石台基，构成平整的平面。

天台寺

天台寺的殿宇底部架空，下置蓄水井，整个建筑借高耸的悬崖峭壁隐蔽，既防风寒又十分坚固。山门在大殿山墙南面，是一直径3.4米的卷拱下洞。进深4.2米，进寺门，过弥勒像后，一目了然，三进殿堂通连，宽敞、明亮、整齐。

百岁宫

百岁宫原名摘星庵，坐落在九华山的插霄峰上，它建于明代，清末民初屡次修葺、扩建。五层高楼融山门、大殿、肉身殿、库院、斋堂、僧舍、客房和东司（厕所），是一个整体，没有单体建筑的配置，远观恰似

通天拔地的古城堡。这种形制在我国现存寺庙建筑中极为少见。

更神奇的是，整个建筑充分利用由北向南上升的坡势，楼层由低爬高，层层上升，形成曲折幽深、恢宏多变的迷宫。屋顶是一个完整的皖南民居式有天井的四落水顶。大殿宽19米，进深14米，中有“九龙戏珠”藻井。而佛龛则因地就势筑在长4.5米、高2米的岩石上。

由大殿侧门可进入同一楼层的肉身殿，殿前有一天井，下建蓄水池，兼作取水灭火之用途，肉身殿后则为佛堂和僧舍。

旃檀禅林

旃檀禅林位于九华山街西南，清康熙年间（公元1662—1722年）为化城寺72寮房之一，光绪十二年（公元1886年）释定慧募化重建。

旃檀禅林全寺由四座厅堂式居室和宫殿式大雄宝殿组合而成。东为僧房和寮房，敞厅堂，三层楼阁，有内落水小天井。西为云水堂，敞厅四开间，二层楼，小天井。僧房和云水堂之间为前厅，内有板壁隔成弥勒殿、韦驮殿，进深20.5米，殿两侧是两层楼阁。

韦驮殿前两个小雕像：一个是济颠和尚，一手拿着薄如纸的小酒盅，另一只手摇着破芭蕉扇，笑盈盈，喜哈哈，手舞足蹈，似酒醉归来，逍遥自在；另一个是疯僧，赤足，手挥拂尘，左肋下夹着一把扫帚。据说，他是南宋风波和尚，他疾恶如仇，痛恨害死岳飞的奸臣秦桧，一心想扫灭秦贼，拿着扫帚，只要是人群集聚之地，即使很清洁，他也挥动扫帚扫地，说是“扫秦”，激励人们共同除奸。

百岁宫

旃檀，又名檀香、白檀，是一种古老而又神秘的珍稀树种，收藏价值极高。檀香木香味醇和，历久弥香，素有“香料之王”之美誉。

《佛说戒香经》中认为檀香是最上等的香，世人闻檀香之气，可清心、宁神、排除杂念，既可静养身心，又能达到沉静、空灵的境界。“旃檀禅林”的名字由此而来。

■诗词延伸

奇峰一见惊魂魄，意想洪炉始开辟。
疑是九龙夭矫欲攀天，忽逢霹雳一声化为石，
不然何至今，悠悠亿万年，气势不死如腾仚。
云含幽兮月添冷，月凝晖兮江漾影。
结根不得要路津，迥秀长在无人境。
轩皇封禅登云亭，大禹会计临东溟。
乘樏不来广乐绝，独与猿鸟愁青荧。
君不见敬亭之山黄索漠，兀如断岸无棱角。
宣城谢守一首诗，遂使声名齐五岳。
九华山，九华山，自是造化一尤物，焉能籍甚乎人间。
——刘禹锡·《九华山歌》

黄山 我的代言人是徐霞客

黄山四千仞，三十二莲峰。
丹崖夹石柱，菡萏金芙蓉。
伊昔升绝顶，下窥天目松。
仙人炼玉处，羽化留馀踪。
——李白·《送温处士归黄山白鹅峰旧居》（节选）

故事 · STORY

徐霞客游记

黄山高耸入云，有四千仞之高，上面有32座莲花一般的山峰。丹崖对峙夹石柱，有的像莲花苞，有的像金芙蓉。想当年，我曾登临绝顶，放眼远眺天目山上的老松。仙人炼玉的遗迹尚在，羽化升仙处还留有遗踪。

根据裴斐编的《李白年谱简编》，此诗作于唐玄宗天宝十三年，也就是公元754年，李白54岁时。在游黄山时，他对黄山胜景给予高度的赞美。在他的好友温处士将归黄山白鹅峰旧居时，李白将黄山美景描绘成诗赠别。

读罢李白的这首诗，不由得让人想起唐朝贾岛那首《寻隐者不遇》：“松下问童子，言师采药去。只在此山中，云深不知处。”不知贾岛所描绘的这个场景，是否也发生在黄山。因为黄山素以云海而著称，而“云深不知处”也刚好符合此景。

不过，虽然早在唐代便有无数描绘黄山的诗，但黄山为现代人所知，并名扬海内外，却并非得益于唐代的文人。传播黄山美名的，是距唐代几百年之后的明朝人，那个著名的旅行家——徐霞客。尽管李白、杜甫的足迹早已遍及大江南北，他们的诗词也涵盖了中国的名山大川，但他们的人生，并非以游遍名山大川为目的。

徐霞客却不一样，他的职业就是旅行。他是中国第一个以旅行为毕生事业的人，18岁那年，他下定决心，不参加科举，不入仕途，这辈子唯一的目的，就是游遍名山大川，用脚丈量出大明朝的大好河山。他一生的足迹遍及中国的16个省，他在旅途中寄身草莽，风餐露宿，曾燃枯草照明。后人编辑了他的游记，竟然整理出了60万字，这部《徐霞客游记》被誉为千古奇书，西方人将他称为东方的“马可 · 波罗”。

诗仙未曾做到的事，徐霞客做到了。徐霞客的文笔当然没有诗仙那么出众，但他以深邃的目光，认真探索的态度，竭力描摹黄山的秀美，让人

牢牢记住了他笔下的黄山。当他游遍了名山大川之后，沉思良久，写下了“薄海内外，无如徽之黄山。登黄山，天下无山，观止矣”的评价。这评价或许有一些激情、豪迈的心境，又或许夹杂了太多浪漫主义的情怀，甚至后人将这句话引申为“五岳归来不看山，黄山归来不看岳”，也有些夸张的成分在里面，但《徐霞客游记》强大的影响力和感召力，却激励着人们对黄山的憧憬。

奇松、怪石、云海、温泉和冬雪被称为黄山“五绝”，这或许也跟徐霞客有点关系。根据《游黄山日记》记载，徐霞客慕黄山胜名而来。他颇为详细地记叙了黄山的几大旅游资源和景色特点，如黄山松、温泉、黄山石、云海等。在徐霞客的笔下，黄山松“破石而出，盘结于危岩峭壁之上，挺立于风牙决壑之中，或雄壮挺拔，或婀娜多姿，浩瀚无际，与朝霞落日相映，色彩斑斓，壮观瑰丽”，于是，黄山的松树出名了。而当徐霞客二上黄山之时，登上天都峰所见云雾奇观，纵横变化。他妙笔描绘“独上天都，予至其前，则雾徙于后；予越其右，则雾出于左……”于是，黄山的云雾也出名了。

在旅行这个领域，徐霞客有许多值得我们学习的地方。因为我们即便登上黄山，我们的双脚所及之处，连徐霞客的十分之一都不到。我们中的大多数人，带着孩子，游览黄山只一天就往返一趟，这顶多只能算得上是旅游，却算不上是旅行。我们今天看到的景观，或许仅仅是诗仙和徐霞客推荐我们看的一小部分，而黄山的精髓，却是大多数人无法企及的。

黄山一景

现代的生活节奏太快，就连“旅行”，也逐渐变成这种生活的一部分。古人的世界我们已无法探知，但至少，可以让孩子暂且放松学习的压力，在大自然的怀抱之中自由奔跑。

教养关键词 · KEY WORD

1.数数黄山一共有多少种松树

黄山的松树世界闻名，且松树形态各有不同，古人有许多以奇松为题材的画卷都是十分珍贵的艺术品，且在艺术品拍卖市场上有着不菲的价值。让孩子仔细观察一下，看看在黄山上能找到多少种不同形态的松树。

2.看看徐霞客都去过黄山的哪些地方，这些地方我们现在还能否找到

徐霞客游览群山大川，对黄山感情尤甚，引导孩子阅读《徐霞客游记》的黄山部分，看看他曾经去过的地方，现在我们还能不能找到其中的踪迹。

提示 · TIPS：

黄山是我国十大风景名胜之一，也是中国唯一拥有世界文化遗产、自然遗产和世界地质公园两顶世界桂冠的景区。它位于安徽省南部的黄山市境内，原名黟山，因峰岩青黑，遥望苍黛而名。其中最著名的光明顶是黄山的主峰之一，位于黄山中部，海拔1860米，为黄山第二高峰，与天都峰、莲花峰并称黄山三大主峰。

风景 · SCENERY

带着孩子边走边看

自从“黄山归来不看岳”的名言流传开来，黄山就像一个梦中仙境一般，无时无刻不在挑动着旅人们的心，无时无刻不在诱惑人们，拨开那层层云海，前去一览真容。

对于忙碌的成年人来说，这里是徐霞客极力推崇的旅游胜地，也是各大旅行社必备的旅游线路。不少人来到此处，不过只是抱着到此一游的心境，带着相机，拍摄下旅游广告中所描述的奇松、怪石、云海。只是不知，当我们带着孩子置身于这闻名千年的名山中时，在他们的眼里，黄山又会是一番怎样的景象。

黄山光明顶

光明顶上平坦而高旷，可观东海奇景、西海群峰，炼丹、天都、莲花、玉屏、鳌鱼诸峰尽收眼底。明代普门和尚曾在顶上创建大悲院，现在其遗址上建有黄山气象站。因为这里高旷开阔，日光照射久长，故名光明顶。由于地势平坦，所以是黄山看日出、观云海的最佳地点之一。

黄山光明顶

黄山迎客松

迎客松在玉屏楼左侧、文殊洞之上，倚青狮石破石而生，树龄至少已有800年，是黄山“四绝”之一。其一侧枝丫伸出，如人伸出一支臂膀欢迎远道而来的客人，另一只手优雅地斜插在裤兜里，雍容大度，姿态优美。

迎客松是黄山松的代表，北京人民大会堂安徽厅陈列的巨幅铁画《迎客松》就是根据它的形象制作的。

迎客松的生长方式很奇特，它们都扎根在岩石缝里，没有泥土，枝丫都向一侧伸展。它们的根大半长在空中，像须蔓一般随风摇曳着，为的是能够更好地迎接雨露，拥抱阳光。这里山峰陡峭，土少石多，无法留住很多水分，它们却能长得那么苍翠挺拔、隽秀飘逸。作为黄山的标志性景观，黄山迎客松已有1300多年的历史。

排云亭

排云亭位于黄山风景区西海门，建于民国二十四年（公元1935年），是一个长形的风景亭，花岗岩条石结构，石根楣刻有“排云亭”三字。亭进深4米，宽5米，高5米，面积20平方米。

站在排云亭放眼望去，但见箭林般的峰峦，重重叠叠，每当云雾萦绕，时隐时现，酷似大海之中的无数岛屿。

1.黄山光明顶
3.排云亭远眺
2.黄山迎客松

在不远处的巧石，恰似一只古代男人穿的靴子倒置于悬岩之上，故名“仙人晒靴”。右侧沟壑中竖立着一根石柱，有两块巧石，恰似两只古代仕女穿的绣花鞋，人称“仙人晒鞋”。左靴右鞋，遥相呼应，实乃大自然之杰作。排云亭前绝壁千丈，云气缭绕，是欣赏云海、晚霞和奇峰幽谷的佳境。

■诗词延伸

昨夜谁为吴会吟，风生万壑振空林。
龙惊不敢水中卧，猿啸时闻岩下音。
我宿黄山碧溪月，听之却罢松间琴。
朝来果是沧洲逸，酤酒醍盘饭霜栗。
半酣更发江海声，客愁顿向杯中失。
——李白·《夜泊黄山闻殷十四吴吟》

敬亭山 诗仙送我千古绝唱

众鸟高飞尽，孤云独去闲。
相看两不厌，只有敬亭山。
——李白·《独坐敬亭山》

故事·STORY

平凡的幽山

一群鸟儿高高飞过，瞬间就不见了踪影，一片孤寂的白云独自悠闲地飘浮而去，我伫立在山顶，注视着敬亭山，敬亭山也看着我，彼此久久看不厌。

敬亭山在安徽宣城，它原名昭亭山，晋初为避晋文帝司马昭名讳，改称敬亭山，属黄山支脉。早在南齐时，诗人谢朓便曾作诗《游敬亭山》赞道："兹山亘百里，合沓与云齐，隐沦既已托，灵异居然栖。"随着谢朓诗篇的传颂，敬亭山声名鹊起，直追五岳。

宣城自六朝以来就是江南名郡，大诗人谢灵运曾在此做过太守。而李白的一生中曾七游宣城。这首《独坐敬亭山》，是李白在天宝十二年（公元753年）秋游宣城时所作。继谢朓、李白之后，白居易、杜牧、韩愈、刘禹锡、王维、孟浩然、李商隐等人都纷纷踏足这里。他们在此相继以生花妙笔，为敬亭山吟诗写赋，绘画作记，寄情山景，抒发胸怀，留下许多不朽诗篇。据初步统计，历代咏颂敬亭山的诗、文、记、画数以千计，这使得敬亭山被称为"江南诗山"，盛名享誉海内外。

可是，当人们追寻李白的那句"相看两不厌"，真的来到敬亭山后，却无一例外地感到失望。敬亭山，它居然是这样的平凡，平凡到缺乏一座名山应该具有的所有优点。它居然没有嵯峨峥嵘的奇石怪岩，没有苍翠馥郁的青松古柏，没有柔婉的溪流，更没有清冽的山泉和如霆如雷的飞瀑。它并不高大，也不崔嵬、不壮阔，也没有让人望之心潮澎湃的气势。

在山间石阶的两边，只有那盘旋的葛藤，丛生的芳草，和不知究竟叫什么名字的野花。在这里，我们甚至听不到溪流淙淙，只有在艳阳高照之时，才会发现偶有几束阳光，斜斜地穿过竹林，为这座名山略添一抹小小的韵味。

这样的敬亭山，究竟有何魅力，在千年的时空之中，一直召唤着众人，迎来一位又一位诗人中的佼佼者，并在无数个春秋之后，沉淀成一汪浓得无法化开的诗的海洋。这样的敬亭山，是有令人无法探究的魔力吗？那些诗人看见它时，看到的究竟是它的景，还是自己的心？

或许，从李白的人生中，我们可以获得一个暂且算作“答案”的答案，当李白写下《独坐敬亭山》的时候，他已经离开长安有十年了。此时此刻，他早已饱尝人间辛酸，看透了世态炎凉，他的心中，感到万分孤寂，所以，当他独坐敬亭山时，这种心境一定十分复杂。

我们可以问问孩子，能不能猜得出，当李白看着敬亭山，心情极为郁闷时，他会想些什么。为什么一座从外表看上去平凡无奇的敬亭山，会给他那么大的触动呢？我们可以来大胆假设一下，或许，此时此刻，无论李白眼中看见的是什么，都没有什么关系了，他只是刚好看见了敬亭山，然后心中突然冒出了一个想法：在这个世界上，大概只有它还愿意跟我做伴吧。这就好比孩子伤心难过的时候，也会跟玩具、布娃娃说话一样。

李白，现在就像一个失意的孩子，而敬亭山，正好成为他赖以倾诉的对象。“相看两不厌”这一千古绝句，不厌的，未必是景，而是心。但能安慰人心的地方，也绝对不会是凡尘中的俗物。敬亭山，它静谧，远离喧嚣，虽无奇峰，却山势缓和。偶尔闲庭信步其上，一天便可来往数回。这

李白雕像

就像一个农家小院的后山一般，可以每天用以消解烦闷，而不似其他名山大川，攀登一次便需数天，实在太耗费体力。这样的地方，最适合抚平心境。而名山大川，更适合在意气风发之时，以抒情怀。

所以，敬亭山，就是这样一座平凡、普通，却又能安定心灵的“名山”。

教养关键词 · KEY WORD

1.和孩子比比看，谁能更快跑到敬亭山的山顶

比起许多名山，敬亭山海拔很低，所以攀爬起来就好像走在小缓坡上一样简单。家长可以和孩子做个小小的亲子游戏，设置一个起点，看看谁能更快到达敬亭山的顶端，以此增加登山乐趣。

2.教导孩子学会疏解自己的情绪

李白的《独坐敬亭山》是在心情极端郁闷的情况下写的，心情的起伏虽然可以使人的灵感大发，但毕竟我们不是诗仙，身体健康才最重要。教导孩子要及时疏解情绪，遇见烦闷之事，要及时找人倾诉，而不要像李白一样，只是呆呆地对着一座不会说话的敬亭山，抒发自己郁闷的情绪。

提示 · TIPS：

敬亭山国家森林公园，位于宣州城北5000米的水阳江畔。它属黄山支脉，东西绵亘十余里，大小山峰60座，主峰名一峰，海拔仅仅317米，适合度假游玩。

风景 · SCENERY
带着孩子边走边看

敬亭山上的人文景观并不是很多，即便有也是今人修建居多，作为游览的景点，它并不像黄山、庐山那般能使人淋漓畅快。唯一的好处便是，当你行走在林荫山路上，呼吸着远离尘嚣的空气，人会清爽很多。

但敬亭山所在的宣州城及其周边地区，还是有许多可看可玩的景点，

敬亭山一景

下山之后，家长可以调整时间，带着孩子去周边各处看看、玩玩。宣城市东部的广德境内，就有一个太极洞，它有“东南第一洞”的美誉。

太极洞

太极洞坐落在安徽广德县境内，宣城市东部，又名长乐洞、大洞，位于广德县城东北苏、浙、皖三省交界处的新杭乡石龙山中，是全省历史最久的旅游岩洞，有“东南第一洞”的美誉。它和江苏宜兴市的善卷洞、张公洞、灵谷洞位置邻近并与之齐名，是宣州旅游线上探幽揽胜的佳境。明代冯梦龙把“太极洞、钱塘江潮、雷州换鼓、海市蜃楼”称为天下四绝。

太极洞内大洞套小洞，洞洞相通，忽狭忽敞，时高时低，忽温忽凉，忽陆忽水，给人变幻莫测之感。上洞由山顶洞口而入，山脚洞口而出。下洞规模大，景观多。洞口上方刻有“太极洞”三字，系明代万历年间刑部侍郎吴同春手迹。

洞内景观瑰丽，历史遗存丰富，钟乳奇石，百姿千态。正面崖石上，有吴同春书刻“二仪攸分”四字，自此分东、西两洞。东洞峭刻诡谲，乳膏融结，前行百余米遂现水洞，洞中高峰出谷，瀑布流泉，瑶池玉阶，地下银河，玉带金光。水洞长达2000多米，行舟可达700多米。

太极洞

鳄鱼湖

地处宣城市宣州区的中国鳄鱼湖是世界上唯一的扬子鳄自然保护区。现有扬子鳄近万条，有令人惊叹的鳄鱼表演。这里是一处冈峦起伏的丘陵，境内有高大乔木和灌木丛林，泽边草丛荆棘，植被覆盖良好。沟壑、池塘、山洼、水库贯穿其间，连成水网，是一处适宜扬子鳄栖息繁衍的理想生态环境。

为了适应社会发展的需要，让更多的人了解扬子鳄，关心扬子鳄，自1987年开始，中国鳄鱼湖逐渐对游客开放。通过十几年的旅游开发，现已建成鳄鱼观赏池、鳄鱼表演场、标本展览厅等休闲娱乐项目。

敬亭山

敬亭山位于安徽省宣城市区北郊，属黄山支脉，东西绵亘十余里。

自南齐谢朓《游敬亭山》和唐李白《独坐敬亭山》诗篇传颂后，敬亭山声名鹊起。此后，白居易、杜牧、韩愈、刘禹锡、梅尧臣、汤显祖、梅清、梅庚等人慕名登临，吟诗作赋，绘画写记。抗日战争时期，陈毅将军

率部东进，途经宣城即兴吟《由宣城泛湖东下》七绝一首：“敬亭山下橹声柔，雨洒江天似梦游。”

■诗词延伸

尔佐宣州郡，守官清且闲。
常夸云月好，邀我敬亭山。
五落洞庭叶，三江游未还。
相思不可见，叹息损朱颜。
——李白·《寄从弟宣州长史昭》

1.鳄鱼湖

2.敬亭山双塔

北固山 此情已逝成追忆，原来初识是偶然

客路青山外，行舟绿水前。
潮平两岸阔，风正一帆悬。
海日生残夜，江春入旧年。
乡书何处达，归雁洛阳边。
——王湾·《次北固山下》

故事·STORY

孙尚香和刘玄德的爱情故事

春暖花开之时，诗人王湾路过北固山，他的船儿行进在碧绿的江水之上。春潮正涨，江面因此显得更加宽广无比，顺风行船，正好将船帆高悬。诗人举目向东望去，只见江水天际混为一色，一轮红日从东方的地平线上渐渐升起，而回首西望，西边的夜色却尚未完全褪却，新的一年已经来到，江南的春天已经迫不及待，悄悄渡江北上，驱走了旧年。诗人看着眼前的景象，不禁感慨万千，不知寄出的家信何时才能抵达家乡，希望北归的大雁赶紧将它们捎到洛阳去吧。

北固山是镇江三山名胜之一，三国时期刘备和孙尚香联姻的故事就发生在这里。山上几乎每一处亭台楼阁、山石涧道，都无不与他们二人的爱情传说有关，北固山也因此成为许多人寻访三国遗迹的向往之地。

刘备招亲的地方，就在北固山的甘露寺。甘露寺高踞峰巅，形成“寺冠山”的特色。相传始建于三国东吴甘露元年，也就是公元265年，寺内包括大殿、老君殿、江声阁等，规模虽不大，名气却不小。

现在，我们可以在去北固山之前，先给孩子讲一个三国时期广为流传的故事，而这个故事，可以看作一段浪漫姻缘的前奏曲。

故事还要从荆州刺史刘琦去世开始说起。刘琦去世之后，周瑜看到了重新获得荆州的希望，他想了一个计谋，便是要将孙权的妹妹孙尚香嫁给刘备，这样就可以将刘备诱骗到东吴当人质，作为换取荆州的筹码。

孙权的母亲吴国太得知女儿要被当作筹码嫁给刘备，而刘备又已年过半百，当即勃然大怒。但结亲的消息早已传遍江东，若是直接悔婚，又恐伤了王室在百姓之中的信誉。吴国太左思右想，也想出了一条妙计。她和女儿约定，刘备前来提亲，就定在北固山巅的甘露寺，孙尚香当场面试于他，若是中意就在屏风后面吹箫示意；若是不中意，就想办法了结刘备的性命，以免误了女儿的终生幸福。

缘分往往就是这样不可思议。当吴国太一切准备就绪，却发现刘备只带了赵云和贴身侍卫前来应婚，他神色从容，大气雍容，虽年过半百，却仍具“龙凤之姿”，老太太竟然一眼就相中了这样的“女婿”。急得孙权连连称悔，暗示一旁的吕蒙赶紧下手了结刘备。

好事总是一波三折，所谓的眼缘也莫过于此了。孙尚香从小仰慕英雄，早在深闺之中就听过刘皇叔的英雄事迹，此时看见刘备满面红光，连一丝皱纹也没有，哪里像是年过半百的人，不由得芳心暗许。但爱情和家乡，始终难以取舍，正当她不知该如何抉择之时，却见吕蒙一脸气愤，要举刀砍向刘备。这时，她急得立即吹响了箫。

而刘备此番来到江东，本来只想全身而退，却意外娶得如花娇妻，自然喜出望外。谁知进了洞房，从小习武的孙尚香却又给他来了一段小小的“惊喜”。她提出，要和刘备比试剑法，赢了她才能揭开盖头。但孙小姐显然没有想到，刘皇叔的剑法，远在她之上，几招过后，便让她更加心悦诚服，从此追随刘备南征北战，再也不离左右。传说，刘备死后，她便毅然回到北固山投江自尽，永远追随夫君的英魂而去。

北固山一景

不过，这样的结局，却终究只是民间传说，孙尚香和刘玄德的爱情故事，也终究是世人的美好愿望。但那又如何，历史的真相无比残酷，政治联姻的残酷也未必能被孩子们所理解。这世间多一些美好的传说、美好的愿望，总比看见真相后无端绝望要好得多。

教养关键词・KEY WORD

1.和孩子一起找找三国时期的历史，看看“刘备招亲”的前因后果究竟是怎样的

北固山之上的“刘备招亲”，毕竟是传说成分居多，历史的真相究竟如何，还需要我们在故事之外多下功夫。带着孩子研究一下三国正史，看看这个故事究竟有多少是真相，有多少是民间传说。

2.在北固山四周转转，看看这里还有什么“闻名全国”的东西

镇江素以盛产香醋出名，在北固山之下找找，看能不能找到这些特产的身影。通过找寻这些东西，可以让孩子对此地加深印象，增长孩子的见闻，否则草草游览一番，孩子回家就会将游览经历全部忘记。

提示・TIPS：

北固山位于江苏镇江，由于北临长江，形势险固，故名北固。游客可以从南京坐动车或高铁到达镇江，车程只要20多分钟，然后在镇江火车站广场找到公交车站台，寻找前往甘露寺方向的公交，坐到甘露寺下，车站对面就是北固山售票处。

风景・SCENERY

带着孩子边走边看

北固山由前峰、中峰和后峰三部分组成，主峰即后峰，是风景最佳处。前峰原为东吴古宫殿遗址，现已辟为镇江烈士陵园；中峰上原有气象楼，现改为国画馆；后峰为北固山主峰，北临扬子江（长江），三面悬崖，地势险峻，山上到处都是树木，名胜古迹多在其上。

登上山顶，东看焦山，西望金山，隔江相望，扬州的平山堂也能清晰

北固山一景

可见，能使人有一种“金焦两山小，吴楚一江分”的感觉。曾有一名人作打油诗一首：“长江好似砚池波，提起金焦当墨磨。铁塔一支堪作笔，青天够写几行多。”以此赞美北固山的壮丽景色。

甘露寺

甘露寺在北固山的北峰之巅，它始建于东吴甘露年间，故名“甘露寺”，而它的寺额为张飞的亲笔。现在山上的甘露寺，是在唐代宝历年间由润州刺史李德裕所建。镇江曾是东吴都城，李德裕建寺是为了使人们永远不忘三国鼎立的史实，故将三国时刘孙联盟的史迹、孙刘联姻的传说及遗物移上山来。

据说，古甘露寺规模宏大，宋代有僧侣五百多人。明、清是全盛时期，寺宇、殿堂、僧屋计有两百多间。康熙、乾隆二帝曾在此建有行宫。这里又是中国古代著名的古刹之一，其建筑特点与金山、焦山不同，采用了“以寺镇山”的手法，故有飞阁凌空之势，形成了“夺冠山”的特色。

《望月望乡》诗碑

在北固山的后山上，有一块名为“望月望乡”的诗碑，碑上的诗文是唐代日本使臣阿倍仲麻吕所作。他的汉文名字叫作晁衡，他自幼聪明好

甘露寺

学，于公元717年被选为遣唐留学生。阿倍仲麻吕在中国长安进太学读书，后考中进士，与唐代著名诗人王维、李白等交谊甚深。唐玄宗对他的才华非常器重，先后任命他为唐王朝秘书监卫财卿、镇南都护等。

公元753年，阿倍仲麻吕受命为唐使，与鉴真大师及日本使臣东渡，途中船泊扬子江畔，夜晚月光皎洁，晁衡思绪万千，想到36年未回故乡，欣然命笔，写下了著名五言诗《望月望乡》，诗中写道：“翘首望东天，神驰奈良边。三笠山顶上，想又皎月圆。”

阿倍仲麻吕的汉学造诣很深。这首《望月望乡》诗已收入《全唐诗》，在日本家喻户晓，广为传唱。此碑为1990年年底建成。诗碑上的日文碑文由日本书道院院长田中冻云执笔，中文碑文由中国书法家协会代主席沈鹏所书，著名书法家赵朴初为诗碑题写了碑额。

“天下第一江山”石刻

在距离《望月望乡》诗碑向西不远的地方，有一座廊壁，一块长方形条石上刻着雄浑有力的“天下第一江山”六个大字，气魄非凡。相传在三国时，刘备来东吴招亲，孙权宴罢陪刘备观赏江景，刘备见北固山雄峙江滨，大江东去，一望无际，气势雄伟，不禁赞道：“北固山真乃天下第一江山！”

后来南北朝时，梁武帝登北固山时，见北固山景色极为壮观，就兴致勃勃地挥笔书写了“天下第一江山”六个大字，留在山上。到了南宋，润州刺史、著名书法家吴据将这六个字重新书写出来。清康熙年间，由镇江府通判程康庄临摹勒石。从此，北固山就名正言顺地有了“天下第一江山”之称。

1.《望月望乡》诗碑

2.“天下第一江山”石刻

■诗词延伸

雨后春容清更丽。
只有离人，幽恨终难洗。
北固山前三面水。
碧琼梳拥青螺髻。
一纸乡书来万里。
问我何年，真个成归计。
白首送春拼一醉。
东风吹破千行泪。
——苏轼·《蝶恋花》

【第八辑】留给孩子的旅行思考题

1. 李白的《望庐山瀑布》和苏轼的《题西林壁》分别从哪个角度描写了庐山?
2. 为什么说敬亭山是座“诗山”?
3. 甘露寺里发生过什么历史故事?

第九辑

大江东去——山也迢迢，水也迢迢

黄鹤楼→天门山→洞庭湖→君山→岳阳楼

黄鹤楼 天下江山第一楼

昔人已乘黄鹤去，此地空余黄鹤楼。
黄鹤一去不复返，白云千载空悠悠。
晴川历历汉阳树，芳草萋萋鹦鹉洲。
日暮乡关何处是，烟波江上使人愁。

——崔颢·《黄鹤楼》

故事 · STORY

辛氏与黄鹤楼

传说中的仙人早乘黄鹤飞去，此地只留下空荡荡的黄鹤楼。飞走的黄鹤再也不能回来了，唯有悠悠白云徒然千载依旧。汉阳晴川阁的碧树历历在目，鹦鹉洲的芳草长得密密稠稠，时至黄昏不知何处是我家乡，面对烟波渺渺的大江令人发愁！

这首诗是吊古怀乡之佳作，诗人崔颢登临古迹黄鹤楼，看到眼前景物，睹物生情，诗兴大作，脱口而出这一千古佳作。传说李白登此楼，目睹此诗，大为折服。说："眼前有景道不得，崔颢题诗在上头。"严沧浪也曾赞叹道："唐人七言律诗，当以《黄鹤楼》为第一。"

关于黄鹤楼的得名，这里有一个令人羡慕的传说。传说，从前有位姓辛的人，他是个卖酒的。有一天，酒馆里来了一位身材魁伟，但衣着破烂不堪的客人，他神色从容地走进店中问辛氏："可以给我一杯酒喝吗？"

辛氏看了看对方，心想，这不知是从何处来的客人，怕是遇到了什么难事吧。想到这里，他没有因对方衣着褴褛而有所怠慢，急忙盛了一大杯酒奉上。客人喝了酒，擦擦嘴满意地走了。令人意想不到的是，在这之后的每一天里，这位客人居然都在同一时刻登门讨酒，一直持续了半年时间。

姓辛的商人是个好心人，他并没有因为这位客人付不出酒钱而显露厌倦的神色，而是每天请这位客人喝酒。直到有一天，客人喝完酒后，并没有立刻离开，而是告诉辛氏说："我欠了你很多酒钱，没有办法还你。现在让这只鹤来替我报答你吧。"说着便从篮子里拿出橘子皮，在墙上画了一只鹤。因为橘皮是黄色的，所画的仙鹤也变成了黄色的。

说来也奇怪，在那之后，姓辛的商人再也没有见过这位客人，而座中人只要拍手歌唱，墙上的黄鹤便会随着歌声，合着节拍，蹁跹起舞，酒店里的客人看到这种奇妙的事都付钱观赏。就这样过了十年多，辛氏靠着这

黄鹤楼远景

只黄鹤积攒了很多财富。

一天，那位衣着褴褛的客人又突然出现在了酒店之中，辛氏一见，大喜，他赶忙上前致谢说："先生，我愿意供养您，满足您的一切需求。请您在我这里住下吧。"但客人却摇摇头，笑着回答说："我哪里是为了这个而来呢？"说完便取出笛子吹了几首曲子，没多久，只见朵朵白云自空而下，画上的黄鹤踏着白云缓缓飞到客人面前，他朝辛氏笑了笑，跨上鹤背，乘着白云飞上天去了。后来，姓辛的商人为了纪念这位客人，便用十年积攒下来的银两在黄鹄矶上修建了一座楼阁。因这幢楼由黄鹤起舞而建，人们便称之为黄鹤楼。

姓辛的商人因为他的好心得到了好报，而黄鹤楼也因为这个传说出了名。但实际上，历代考证得出结论，黄鹤楼名字的真正来历，是因为它建在了黄鹄山上的原因。而在建造之时，黄鹄与黄鹤只有一字之差，且可以通用，后来便渐渐叫成了黄鹤楼。

黄鹤楼自建立以来，历代名人都在上面留下了大量的诗歌、词作、对联、碑记和文章，其中"对江楼阁参天立，全楚山河缩地来"的对联恰到好处地描绘出了黄鹤楼的气势。1927年2月，毛泽东考察完湖南农民运动后来到武昌，也在此写下了著名的《菩萨蛮·登黄鹤楼》："茫茫九派流中国，沉沉一线穿南北。烟雨莽苍苍，龟蛇锁大江。黄鹤知何去？剩有游人处。把酒酹滔滔，心潮逐浪高！"

教养关键词·KEY WORD

1.以黄鹤楼的故事为引子，引导孩子独立思考问题

问问孩子，如果他是姓辛的商人，遇见了那个衣衫褴褛的客人，会不会将酒送给他喝而分文不要呢？无论孩子回答会还是不会，都要问问他，理由是什么。

2.登上黄鹤楼，让孩子自己体验一下崔颢这首诗的意境

登上黄鹤楼之后，俯瞰长江，看看还能不能看见“晴川历历汉阳树”。时代变迁太快，许多古人能体会到的意境我们已经无从感受。问问孩子，还能不能感受得到《黄鹤楼》的意境。从而引导他们思考，环境的变迁对我们来说究竟是好是坏。

提示·TIPS：

黄鹤楼位于湖北省武汉市，素有“天下江山第一楼”之美誉。它巍峨耸立于武昌的蛇山之上，始建于公元223年，享有“天下绝景”之称，与蓬莱阁、岳阳楼、滕王阁并称为“中国古代四大名楼”。此外，黄鹤楼因与对岸晴川阁隔江对峙，相映生辉，被称为“三楚胜境”。

风景·SCENERY

带着孩子边走边看

黄鹤楼，传闻中的天下第一楼，自崔颢吟诵以来，已经时过千年。千年以来，它就像一个时时都准备奔波的旅人一样，数次重建，数次易址。今时今日，当我们重新登临黄鹤楼时，不知是否能真切感受“白云千载空悠悠”的意境。

黄鹤楼远眺

但楼虽易址，楼的精神却从未改变。黄鹤楼，正如它千年以前所呈现给世人的那样，融于都市之中，却始终高傲，略显亲切，却又隐含了几分仙风道骨。古琴台、晴川阁等环绕在它的四周，武昌起义的见证匍匐在它的脚下。当我们带着孩子，去往这大都市里的胜景之时，希望我们还能如千年以前的诗人那般，从它的身上，感受到历史赋予这个城市的深厚底蕴。

黄鹤楼

宋之后，黄鹤楼曾屡毁屡建，1868年曾经重建，但只存在了十几年。现仅留当时楼貌照片，已不是宋画在高台上丛建多座建筑，而取集中式平面，高踞在城垣之上，平面为折角十字，外观高三层，内部实为九层。下、中二檐有12个高高翘起的屋角，总高32米。

现在的黄鹤楼，72根圆柱拔地而起，雄浑稳健，60个翘角凌空舒展，恰似黄鹤腾飞。楼的屋面用十多万块黄色琉璃瓦覆盖。在蓝天白云的映衬下，色彩绚丽，十分好看。

武昌起义军政府旧址

起义军政府旧址位于武昌阅马场北部，原为清政府于宣统元年（公元1909年）所建的湖北省谘议局大楼，此楼1908年筹建，1910年落成，占地

黄鹤楼

28亩，共有房11栋，建筑面积六千余平方米。现大门和主楼上端匾额均为宋庆龄题写。大楼主体建筑为红色楼房，主体建筑为二层砖混结构（也有说法认为是砖木结构）西式楼房，面阔73米，进深42米，坐北朝南。

武昌起义军政府旧址

它直接采用了近代资本主义国家的行政大厦和会堂的建筑形式，大楼平面呈“山”字形，前方及两翼是门厅和办公室，后方正中为会堂，门前的门廊突出，门窗制作精巧，上层顶端正中伸出一座“圭”形教堂式的望楼，颇具西方古典建筑风格，成为当时阅马场轴线的制高点，视野开阔，颇为壮观。大楼后方也是一座二层楼房。两侧各有一排红色平房。正前方出口处装有铁栅大门，大门两侧为门房，由上半部装有铁栅的红色矮墙自门房两侧平伸，与左右平房连接，围成方形院落。

古琴台

古琴台始建于北宋，又名俞伯牙台，位于武汉市汉阳区龟山西麓，月湖东畔。相传春秋时期楚国琴师俞伯牙在此鼓琴抒怀，山上的樵夫钟子期能识其音律，知其志在高山流水。伯牙便视子期为知己。几年以后，伯牙又路过龟山，得知子期已经病故，悲痛不已的他即破琴绝弦，终身不复鼓琴，后人感其情谊深厚，特在此筑台以纪念。

古琴台最近一次重建为清朝嘉庆初年，由当时的湖广总督毕沅主持重建，汪中代笔撰《琴台之铭并序》和《伯牙事考》，此文颇为时人称道。现在的古琴台，整个建筑群占地15亩，规模不大，但布局十分精巧雅致，保留了当年古建筑的风貌。主要建筑协以庭院、林园、花坛、茶室，层次分明。院内回廊依势而折，虚实开闭，移步换景，互相映衬。修建者充分

古琴台

利用地势地形，还充分运用了中国园林设计中巧于借景的手法，把龟山月湖山水巧妙借了过来，构成一个广阔深远的艺术境界。

晴川阁

晴川阁又名晴川楼，位于武汉市汉阳龟山东麓禹功矶上，它北临汉水，东濒长江。始建于明代嘉靖年间，其名取自唐代诗人崔颢诗句“晴川历历汉阳树”，有“楚四名楼”之誉。因与黄鹤楼隔江对峙，相映生辉，被称为“三楚胜境”。

晴川阁曾多次被毁，现在的晴川阁是按照清光绪年间式样于1985年重建，正面牌楼悬挂“晴川阁”金字巨匾，主要由晴川楼、禹稷行宫、铁门关三大主体建筑和其他附属建筑群组成。

■诗词延伸

手把仙人绿玉枝，吾行忽及早秋期。
苍龙阙角归何晚，黄鹤楼中醉不知。
江汉交流波渺渺，晋唐遗迹草离离。
平生最喜听长笛，裂石穿云何处吹？

——陆游·《黄鹤楼》

晴川阁

天门山 这里不是一座山

天门中断楚江开，碧水东流至此回。
两岸青山相对出，孤帆一片日边来。
——李白·《望天门山》

故事 · STORY

大冬瓜和大西瓜

天门山似乎是因为滚滚江水的冲击而从中间豁然断开，碧绿色的江水从断口奔涌而出。浩浩荡荡的长江东流到此便被天门山阻挡，从而激起滔天的波浪，回旋着向北流去。两岸边的青山，相对着不断现出，仿佛有一种两岸青山迎面扑来的感觉，此时此刻，一艘孤零零的小船，正从日光照射的方向远道而来。

李白的这首《望天门山》流传千古，但似乎很少有人知道，诗中的天门山其实并非一座山的名字，它是两座山的合称，因为这两座山中间夹着一条长江，宛如一扇铁门，故称天门山。而长江流经此门之后，立即变得开阔起来。

这两座山，东边的在当涂境内叫东梁山，西边的在和县境内叫西梁山，这两山合起来，才被称为天门山。并且自江中远望，两山色如横黛，宛似蛾眉，因此又有人把它们叫作蛾眉山。这两山地势极其险要，素有长江锁钥之称，自古以来便为兵家攻守要地。春秋时，楚国便在此大胜吴国，而南朝宋孝武帝也曾在此检阅水军，诏立双阙于二山。

传说，在距西梁山北数里远处，有一条注入长江的河流叫牛屯河。而这两座山的来历，就要从这条河开始说起。据说在很久很久以前，和县境内的长江边上原来只有一座梁山。梁山脚下住着一位老人，他没有孩子，全靠在山下开荒种点旱粮和瓜菜度日。

这一年夏天，很久没有下雨了，老人在山里种的冬瓜大都干死了，只有一根藤上结了一个大冬瓜，足有30斤重。一天，一个白发苍苍的老人走到他身边问道："老弟呀！你这个大冬瓜能卖给我吗？"

种瓜老人惊奇地回答："不能卖啊，这个干旱的年头，我要靠它度日子呢！"白发老人说："吃掉它真可惜。这样吧，我多出几个钱，请你把

天门山远景

它卖给我。”种瓜老人摇摇头，表示不同意。白发老人没有办法，只好把这个大冬瓜的秘密讲出来了：“在你家屋后的这座山里，藏着很多很多的金子，但是山门被西瓜锁住。你这个大冬瓜就是一把钥匙，只要用这个冬瓜往那西瓜上一放，山门就开了。”

种瓜老人一听，竟然有这样的好事，更加把头摇得拨浪鼓似的，再也舍不得卖了。他并不知道，白发老人的话也被一个财主听到了。种瓜老人见白发老人走远了，就急忙将那大冬瓜摘下来搬回家去。而同时，财主也伙同两个大汉跑到地里偷那个冬瓜。他们知道种瓜老人把冬瓜摘回家去了，于是当晚就去将冬瓜抢了过来。

财主按照白发老人所说，背着冬瓜上梁山找大西瓜。找呀找呀，终于在临江的石垒上看见一个大西瓜，足足有洗脚盆那么大。财主三人高兴极了，他们连攀带爬地到了大西瓜跟前，把大冬瓜往那西瓜上一放，就听霹雳一声巨响，山门裂开个大缝，山洞里金光闪闪，许多金色的飞禽走兽在洞里乱飞乱跑。

财主被这些金色的动物搅得眼花缭乱，他顺手牵了一条金牯牛，叫两个大汉拉出洞去。谁知两个大汉只顾牵金牯牛，把大西瓜碰落滚到山洞里去了。山门瞬间封闭起来，把财主关在了山洞里。而那个大冬瓜就滚到了江对岸，变成了一座大山。

那头被迁走的金牯牛，也大有来历。原来，山下的河里有个妖怪，每年夏天，它都在河里兴妖作怪，闹得两岸良田泛滥成灾。后来观音菩萨路过此地，把它收服了，放在梁山洞里，妖怪就修炼成了金牯牛。而金牯牛离开了山洞，就回到河里。从那之后，人们就把这条河叫牛屯河，把大冬瓜变成的山叫作东梁山，把藏着大西瓜的山叫作西梁山。

教养关键词 · KEY WORD

1.教导孩子不要贪小便宜，爱财但必须取之有道

用东梁山和西梁山的传说故事，教导孩子不要贪恋不义之财，平白无故掉下来的“便宜”通常都暗含陷阱。爱财没有错，但必须通过自己的双手勤劳获得。

2.引导孩子思考人生中有关取舍的哲学问题

讲完种瓜老人的故事，问问孩子，如果自己是那个种瓜老人，当地里还剩下一个大冬瓜时，他们会不会将这个冬瓜卖给白发老人。卖的原因是什么，不卖的原因又是什么。从而引导孩子思考关于取舍方面的问题。

提示 · TIPS：

天门山位于安徽省，是马鞍山市当涂县的东梁山与巢湖市和县的西梁山的合称。因两山夹江对峙，像一座天设的门户，形势非常险要，“天门”即由此得名。

风景 · SCENERY

带着孩子边走边看

天门山之中，以东梁山最为陡峭，它巍巍然矗立江中，就如中流砥柱一般，令滚滚长江折转北去，形成“碧水东流至此回”的奇特景象。行船到此，只见遥远的水天相接之处，各种船只从“天门”中穿梭往来，让我们欣赏不尽这大自然的鬼斧神工。

天门山索道

当船行驶过天门之后，可以顺江而下，游览诗仙李太白曾江中揽月、骑鲸升天的采石矶，以及青山的太白墓，再接着往前走，可以去游览西楚霸王的项羽庙。东

流而去的大江将天门山与风景奇妙的采石矶紧紧地联系在一起，既然来到此处，何不带着孩子，顺江而下，去一览这些名胜的风采呢?

采石矶

采石矶位于安徽省马鞍山市西南5千米处的长江东岸，南接芜湖，北连南京，峭壁耸立，江流突兀，素有“千古一秀”之美誉。关于采石矶的来历，还有一个说法。据说在三国东吴时期，此处曾产五彩石，又因其形状如蜗牛，又有“金牛出渚”的传说，故又名牛渚矶。

采石矶和岳阳的城陵矶、南京的燕子矶，合称“长江三矶”。它以山势险峻、风光绮丽、古迹众多而位列三矶之首。采石矶突兀江中，绝壁临空，扼据大江要冲，水流湍急，地势险要，自古为兵家必争之地。南宋绍兴三十一年（公元1161年），这里还曾发生过“宋金采石矶之战”。

青山太白墓

整个太白墓陵区占地6万平方米，进门处有牌坊，然后是太白碑林、眺青阁、太白祠、太白墓、十咏亭、青莲书院等。这里不仅完整地保持了唐代的墓葬形式，还保存了唐代专为李白墓烧制的墓砖。在太白碑林中保存了李白各个时期诗文碑共106通。

整个李白陵园依林傍水，环境十分清幽，这里青松翠柏，亭台楼阁，小桥河流，山清水秀，鸟语花香。春可看杜鹃，夏能赏青莲，秋闻金桂，冬赏腊梅。历朝历代对太白墓曾大修十余次，至1938年被日寇夷为平地，所有碑文石刻荡然无存。直到1979年，当涂县人民政府筹集资金第13次重修太白祠，我们才得以再次瞻仰诗仙的陵园。

项羽庙

项羽庙又名项王祠、西楚霸王洞、霸王祠，它位于巢湖市和县乌江镇的凤凰山上，距长江直线距离约1.5千米。据闻，公元前202年，项羽兵败之后，自觉无颜面对江东父老，长发覆面自刎于此，后人立祠祀之。

1.采石矶　2.青山太白墓　3.项羽庙

项羽庙原有建筑99间半，传说帝王方可建祠百间，项羽未成帝业，只得少建半间。庙前联云：“司马迁乃汉臣，本纪一篇，不信史官无曲笔；杜师雄真豪士，灵祠大哭，至今草木有余悲。”孟郊、杜牧、苏舜钦、王安石、陆游等均有题诗。

霸王祠内有西楚霸王的黄杨木巨型雕像一尊。只见霸王身体前倾，双眼圆睁，一手仗剑，一脚向前踏出，威风一如往昔。

■诗词延伸

崔嵬天门山，江水绕其下。
寒渠已胶舟，欲往岂无马。
时恩缪拘缀，私养难乞假。
低徊适为此，含忧何时写。
吾能好谅直，世或非诡诈。
安得有一廛，相随问耕者。
——王安石·《寄曾子固二首》

洞庭湖 湖光山色天下赞，神仙也来住我家

湖光秋月两相和，

潭面无风镜未磨。

遥望洞庭山水翠，

白银盘里一青螺。

——刘禹锡·《望洞庭》

故事·STORY

东海龙王的三公主

洞庭湖澄澈空明的水光与素清的秋月之光交相融合，水面迷迷蒙蒙，风平浪静得就好像一面未经打磨的铜镜一般。远远望去，洞庭湖的山水呈现一片翠绿，在皎洁的月光之下，恰似一个白银盘子托着一颗颗青青的田螺。

洞庭湖自古以来被称为“神仙洞府”，其风光绚丽迷人，湖面迂回浩瀚，最大的特点便是湖外有湖，湖内有山，无论白天黑夜皆有意蕴。这里处处皆画，处处有诗意，更是处处留下了诗人的身影和诗作。除了刘禹锡之外，还有许许多多的诗人驻足此处，留下了不朽的佳作。

唐肃宗乾元二年（公元759年）秋，刑部侍郎李晔贬官岭南，行经今天湖南岳阳时，与李白相遇，他们相约同游洞庭湖，李白便写下一组五首的七绝记其事。其中一首便是：“南湖秋水夜无烟，耐可乘流直上天？且就洞庭赊月色，将船买酒白云边。”好一句“南湖秋水夜无烟”，尽管没有任何具体精细的描绘，却天然去雕饰，惹得人们对洞庭夜景浮想联翩。

洞庭之上，芦叶青青、渔帆点点，春秋四时之景不同，一日之中的变化又何止百千，自古以来的神话传说，更何止万千。我们现在就来讲一个关于洞庭湖来历的传说故事。

据说，这个故事跟东海龙王的三公主有关。一天，三公主去拜见玉皇大帝的时候，失手摔破了一只珍贵的凌冰碗，玉帝大怒，就命令太白金星领她到凡间受苦受难，以示惩罚。

那时，洞庭湖还只是一望无际的八百里平川，平川上住着一户财主。太白金星和三公主路过他们家的时候，发现他们家非常富有。太白金星便决定让三公主嫁到此家，等惩罚期满再带她离开。财主看见三公主知书达理，又会打理家务，便高兴地同意了这门亲事。

洞庭湖

成亲之后，按照当地的风俗，新娘过门三日之后就要下厨做饭，侍奉公婆和丈夫。到了第四日凌晨，三公主便依照规矩早早地起来做饭。她来到厨房，只见里面一片漆黑，便点亮油灯，准备吹火。但她惊讶地发现，这里没有水，也没有油盐，甚至连米面都找不到。三公主看了之后十分惊讶：财主家这么富足，为何厨房里没有米面油盐？也许是婆家故意给自己出的难题吧？

她想起自己还在惩罚期，只好去菜园里摘些鲜绿的青菜，去河里捞些肥美的鱼虾，从集镇上买来肉、油盐和干柴。不一会儿，炒出来一盘盘热气腾腾、色鲜味香的佳肴。做好之后，她发现味道有点苦。但厅堂里大家正等着上菜。情急之中，三公主打了一个喷嚏，施了点仙法，将菜的味道调好。

但这件事却被小姑和婆婆知道了，她们以为三公主故意将唾沫弄到碗里，十分生气，便劈头盖脸将她打了一顿。三公主虽然气得怒火中烧，但想想天帝的命令，只得忍耐了下来。但这之后，财主家的人们却始终看她不顺眼，就连丈夫也从不帮她，而是冷眼看着她被大家欺负。

三公主的惩罚很快就到期了。老龙王得知自己的女儿在财主家受尽了折磨，十分气恼。他派人查明了财主家的所有罪行，当即气不打一处来，他找到了自己的弟弟，让他火速去财主家，将三公主接回来，并好好地惩

罚一下欺负他女儿的人们。

这一天，三公主的婆婆来到厨房查看，只见大水缸里水波荡漾，有两只牛角似的东西伸出水面，她好生奇怪，上前一摸，只见角叉一拱，一条大青龙张牙舞爪地从大水缸里跃了出来，吓得她“哎呀”一声，瘫倒在地。大青龙头一伸，尾一摆，一股水柱破缸而出。接着，“轰隆”一声巨响，整个财主家的院落连同方圆八百里的平地，统统陷落下去，成为烟波浩渺、深不可测的大湖，据说这就是今天的洞庭湖。

教养关键词 · KEY WORD

1.泛舟洞庭湖，引导孩子加深对诗的理解

跟孩子一起泛舟洞庭湖上，找找看“白银盘里一青螺”里面的那颗“青螺”究竟在哪里？然后引导孩子感受一下刘禹锡的《望洞庭》，问问孩子，遥望洞庭和在洞庭湖上泛舟的感受有什么不同。

2.教育孩子要保护鸟类，爱护自然环境

带孩子去洞庭湖自然保护区，让他亲身感受一下鸟类在迁徙时的壮观景象，并告诉他这些候鸟为何要迁徙。以此教育他们保护环境、保护野生动物的重要性。

提示 · TIPS：

洞庭湖，为我国第二大淡水湖，位于湖南省北部，长江荆江河段以南，面积2820平方千米。洞庭湖南纳湘、资、沅、澧四水，北由东面的岳阳城陵矶注入长江，号称“八百里洞庭”。“湖北”和“湖南”之称，即来源于洞庭湖。

风景 · SCENERY

带着孩子边走边看

古人描述的“潇湘八景”中的“洞庭秋月”“远浦归帆”“渔村夕照”“江天暮雪”等，至今都是东洞庭湖的写照。但意境中的洞庭湖，毕竟不是每个人都有同样的心性可以感受，而且这些具有时间限制的景点，

洞庭湖上

也并非时时刻刻都能碰见。

所以，当我们今天带着孩子去洞庭湖，不必过分追求古人描述的洞庭景物，倒是可以去鸟类自然保护区和杜甫墓瞧瞧，这些地方也有一定教育意义。

东洞庭自然保护区

东洞庭自然保护区作为东北亚湿地水禽主要越冬地，是1992年被列入“国际湿地公约”的七大重要湿地保护区之一，以保护洞庭湖湿地生态和生物资源为主。每年10月到来年3月，大约有55种共1000万只候鸟到这里越冬。

东洞庭采桑湖距岳阳市约50千米，是冬季观鸟的最佳位置之一，世界自然基金会（WWF）中国湿地保护站即在采桑湖边的长堤上。在这里，在观鸟季节，我们可以带着孩子看到极其壮观的雁群、雁阵，其中小白额雁在其他地方难得一见；灰鹤、白鹤、白头鹤、东方白鹳、白琵鹭等珍稀大型涉禽也可在此观赏到；除此之外，还有数量可观的小天鹅、各种野鸭、中小型涉禽、鸥类等。

平江杜甫墓

杜甫一生颠沛流离，晚年依旧过着漂泊的生活，各地根据杜甫行踪所至建立了众多纪念馆和纪念遗址，以表达对这位伟大诗人的爱戴与悼念。

东洞庭自然保护区

目前，全国共有8座杜甫墓，而在洞庭湖畔的平江县，就有其中的一座。

平江杜甫墓位于平江县安定镇向北5千米，据说这里是杜甫逝世的地方。杜甫晚年漂泊湖湘，公元768年冬，携妻儿乘船离川至岳阳，次年春舟居潭州（今长沙）。公元770年4月，湖南兵马使臧玠举兵作乱，为了躲避战火，杜甫半夜去往郴州投靠舅父崔伟。船至耒阳方田驿，遇大水不能前行，久久不得食物，耒阳县令闻之送来了牛肉白酒。因不能前进，杜甫只得掉转船头返回潭州，暮秋思归故里，孤舟入洞庭，因重疾复发，费资用尽，只得溯汨罗江往昌江县（今平江）投友求医。不幸病逝于县治寓所，葬于小田天井湖。其子宗武、孙嗣业留下守墓，杜氏自此繁衍，一脉相传。

平江杜甫墓

■诗词延伸

楼观岳阳尽，川迥洞庭开。
雁引愁心去，山衔好月来。
云间连下榻，天上接行杯。
醉后凉风起，吹人舞袖回。
——李白·《与夏十二登岳阳楼》

黄鹤楼→天门山→洞庭湖→君山→岳阳楼

君山 我不只是一个小小岛

帝子潇湘去不还，空馀秋草洞庭间。

淡扫明湖开玉镜，丹青画出是君山。

——李白·《陪族叔刑部侍郎晔及中书贾舍人至游洞庭》（节选）

故事 · STORY

白鹤、湘妃和封山印

舜帝的两个妻子来到潇湘之后就回不去了，玉人们滞留在洞庭湖边的荒草之间。她们只能对着明镜般的洞庭湖描抹淡妆，而那湖中间的君山就是她们用丹青画出的蛾眉。

君山，在古时候又被称为洞庭山，又名湘山，是八百里洞庭湖中的一个小岛，与千古名楼岳阳楼交相辉映。相传在很久很久以前，洞庭湖中并没有岛。每当狂风大作、白浪滔天时，来往船只无处停靠，常被恶浪吞没，当地人民苦不堪言。这事引起了水下72位螺姑娘的同情。她们忍痛脱下身上的螺壳，结成一个个小岛，后来连在一起，就成了今天的君山。相传君山上的72峰，就是72位螺姑娘变成的。

这72峰，峰峰灵秀，地形独特。据说君山岛上共有36个亭子，48座庙，还有秦始皇的封山印，汉武帝的“射蛟台”等珍贵文物遗址。君山名胜古迹众多，文化底蕴深厚，历代文人墨客围绕君山的各色特点，著文赋诗，题书刻石。尤其是自唐代以来，李白、杜甫、黄庭坚、辛弃疾、张之洞等人都纷纷登临君山，留下无数千古绝唱，李白那句“淡扫明湖开玉镜，丹青画出是君山”更使得君山名声大噪。而成片的茶园，更是让君山增色不少。君山虽小，名胜古迹、神话故事却不少。关于那著名的君山银针，便有一个有趣的传说。

据说，后唐的第二个皇帝明宗李嗣源第一回上朝的时候，侍臣为他沏了一杯茶，可当开水倒在杯子里的时候，却看到一团白雾腾空而起，慢慢地出现了一只白鹤。这只白鹤对明宗点了三下头，便朝蓝天翩翩飞去了。再往杯子里看时，杯中的茶叶都齐崭崭地悬空竖了起来，就像一群破土而出的春笋。过了一会儿，又慢慢下沉，就像是雪花坠落一般。

李嗣源感到非常奇怪，就问侍臣是什么原因。侍臣回答说：“这是君山的白鹤泉水泡黄翎毛的缘故。”李嗣源心里十分高兴，立即下旨把君山银针定为“贡茶”。这虽然是个传说，但君山银针冲泡时，确实会棵棵茶芽立悬于杯中，非常漂亮。

君山上的传说数不胜数，《山海经》曾曰：“又东南一百二十里，曰洞庭之山，帝之二女居之，是常游于江渊，澧、沅之风，交潇湘之渊。”这讲的就是舜帝二妃娥皇和女英的故事。

相传4000多年以前，舜帝南巡，他的两个爱妃娥皇、女英随后赶来。当船被风浪阻于洞庭山时，忽然听闻舜帝已经死在苍梧的消息，娥皇和女英悲恸欲绝。她们在洞庭湖上扶竹南望，涕泪纵横，点点泪珠洒于竹上，呈现斑斑点点之泪痕，据说，这些被洒上泪斑的竹子，就是现在君山北边生长的“湘妃竹”，也叫“斑竹”。

痛哭过后，娥皇和女英大伤元气，久久不能恢复，她们因悲恸过度去世了。去世之后，她们便被葬在了洞庭之中的一座山上，这座山就是今天的君山，现如今，君山东麓尚存有二妃墓。民间有诗为证：“舜帝南巡去不还，二妃幽怨云水间。当时垂泪知多少，直到如今竹尚斑。”

有趣的是，君山还有过负罪的传说。据传，秦始皇当年巡狩天下，船过君山时，忽然风浪大作，始皇大怒，说：“我真命天子行舟，本应风平浪静，是谁如此大胆，竟敢兴风作浪？”接着，他便问左右：“此乃何

君山植被

地？”侍臣回答说是君山。始皇一听愈加恼怒，说：“普天之下，唯我为‘君’，怎么山也称起‘君’来了？”他遂命刑徒3000砍光了全山的树木，并下令于石壁上刻封山令。今临湖石壁上仍可见一石印，长1米，宽0.8米，字迹依稀可辨，似是“永封”二字，俗称为“封山印”。

除此之外，君山上还有一个群山环抱的大坪，那便是宋绍兴元年（公元1131年）钟相、杨么率农民起义军安营扎寨之处。当年不堪官府压迫的贫苦渔民，在此揭竿而起，设水寨，造战船，出没于八百里洞庭。现在君山上还留有军师洞、点将台、万人锅等古迹。

教养关键词·KEY WORD

1.问问孩子最喜欢有关君山的哪个传说

君山上的传说扳着十个手指头也数不清，找几个具有代表性的传说，讲给孩子听，问问他最喜欢哪一个传说，为什么喜欢。

2.让孩子找找看，有没有比李白这首《陪族叔刑部侍郎晔及中书贾舍人至游洞庭》诗名更长的古诗

李白的这首诗名，一共有18个字，让孩子找找看，这个诗名究竟是李白自己定的，还是后人整理的时候添加的，历史上还有没有比它更长的诗名。

提示·TIPS：

君山在岳阳市西南15千米的洞庭湖中，是一座面积不足1平方千米的小岛。原名洞府山，取意神仙“洞府之庭”。传说这座“洞庭山浮于水上，其下有金堂数百间，玉女居之，四时闻金石丝竹之声，砌于山顶”。传说舜帝的两个妃子娥皇、女英葬于此，屈原在《九歌》中称之为湘君和湘夫人，故后人将此山改名为君山。

风景·SCENERY
带着孩子边走边看

君山是八百里洞庭最神奇的地方，它像一幅多彩的画，每一次观看都

君山一角

会有新的体验，它又像一本传奇的书，每一遍阅读都会有新的发现和感受。在这里，爱情不过只是传说中的点缀，诗歌不过只是茶余饭后的佐餐，水墨写意和工笔白描在此达到了和谐完美的结合。

到了洞庭而不到君山，就好像初到北京却不去故宫一样令人遗憾。如果说洞庭是盘踞在湘楚大地上的一条盘龙，那君山，必定就是它绝不可缺的龙睛。二妃墓、柳毅井、传书亭，这一个又一个令人遐想无限的地方，正在君山之上等你前去欣赏。它们在等着，给我们的孩子，讲述一个又一个美丽动人的故事。

舜帝二妃墓

现在的舜帝二妃墓是1979年岳阳市政府按清代彭玉麟重修的墓样维修的。墓为石砌，前立石柱，上雕麒麟、雄狮、大象，中竖“虞帝二妃之墓”墓碑。墓前十米处有一对石引柱，上有一副楷书石刻对联：“君妃二魄芳千古，山竹诸斑泪一人。”

柳毅井

柳毅是中国古代戏曲人物之一，是传奇小说《柳毅传》中的主人公。

舜帝二妃墓

相传唐高宗仪凤年间，书生柳毅在一口井边救了龙女，两人因此成就一段佳缘。而柳毅井就是当年柳毅救龙女的地方。柳毅井又称橘井，它位于君山龙口内的龙舌的根部。据《隆庆岳州府志》记载：巴陵（今岳阳市）则有邕湖井及巴蛇、罗汉、秦皇诸井，而井之著者，又曰“柳毅”。井旁有古橘一珠，大“五六围”，枝干奇古。

《府志》又说：橘井“相传为柳传书之处（入龙宫之门）。井入口丈许，有片石作底，凿数孔以通泉，石下深不可测”。过去，崇圣祠有个老和尚做过试验，用半斤丝线，一端系上铜钱吊下井去，丝线放完了，还未探到井底。在唐代，因井旁有一棵大橘树，故此井又名“橘井”。如今井旁的橘树虽已不复存在，但善良的柳毅和有关他的传说将永远在民间传颂。

传书亭

传书亭又叫鸳鸯亭，位于柳毅井后两米的高台上。筑亭的时间甚早，明朝吴廷举即写有《传书亭》诗。今天的传书亭是1979年根据《柳毅传书》的神话传说重建的。亭为两个长方形交错组成的多角形建筑，每个长方形长4.2米，宽2米，全亭为钢筋水泥结构，占地面积16.8平方米，由10根柱架支撑亭顶，高6米，上覆绿色琉璃瓦，6个翘首饰有鳌鱼，将景区点缀

1.柳毅井 | 2.传书亭

得更为美观。两亭连为一体，组成双顶鸳鸯结构，自成古朴幽雅的风格，象征着龙女与柳毅的爱情，从而寄托了人们的理想和愿望，丰富和加强了柳毅传书故事的感染力。

■诗词延伸

游君山，甚为真。
崔嵬砟硌，尔自为神。
乃到王母台，金阶玉为堂，芝草生殿旁。
东西厢，客满堂。
主人当行觞，坐者长寿遽何央。
长乐甫始宜孙子。
常愿主人增年，与天相守。
——曹操·《气出唱》

岳阳楼 这里留下的是艺术，更是寂寞

昔闻洞庭水，今上岳阳楼。
吴楚东南坼，乾坤日夜浮。
亲朋无一字，老病有孤舟。
戎马关山北，凭轩涕泗流。
——杜甫·《登岳阳楼》

故事·STORY

李鲁班和鲁班尺

过去早就听说过洞庭湖，今天终于登上了岳阳楼。吴国和楚国从洞庭湖的东南开始分开，天地好像日日夜夜都在湖上浮动。亲朋好友没有一封信给我，年老多病的我现在只有一条孤舟陪伴。北方的边关正在鏖战，我扶着岳阳楼的栏杆，不禁老泪纵横，悲从心起。

公元768年春天，杜甫从夔州东下，因兵荒马乱，不得已漂流在外，冬天的时候，他来到了岳阳。而这首诗就是登临岳阳楼之后所作。诗中的洞庭湖虽然依旧烟波浩渺、气势不凡，但杜甫的内心却是无比孤寂，无比凄凉，无比寂寞。他留下的这首《登岳阳楼》，是艺术，更是寂寞。

岳阳楼，相传其前身为三国时期东吴谋士鲁肃的“阅军楼”，西晋南北朝时人们称它为“巴陵城楼”，中唐李白赋诗之后，始称“岳阳楼”。此时的巴陵城已改为岳阳城，巴陵城楼也随之称为岳阳楼了。登岳阳楼可浏览八百里洞庭湖的湖光山色。唐代以来诗文十分繁盛，李白曾言：“楼观岳阳尽，川回洞庭开。”宋代重修岳阳楼之后，范仲淹所撰写的《岳阳楼记》，更让它扬名天下。

传说，岳阳楼的修建还跟工匠祖师鲁班有关。唐开元四年（公元716年），张说被贬到岳州之后，决定张榜招聘名工巧匠，在鲁肃阅兵台旧址修造“天下名楼”。此时有一位从潭州来的青年木工李鲁班前来揭榜。但李鲁班徒有虚名，他摆弄了一个月的时间，设计出来的图纸只是一座过路小亭。张说很不满意，再限七天时间，一定要拿出与洞庭湖水形胜相得益彰的有气派的楼阁图纸。

正当小工匠李鲁班一筹莫展时，有一位白发老人走了过来，问清缘由后，便把背着的包袱打开，指着编有号码的木头说：“这些小玩意儿，你若喜欢，不妨拿去摆弄摆弄，或许会摆出一些名堂来。若是还差点什么，

岳阳楼远景

就到连升客栈来找我。”李鲁班接过来摆了摆，发现果然可以构成一座十分雄壮的楼型。大家十分高兴，都说是祖师爷显灵，向白发长者道谢。老人笑了笑，在湖边留下了写有“鲁班尺”三字的木尺，一阵风后就不见了。不久，一座新楼在岳州拔地而起，高耸湖岸，气象万千。

没有人知道这位老人是谁，工匠们都纷纷猜测，这个人就是传说中的祖师爷鲁班。

岳阳楼虽然几番重建，却是江南三大名楼中唯一一座保持原貌的古建筑。它建筑精巧，还是一个集对联、诗文及民间故事为一体的艺术世界。在岳阳楼上，有12块檀木板组成的木雕屏篆刻着《岳阳楼记》全文，各种对联悬于四壁，长的达百余字，短的只有8个字。

岳阳楼现今保存的历代文物，以诗仙李白的对联“水天一色，风月无边”最为著名，其次要数清代书法家张照书写的《岳阳楼记》雕屏。雕屏由12块巨大的紫檀木拼成，文章、书法、刻工、木料全属珍品，人称“四绝”。此外，人们把范仲淹作记，滕子京重修岳阳楼，大书法家苏舜钦书写了《岳阳楼记》和邵竦篆刻并称为“天下四绝”，并树立了“四绝碑”，至今保存完好。

教养关键词 · KEY WORD

1.引导孩子鉴赏佳作

岳阳楼上有许多著名的书法艺术作品，引领孩子欣赏它们，拍照之后带回家，慢慢品鉴，这可以培养孩子的艺术情操。

2.登岳阳楼，背诵《岳阳楼记》

《岳阳楼记》是许多中学课本的必选文章，但因为篇幅过长，孩子难以理解其中深意，背诵起来往往存在诸多困难。家长可以带孩子登岳阳楼，在岳阳楼上，边背诵文章，边理解文章中所描写的景物，采取联想记忆法，估计完成背诵任务会简单一些。

提示·TIPS：

岳阳楼耸立在湖南省岳阳市西门城头，紧靠洞庭湖畔，三国东吴所建。自古有“洞庭天下水，岳阳天下楼”之誉，与江西南昌的滕王阁、湖北武汉的黄鹤楼并称为江南三大名楼。北宋范仲淹脍炙人口的《岳阳楼记》更使岳阳楼著称于世。现在的岳阳楼沿袭了清朝光绪六年，也就是公元1880年所建时的形制。

风景·SCENERY

带着孩子边走边看

既然提到岳阳楼，就不得不去岳阳城里走上一走。岳阳是中国著名的历史文化名城。千百年来，烟波浩渺的洞庭湖不仅孕育了湖湘文化，也催生了岳阳这座江南城市。

岳阳临江畔湖，依山傍水、钟灵毓秀，城内有名山、名水、名楼、名人、名文，湘楚文化在此得到蓬勃发展，我们和孩子在岳阳城内，一定会有意想不到的收获。

岳阳楼

岳阳楼的建筑构制独特，风格奇异。气势之壮阔，构制之雄伟，堪称江南三大名楼之首。岳阳楼为四柱三层，飞檐、盔顶、纯木结构，楼中四柱高耸，楼顶檐牙高啄，金碧辉煌。远远眺望，恰似一只凌空欲飞的鲲鹏。全楼高达25.35米，平面呈长方形，宽17.2米，进深15.6米，占地251平方米。中部以四根直径50厘米的楠木大柱直贯楼顶，承载楼体的大部分重量。再用12根圆木柱子支撑2楼，外以12根梓木檐柱，顶起飞檐。彼此牵制，结为整体，全楼梁、柱、檩、椽全靠榫头衔接，相互咬合，稳如磐石。岳阳楼的楼顶为层叠相衬的“如意斗拱”托举而成的盔顶式，这种拱而复翘的古代将军头盔式的顶式结构在我国古代建筑史上是独一无二的。

岳阳文庙

文庙也叫孔庙，是古代祭祀孔子的地方，岳阳文庙又称岳州学宫，位于岳阳二中校园内。庙中原有伴池、状元桥、回廊、大成殿，为当年岳州“百废俱兴”的壮举之一。后历经数十次重建或修缮，现存大成殿，其屋檐起翘，极具宋代建筑风格。

大成殿内16根横木，在石墩和大柱之间，垫有一个约30厘米厚的鼓形横木，名叫木质，为古代建筑中所罕见。木质可以防潮，保证了大柱干燥不腐，故大成殿中的大柱虽历经900多年，依然完好无损。明弘治元年（公元1488年）八月进行过一次大修，在天花板上绘有一幅《盘龙戏凤》，至今依稀可辨，为文物中的珍品。

屈原庙

屈原庙亦称屈子祠，现在改成了屈原纪念馆。它位于汨罗城西北玉笥山顶，始建于汉代，1765年重建，占地7.8亩，是纪念爱国诗人屈原的祠堂。春秋战国时期，楚国诗人屈原被流放时，曾在汨罗江畔的玉笥山上住过。后来屈原感到救国无望，投江而死，后人为了纪念他，便修祠在此。今存建筑有正殿、信芳亭、屈子祠碑等。正殿为砖木结构，单层单檐，青砖砌墙，黄琉璃瓦覆顶，风格古朴秀雅，全殿三进，中、后两进间置一过亭，前后左右各设一天井，中有丹池，池中有大花台，植金桂。

1.岳阳楼 | 2.岳阳文庙

屈原庙

■诗词延伸

欲为平生一散愁，洞庭湖上岳阳楼。
可怜万里堪乘兴，枉是蛟龙解覆舟。
——李商隐·《岳阳楼》

【第九辑】留给孩子的旅行思考题

1. 晴川阁的名字出自哪首著名的唐诗?
2. 洞庭湖是哪两个省的分界线?
3. 读一读关于柳毅井的传说，看看这个传说和哪位神话人物有关?

第十辑

天府巴蜀——诗人梦中的理想国

夔州 高猿长啸间的水墨神韵

中巴之东巴东山，江水开辟流其间。
白帝高为三峡镇，瞿塘险过百牢关。
——杜甫·《夔州歌十绝其一》

故事 · STORY

屈原和神鱼

中巴的东边有座大巴山，长江之水好似将它劈开，从它的中间流过。白帝城在夔州之东的北岸一座高峰的顶上，牢牢镇守住了三峡，而瞿塘峡比汉中的百牢关还要凶险万分。

东汉末年，刘璋据蜀，将其地分为三巴，有中巴、西巴、东巴。夔州为巴东郡，在中巴之东。所以，这首诗里的巴东山即大巴山，诗中所描写的地方，正是三峡两岸，而题目中的夔州，大约就在今天重庆奉节县所在的位置。

不过，与其说夔州大约相当于今天奉节县的位置，不如说，奉节县曾属于古夔州，当年的县城在今天的永安镇。这是一座历史悠久的名城。早在几万年前，就有勤劳的人们在这里劳动生息。据说，最初的时候，这里叫作夔子国，是古代巴人的聚集地。巴国，是中国历史上最神秘的“蛮夷之地”。

巴国成国于何年，已不可考证。它为世人所知晓，是因为《山海经·海内经》中有这样的记载：“西南有巴国。太葜生咸鸟，咸鸟生乘厘，乘厘生后照，后照是始为巴人。”太葜即伏羲，据说他就是巴人的始祖。若真是如此，那巴国的历史就太过辉煌了。

不过，考古发掘表明，巴国地区史前文化真正的发端是在200万年前的旧石器时代早期，其代表性古人类是巫山人，其代表性文化是巫山大溪文化。公元前316年，辉煌的古巴国竟然神秘消失，传说是被秦人所灭，但详细状况却不可考证。

在夔州这个如水墨画卷一般的地方，巴人世世代代繁衍生息。他们战天斗地，自强不息。高猿长啸的三峡之间，穿梭着他们勤劳的身影。传说，在巴国被灭亡前，整个巴族的幸存者曾经退却到这一带，背水一战，

夔州风光

最终全部壮烈牺牲。在当地人民中，至今流传着许多关于巴人可歌可泣的故事。

战国时，这里属楚国管辖，秦汉年间改为鱼复县。而关于“鱼复县”的名称，还有一段悲凄感人的传说。这段传说，和屈原有关。

战国时候，爱国诗人屈原忧国忧民，主张联齐抗秦，以保楚国，却受奸臣陷害，遭贬官放逐。后来楚国郢都被秦国所破，他悲愤至极，便投汨罗江而死。汨罗江有一条神鱼，十分同情屈原，它张开大嘴吞入屈原的尸体，从汨罗江游经洞庭湖，然后进入长江，再溯江而上，送往屈原的故乡秭归。当神鱼游到秭归时，百姓们拥到江边，失声痛哭。

神鱼听见百姓们的哭声，越发受到感动，也跟着淌下泪来。泪水模糊了神鱼的视线，它看不清路途，早已游过秭归，还在继续往上游，直到撞着了瞿塘峡的滟滪堆，才猛然醒悟。神鱼急忙掉头往回游，将屈原的遗体送到了秭归。就这样，人们便将神鱼从滟滪堆往回游的地方叫作“鱼复县”了。

蜀汉章武二年，也就是公元222年，刘备兵伐东吴，遭到惨败，退守鱼复，将鱼复改为永安县。唐朝贞观年间，此处又改称奉节县，隶属夔州府。因奉节是夔州府治地，所以人们往往忽略了奉节的县名，而称它“夔州”或“夔府”。

现在，我们和孩子能大致明白，杜甫诗中所写的夔州，究竟是什么样的来历了吧。说起杜甫，他与古夔州的渊源不可谓不深。杜甫曾在此住过两年，在夔州写下了四百多首脍炙人口的唐诗，这些诗约占了他所有创作的三分之一。

杜甫在夔州所作的一首《登高》，历来被世人推崇。这首诗曰：“风急天高猿啸哀，渚清沙白鸟飞回。无边落木萧萧下，不尽长江滚滚来。”

而这高猿长啸，不尽长江，正是如画夔州的真实写照。夔州，就好比长江之上被仙人泼下了一股浓墨，渐渐在江面晕染开来，它层次分明，厚重有度，宛如一幅大气磅礴的山水画卷展现眼前。

教养关键词·KEY WORD

1.找找看，杜甫在夔州的时候，一共写下了多少首诗

杜甫跟夔州的渊源十分深厚，而夔州带给他的灵感也是源源不断。跟孩子一起翻阅相关资料，找找看，杜甫一共在夔州写了多少首诗。

2.描绘一下你今天看到的夔州是什么样子

今日的奉节和古巴人的夔州早已不同，但若要细心观察，也能发现一丝几千年前留下的印记，让孩子自己做前往奉节县城的旅游攻略，找找看，还能不能在今天的夔州发现古时候的痕迹。

提示·TIPS：

奉节，古属夔州，从汉代起至20世纪初，奉节为巴东郡、巴州、信州、夔州、夔州府和江关都尉、三巴校尉等治地。一直为蜀东政治、经济、文化和军事中心。县城永安镇，历代曾为路、府、州、郡治地，是一座历史悠久的名城。早在6万年前就有先民在此劳动生息。

如今的奉节位于重庆市东部，东邻巫山县，南接湖北省恩施市，西连云阳县，北接巫溪县。离重庆市区大概有600千米的距离。重庆每天有大巴去往奉节。

风景·SCENERY

带着孩子边走边看

如今的奉节，虽然早已不是当年的夔州，巴人所留下的丰富遗迹，也早已深埋于江水之下。但时代总会变迁，千年以来，在华夏大地之上，从未有过不曾变迁的城市。千年前杜甫所看见的夔州，早已不是古巴人生活的夔州了。

但即便高峡一座平地起，江水淹没了曾经的古城，今天当我们站在这

里的时候，这里也并非一无是处。其实，几亿年来，从未有过不变的景。但诗中之景，大多并不是真的在我们眼前，他们更多的，是在我们的心中。更何况，我们的孩子，还能在这里看见更多令他们开心、惊奇的所在。

夔州古城依斗门

依斗门，又名大南门，始建于明成化十年（公元1474年），得名于杜甫诗名“每依北斗望京华”。城门保存完好，系条石垒砌，高13.7米，长27米，厚13米。三峡工程中整体迁至宝塔坪。

奉节县天坑

天坑位于奉节县荆竹乡小寨村，口部最大直径626米，最小直径537米，坑底最大直径522米，垂直高度666.2米，总容积11934.8万立方米，是世界上深度和容积最大的岩溶漏斗。天坑口四面绝壁，如斧劈刀削，宏伟壮观。坑中有无数幽深莫测的洞穴和一条汹涌澎湃的暗河。中外探险家曾多次深入天坑探险，已探明天坑中的暗河经出水洞流向迷宫河，推测天坑中的暗河来自神秘的大地缝。

这里，可以一睹喀斯特地貌千姿百态的景观。石林、峰林、溶洞、洼地、天生桥、落水洞、盲谷、漏斗、竖井等包

1.夔州古城依斗门

2.奉节县天坑

夔州八阵图

容万象，应有尽有。特别是雄居世界第一的小寨天坑，以及景象奇特的神秘地缝，令观者为之倾倒和折服，惊叹大自然的鬼斧神工。

夔州八阵图

夔州八阵图又名武侯阵图，分水八阵与旱八阵。水八阵即在奉节老县城东沙滩上，长约2000米，宽约800米。据明代《正德夔州府志》载："其阵聚细石为之，作八八六十四堆，外复列二十四堆，堆高五六尺，相距八尺许，广如其高。"

郦道元作《水经注》时，还看到垒石布阵的故址，但天长日久，大水冲没，今已不存。旱八阵位于奉节杜甫草堂东行两千米处，其阵为犬牙交错的山形，四周沟壑纵横，悬崖绝壁，地形复杂。

■诗词延伸

锦绣楼前看卖花，麝香山下摘新茶。
长安卿相多忧畏，老向夔州不用嗟。
——陆游·《三峡歌》

白帝城 四面环水的人间乐土

朝辞白帝彩云间，千里江陵一日还。
两岸猿声啼不尽，轻舟已过万重山。
——李白·《早发白帝城》

故事·STORY

白帝城托孤

清晨，朝霞近在眼前，李白告别了高入云霄的白帝城，踏上了新的旅程。江宁县仿佛远在千里的地方，但小小的帆船只行驶了一天的时间就已到达。三峡两岸的猿猴在耳边不停啼叫，不知不觉，李白所乘坐的轻舟已渐渐穿过了万重青山。

唐肃宗乾元二年，也就是公元759年，李白因故被流放到遥远的夜郎国，当他沮丧地走到白帝城时，却突然接到了赦免的圣旨，他的心情立刻好起来，随即放舟东下，奔赴江宁。途中，他抑制不住心中的喜悦，神采飞扬地作了这首诗。

李白的这首诗，灵动愉悦，轻快宜人，我们读罢，仿佛有一种郁闷得以疏解的爽快之情。透过这首诗，我们仿佛可以看见这样一个景象：船过奉节，顺流而下，遥望瞿塘峡口，但见长江北岸高耸的山头上，有一幢幢飞檐楼阁，掩映在郁郁葱葱的绿树丛中。这就是三峡的著名游览胜地白帝城。

白帝城位于长江北岸，距奉节城东8千米。它一面靠山，三面环水，背倚高峡，前临长江，气势十分雄伟壮观，是三峡旅游线上久享盛名的景点。而诗仙的这句“朝辞白帝彩云间，千里江陵一日还”更是让白帝城家喻户晓。现在，我们或许可以让孩子知道一些关于白帝城的故事。

白帝城的名称，最早出现于西汉末年。王莽篡位时，他手下大将公孙述割据了四川。公孙述在天府之国经营，势力渐渐膨胀，野心勃勃，有一天，忽然自己想当皇帝了。他骑马来到瞿塘峡口，见地势险要，难攻易守，便扩修城垒，屯兵严防。

后来，公孙述听说城中有口白鹤井，井中常冒出一股白色的雾气，其形状宛如一条龙，直冲九霄，他便故弄玄虚，说这是“白龙出井”，是他

白帝城一景

日后必然登基成龙的征兆。于是，他在公元25年自称白帝，所建城池取名“白帝城”，此山亦改名“白帝山”。然而，“白龙”虽然出了井，却不会在井口常待，公元36年，公孙述与刘秀争天下，被刘秀所灭，白帝城亦在战火中化为灰烬。

但此时，白帝城还不甚出名，直到三国时期，有一个名叫刘备的人来到此处，而他的故事，将白帝城的名字推向了全国。公元221年，三国蜀汉皇帝刘备为了给关羽报仇，兴兵伐吴。公元222年8月，刘备在夷陵之战中被吴将陆逊打败，兵退夔门之外，从此便一病不起，郁郁而终。临终之时，刘备于白帝城附近的永安城永安宫内托孤于诸葛亮，上演了三国史上悲壮的一幕——白帝城托孤。白帝城也因为托孤一事家喻户晓。

教养关键词 · KEY WORD

1.让孩子思考一下，三峡工程的利与弊

三峡工程的利弊之争由来已久，孰是孰非现在尚且论断不清，带着孩子一起找找有关这方面的资料和故事，再结合游览白帝城的感受，问问孩子对这件事有什么看法。

2.引导孩子阅读有关白帝城的历史，问问孩子今天的白帝城和古时候的白帝城，自己更喜欢哪一个

沧海桑田，如今的白帝城，早已不是刘备托孤时的白帝城了。让孩子了解这段历史典故，问问孩子，那时候的白帝城和今天的白帝城，自己喜欢哪一个。问问孩子是否愿意穿越到刘备时期的白帝城。

提示·TIPS：

白帝城位于重庆奉节县瞿塘峡口长江北岸奉节以东的白帝山上，是三峡的著名游览胜地。原名子阳城，为西汉末年割据蜀地的公孙述所建，公孙述自号白帝，故称城为“白帝城”。白帝城是观“夔门天下雄”的最佳地点。历代著名诗人李白、杜甫、白居易、刘禹锡、苏轼、黄庭坚、范成大、陆游等都曾登白帝，游夔门，留下大量诗篇，因此白帝城又有“诗城”之美誉。

风景·SCENERY

带着孩子边走边看

曾经的白帝城三面环水，一面傍山，孤山独峙，气象萧森，在雄伟险峻的夔门山水中，显得格外秀丽。据说，从山脚下拾级而上，要攀登近千级石阶，才能到达山顶的白帝端门前。在这里可观赏夔门的雄壮气势。绕至白帝庙后，可见蜿蜒秀丽的草堂河从白帝山下进入长江。

现如今，三峡水利工程竣工之后，这里的水位被抬高了许多，如今的白帝城四面被湖水环绕，只有乘坐游船方可抵达城中。所以，今天的白帝

白帝城一景

城突立在长江中央，宛如一片与世隔绝的人间乐土。

白帝庙

白帝庙内有明良殿、武侯祠、观星亭等明清时期的建筑。明良殿为明嘉靖十二年（公元1533年）建，是庙内的主要建筑，内有刘备、诸葛亮、关羽和张飞的塑像。而武侯祠内则供诸葛亮祖孙三代像。祠前的观星亭，传说是诸葛亮夜观星象的地方。

白帝庙

明良殿和武侯祠左、右两侧藏有各代名碑。庙内还有文物陈列室，这里陈列着出土的新石器时代以来的文物和古今名家的书画。白帝庙内历代的诗文碑刻和文物甚多，其中有著名的东周时期巴蜀柳叶铜剑、汉晋时期的悬棺遗物和隋唐以来73通书画碑刻、陶器和青铜摇钱树等，以及历代文物1000余件，古今名家书画100余幅。东、西两处碑林，其中隋代碑刻距今已有1400百年的历史。在东碑林中，《凤凰碑》和《竹叶碑》风格独特，最引人注目，堪称瑰宝。

永安宫托孤堂

《三国演义》中有一段白帝城刘备托孤的故事：关羽败走麦城之后，死于东吴的刀下，刘备伤心欲绝，他不听众臣劝阻，起兵讨伐东吴。此时，张飞丧身叛将范疆、张达手中，刘备更加愤怒，进而催兵猛进。而后被东吴大将陆逊用计火烧七百里军营，再败于夷陵猇亭之地，因而退守到白

永安宫托孤堂

帝城中。

此时，三国久未统一，两弟先后丧命，大军新遭重创，国事私仇使刘备忧愤成疾，眼看朝不保夕，乃招丞相诸葛亮星夜赶至。在永安宫中，刘备把儿子刘禅委托于诸葛亮，然后便一命归天了。从此，白帝城就因这段脍炙人口的故事而闻名于世。托孤堂内陈列的塑像正是再现了这样一个故事。

■诗词延伸

白帝城中云出门，白帝城下雨翻盆。
高江急峡雷霆斗，翠木苍藤日月昏。
戎马不如归马逸，千家今有百家存。
哀哀寡妇诛求尽，恸哭秋原何处村？
——杜甫·《白帝》

成都 哪怕沧海桑田，不变的依旧是你

好雨知时节，当春乃发生。
随风潜入夜，润物细无声。
野径云俱黑，江船火独明。
晓看红湿处，花重锦官城。
——杜甫·《春夜喜雨》

故事 · STORY

锦官之城

雨仿佛知晓人们的心思，在最需要的时候就悄然来临。到了春天需要雨的时候，它就自然地应时而生。

雨伴随着风在夜里悄悄飘洒，滋润着万物，轻柔而寂然无声。田野间的小路一片漆黑，只有一点渔火若隐若现。等到天明，锦官城里该是一片万紫千红吧。

这首《春夜喜雨》是唐诗中的名篇之一，也是孩子必学的语文课文之一。它是杜甫于公元761年在成都草堂居住时所作。这首诗将春雨比作人，以极大的喜悦之情，赞美了来得及时、滋润万物的春雨。而锦官城，也是古代成都的别称。关于这个别称，还有个来历。

大家还记得《甄嬛传》中提到的蜀锦吗？皇帝送了甄嬛一双蜀锦做的鞋子，据说异常昂贵。据考证，“蜀锦”这种锦缎起源于战国时期，距今已有两千余年的历史。而早在三国蜀汉时期，成都的蜀锦就十分出名，从而成为蜀汉政权最为重要的财政收入。因此，蜀汉王朝便下设锦官，又建立了锦官城，由此，锦官城便成为成都的别称。

但“锦官城”也仅仅只是成都的别称，若是孩子要问，之前我们介绍的许多城市都曾有过不同的名字，那成都以前的名字又是什么？我们的答案是“无”。成都，自建城以来便被称为“成都”，千年以来从来没有改变过，它是中国除了山西太原之外，另一座建城以来，无论是城址还是名称都从未改变的城市。

据《太平寰宇记》记载，“成都”之名是借用了西周建都的历史经过，取周王迁岐“一年而所居成聚，二年成邑，三年成都”而得名。据说，蜀语“成都”二字的读音就是蜀都，而它的含义竟然就是蜀国“最后的都邑”。

隋唐时期，成都的经济便异常发达，这里虽地处群山环抱之中，但文化繁荣，佛教盛行，那时的成都，是全国数得上的大城市，它与长安、太原、绍兴等地，并称为唐时的六大都会。那时，这里文豪云集，大诗人李白、杜甫、王勃、卢照邻、高适、岑参、李商隐等人，都曾短期旅居成都。杜甫的诗句“越罗蜀锦金粟尺”，罗隐的诗句“蜀锦谩夸声自贵，越绫虚说价犹高”都十分生动地描绘了成都当时作为长江上游重镇和西南经济文化中心那种商贾如云、车水马龙的繁荣景象。

成都老城一景

不仅如此，早在三国以前，成都就已经是古蜀国文化的重要发源地。现今出土的大量古蜀国文物说明，早在商周时期，古蜀国人民就创造了高度发达的青铜文明，成为华夏文明的重要组成部分。成都是我国的著名文化之都，成都的文化影响着许许多多热爱它的人们，甚至在韩国、日本很多人也热衷于成都的三国文化。成都的文化博大精深，吃文化、休闲文化、茶文化、三国文化等在全世界都影响深远。

教养关键词 · KEY WORD

1.加深对《春夜喜雨》的理解

去杜甫草堂，熟读《春夜喜雨》，问问孩子对“润物细无声”的理解是什么，让孩子将这句诗用最通俗的语言描述出来。

2.问问孩子，最喜欢成都的什么地方

成都是个可爱的城市，好玩、好吃，也没有大都市的压力。武侯祠旁边的街上有一些传统民间艺人的表演，比如吹糖人等，带着孩子好好逛逛成都，然后问问孩子，最爱这座城市的什么地方。

提示·TIPS：

成都，又称“蓉城”“锦官城”，是四川的省会。它位于四川盆地西部，平均海拔500米，属亚热带季风气候，又被誉为“天府之国”。

成都历史悠久，文化底蕴深厚，商周时代的金沙遗址被考古专家发掘后，将成都建城史从公元前311年提前到了公元前611年，超过了苏州，成为中国未变城址最长久的城市。

成都在三国时为蜀汉国都，五代十国时为前蜀、后蜀都城。唐代成都商贸繁荣，与扬州齐名，有“扬一益二”的美称。宋代成都印刷的“交子”是世界上最早的纸币。

风景·SCENERY

带着孩子边走边看

成都，是旅游城市，也称得上全中国最悠闲的省会城市。这里山清水秀，民风淳朴。在这里待得久了，你似乎感觉不到时间的流逝，一切都是那么平静，那么自然，令人着迷，就好像它千年未变的名称一样，时间似乎凝固在了整座城市当中。

在成都，市区之中便处处有景，它们隐藏在闹市之中，闹中取静。当我们带着孩子，从人声鼎沸的大街上发现它们时，也许刚刚从星巴克中出

成都宽窄巷子

1.杜甫草堂 | 2.武侯祠

来，这时进到景区，便忽然之间发现自己又置身于竹林茅屋、古树祠堂之中，景区内外的时空，恍若穿越。

杜甫草堂

杜甫草堂，又称浣花草堂、工部草堂、少陵草堂，位于四川省成都市西郊的浣花溪畔，现今是成都杜甫草堂博物馆。杜甫当年来到成都时，觉得成都景色宜人，便在此定居。由于当时贫穷，他还写了不少诗，从当地的社会名流赚得一些花草树木，亲手栽培。后来，他看上了浣花溪旁的一块宝地，便依溪建立了杜甫草堂。

杜甫在这里居住近四年，创作诗歌流传至今的有240余首。但杜甫离开成都后，草堂便不存。五代前蜀时诗人韦庄寻得草堂遗址，重结茅屋，使之得以再现。现在的杜甫草堂是经宋、元、明、清多次修复而成，其中最大的两次重修，是在明弘治十三年（公元1500年）和清嘉庆十六年（公元1811年），这两次重修基本上奠定了今天杜甫草堂的规模和布局。现在，草堂已演变成一处集纪念祠堂格局和诗人旧居风貌为一体的博物馆。

武侯祠

成都武侯祠，位于四川省成都市南门武侯祠大街，肇始于修建刘备惠陵之时，它是中国唯一一座君臣合祀祠庙和最负盛名的蜀汉英雄纪念地，由刘备、诸葛亮蜀汉君臣合祀祠宇及惠陵组成。它始建于公元223年，一千多年来几经毁损，屡有变迁。

武侯祠（指诸葛亮的专祠）建于唐以前，初与祭祀刘备（汉昭烈帝）的昭烈庙相邻，明朝初年重建时将武侯祠并入了“汉昭烈庙”，形成现存武侯祠君臣合庙。现存祠庙的主体建筑为公元1672年重建。

青羊宫

青羊宫，川西第一道观，坐落在成都西南郊，南面百花潭、武侯祠（汉昭烈庙），西望杜甫草堂，东邻二仙庵。相传宫观始于周，初名“青羊肆”。据考证，三国时取名“青羊观”。到了唐代改名“玄中观”，在唐僖宗时又改“观”为“宫”。五代时改称“青羊观”，宋代又复名为“青羊宫”，直至今日。

■诗词延伸

丞相祠堂何处寻，锦官城外柏森森。
映阶碧草自春色，隔叶黄鹂空好音。
三顾频烦天下计，两朝开济老臣心。
出师未捷身先死，长使英雄泪满襟。
——杜甫·《蜀相》

青羊宫

青城山 黄帝加封“丈人”名

自为青城客，不唾青城地。

为爱丈人山，丹梯近幽意。

丈人祠西佳气浓，缘云拟住最高峰。

扫除白发黄精在，君看他时冰雪容。

——杜甫·《丈人山》

故事·STORY

宁封与陶器

自从来到了青城山，成为青城人，杜甫便爱上了这个地方，他甚至舍不得在青城的地界吐上一口痰。这可爱的丈人山，蜿蜒曲折的山间石阶是多么富有幽深的韵意啊！山上的丈人祠云雾缭绕，这些云雾，都住在青城山的最高峰上。山里有一种珍贵的药材名为黄精，有返老还童之功效，吃了之后再见此人，已是冰雪一般晶莹剔透的容貌了。

从这首诗里看，自誉为青城客的杜甫，对青城山的情分深厚非常。我们和孩子都可以仔细分析一下，在杜甫所处的年代，卫生意识远远不如现代这么强烈，“随地吐痰”的行为在大城市中都是“天经地义”，更何况这僻静无人的青城山。但杜甫却将青城山视为自己的知己一般，容不得它有半丝被人玷污的痕迹。

不过，杜甫又为何将青城山称为丈人山呢？这其中又有什么典故呢？原来，青城山被称作丈人山，还跟轩辕黄帝有关。不过，这里说的丈人，却不是轩辕黄帝本人，而是一个叫宁封的人。这又是怎么一回事呢？这件事还得从头说起。

相传，在轩辕黄帝时期，虽然人们已经懂得了用火烧熟食物吃，却没有锅、碗、盆、罐等用具，只能用手抓着食物吃，即使口渴了，也只能趴到河边用手掬水喝。那个时候，洪水泛滥，人们大多住在高高的洞穴里，要取水只能跑到山下，没有盛水的器具，生活非常不方便。

这一天，宁封从河里捕到很多鱼。他将一部分放在火堆上烤来吃了，剩下的几条鱼便用泥封起来，顺手放在火堆边。但隔天之后，宁封就把这事儿给忘了。几天之后，当他清理火堆时，发现有几块硬泥，敲起来还当当作响。宁封觉得很奇怪，他忽然想起是他前几天放在火堆边用泥封的鱼，因为忘记了，不知什么时候滚进了火堆，烧成了这个模样。

青城山脚

宁封把烧过的泥壳拿在手里，非常惊奇。他心想，这东西像个容器，不知能不能装水。于是便把泥壳拿到河边，盛满水后，详细地观察了很久，发现泥壳滴水不漏。这个发现让他欣喜若狂，他甚至忘记了吃饭睡觉。这种行为招来了大家的嘲笑：“看，宁封烧鱼烧出了毛病，一天到晚痴痴傻傻的，不知道在干嘛！”

但宁封却没有理会大家，他一心埋头于自己的发现。他想，如果把泥封在其他东西上，烧出来会是什么样子呢？他看到河滩上有些树墩，灵机一动，就把河边的泥糊在一个树墩上，架起大火烧了三天四夜。火熄灭后，他刨开火灰一看，里面出现了一个土红色的硬泥筒。宁封把水灌进泥筒里，竟没有漏水。

可正当他准备把硬泥筒连水一起抱去给大家看时，泥筒却被弄破了，水流得满地都是。宁封没有气馁，而是坐下来认真思考着如何改进。他想，这是件很有意义的事，如果成功了，那么这些烧过的泥既能装水又能盛食物，以后的生活就方便多了。

于是，他把两次试烧的情况和自己的想法向黄帝做了汇报，又把打碎的泥壳拿来给他看。黄帝看后非常高兴，认为这项发明太有用了，于是就任命宁封为陶正，专门负责烧制陶器。后来，不知经过多少次的实验和失败，华夏先民的第一批陶器终于烧制成功了。陶器的出现，解决了人类日常生活中的一大困难。

然而，在一次烧陶时，宁封不慎失足掉进火中而献出了宝贵的生命。当人们赶来时，只看见从窑中升起一团五色浓烟，而宁封的身影好像随烟气在冉冉上升，大家十分惊奇，纷纷说宁封火化登仙了。

据说，登仙后的宁封被人发现隐居于青城山北崖，黄帝知道他有异能，便来到青城山，筑台拜宁封为五岳丈。后来的人们又称他为“九天丈人”。杜甫诗中的丈人祠便是宁封的道场。

如今，丈人祠又称建福宫，它在青城山山门的右侧，内有丈人殿，塑着宁封的像，里面有对联曰：“道堪总慑群流，神秘启诸天，偶窥玄妙应如海；我亦遨游万里，丈人尊五岳，漫说归来不看山。”

教养关键词 · KEY WORD

1.问问孩子从宁封那里学到了什么

给孩子讲述宁封制陶的故事，问问孩子领悟了什么道理。鼓励孩子独辟蹊径，讲出与众不同的答案，这既可以培养孩子分析、思考的能力，又可以知道在孩子心里，这件事情和我们心中所想有什么不同。

2.教导孩子向杜甫学习，爱家乡

用杜甫的故事教导孩子，教育孩子要爱惜自己的家乡，爱惜自己的家。

提示 · TIPS：

青城山位于四川省都江堰市西南，成都平原西北部，大约距成都68千米，距都江堰市区16千米。青城山古称丈人山，为邛崃山脉的分支。它背靠岷山雪岭，面向川西平原。主峰老霄顶海拔1260米，全山林木青翠，四季常青，诸峰环峙，状若城郭，故名青城山。

风景 · SCENERY

带着孩子边走边看

青城山以天下之幽著称于世，它山路平缓，其间幽静怡人，山间植物繁茂，所散发出来的木质清香尤其能沁人心脾，让人的大脑与身体都舒适

异常。行走在青城山间，就好像行走在一个天然的空调房之中，外面的暑热气息再大，也无法侵入这里分毫。

青城山的鸟声、水声、人声混成一片，宛如一首动人的奏鸣曲。这里最适合家长带着孩子，晃晃悠悠，边走边说笑地游逛，因为山路并不崎岖，也不会十分耗费体力，边走边聊，尤其适合培养亲子感情。

月城湖

月城湖位于青城丈人峰和青龙岗之间的鬼城山旁，又名月城山，湖因山而得名。源出青城第一峰的清溪水，在这里汇成水面3万平方米的山间小湖。相传为轩辕黄帝之师、蜀中八仙之首的岷山真人鬼谷隐居处，又传五代孟蜀时，仙人刘海蟾亦在此修炼。月城湖周，青山环绕，画意盎然，碧绿湖水，宛如明镜，四周山谷，倒映水中，山姿水色，令人沉醉。堤上有长廊，可观景歇憩，品茗怡乐。

五龙沟

五龙沟，位于青城后山，古称蛮河，全长8千米，因传说古时有五条神龙隐于沟中而得名。溯沟而上，峰峦叠嶂。苍峰壑间，有神秘莫测的金娃娃沱，景色绝佳的龙隐峡栈道，韵味无穷的石笋岩、回音壁，以及蔚为壮观的五龙抢宝、白龙吐水、水映彩虹等景观，还有古韵十足的桃园别洞又一村和桃花溪公园。五龙沟里，杜鹃、山茶、山桂、野菊等点缀其间，有如神奇壮丽的仙山佳境。

上清宫

上清宫道教宫观位于青城山之巅，始建于晋代，后废，唐玄宗时又加以修建，五代间王衍再建，明末毁于火。现存殿宇建于清代同治年间（公元1862—1874年），主要建筑有山门、正殿、配殿、玉皇楼等，正殿内主供太上老君像。上清宫山门外西侧石壁上刻有黄天鹄所题“天下第五名山”“青城第一峰”刻石。宫内有传为麻姑浴丹处的麻姑池以及鸳鸯井等

1.月城湖

2.五龙沟 3.上清宫

名胜，珍藏有楠木刻板《道德经》《阴符经》全文及张大千所画《徐太妃》《花蕊夫人与绛巾仙女》石碑两通。宫东不远处有跑马坪、旗杆石，传为明末张献忠起义军练兵遗址。沿宫后拾级而上百余米即至青城极顶，顶上建有一亭，置身亭中可观青城日出、云海及神灯等自然美景，人称观日亭。上清宫为青城山著名的道教官观之一。

诗词延伸

畴昔西游万里还，狂吟散落满人间。
买空禄水桥边酒，看遍青城县里山。
梅蕊疏疏春欲动，川云漠漠雪犹悭。
偶思五十年来事，顾影灯前自笑顽。
——陆游·《寒夜偶怀壮游书感》

夔州→白帝城→成都→青城山→峨眉

峨眉 东方世界的蓝色仙境

峨眉山月半轮秋，影入平羌江水流。
夜发清溪向三峡，思君不见下渝州。
——李白·《峨眉山月歌》

故事·STORY

天门石

峨眉山上，半轮明月高高地挂在山头，月亮的影子倒映在平羌江那澄澈的水面上。夜里，李白从清溪出发奔向三峡，他不禁感慨，到了渝州就能看到峨眉山上的月亮了，我是多么思念你啊！

这首诗是李白于开元十三年，也就是公元725年出蜀途中所作。全诗意境清朗优美，是李白脍炙人口的名篇之一。明代的王世贞曾评价说："此是太白佳境，28字中有峨眉山、平羌、清溪、三峡、渝州。使后人为之，不胜痕迹矣，益见此老炉锤之妙。"

李白对峨眉山有种特殊的感情，他多次写诗赞美峨眉山，除了《峨眉山月歌》之外，他还在《当涂赵炎少府粉图山水歌》中用"峨眉高出西极天，罗浮直与南溟连"来赞美峨眉山的高。峨眉山，确实山高峻美，早在春秋战国时期，便已闻名于世。

峨眉山的名称，最早见于西周年间，晋代常璩撰曾写过一本《华阳国志·蜀志》，上面记载："杜宇以褒斜为前门，熊耳、灵关为后户，玉垒、峨眉为城郭。"据说，"峨眉"最开始并不是这两个字，而是"涐眉山"，因它屹立在大渡河边上，而大渡河古称"涐水"，后来才慢慢变成了"峨眉"二字。但不管怎么说，峨眉山自春秋战国之后，已成名2000多年了，而"峨眉"二字，也恰到好处地表达了峨眉山雄伟秀丽的特点。

晴天之时，如果我们从山下向上仰望峨眉，会看到一幅非常奇异的景象。峨眉之上，仿佛一派异国风情，山上蓝雾缭绕，仿佛天空之上盘踞了一条蓝色多瑙河，又仿佛是一处蓝色的仙境降落人间，这番景象比登山更为让人心旷神怡。

登上过峨眉的人都知道，峨眉山的金顶是旅游区的最高点，它有3079米高，但距离金顶不远的地方，却有两块大石头，看上去比这里还要高。这两

块石头形状相似，相对屹立，相距不到3.3米，石壁很陡，就像刀削的一样。为什么会提到这两块石头呢？因为，我们又要开始给孩子讲故事了。

传说，这两块大石头原来是一块，爬到上面就能摸到南天门，所以人们叫它天门石。事情还要从女娲补天开始说起，那时，有一块石头从女娲的炼石炉里滚了出来，它从天上往下掉，一直落到峨眉山上。从此，峨眉山就有了一块又高又大的石头，直插天穹。

在没有这块石头以前，从彩云缭绕的天宫到人间来，要出南天门，经过天梯。如果没有玉帝、王母的旨意，谁也别想攀上天梯。但自从有了这块天门石以后，因为它上通南天门，下通峨眉山，所以想到人间的仙人们就可跨出南天门，踏上天门石，不经过天梯，就能到峨眉山了。这样天宫里的神仙们，听说峨眉山风光秀丽，就时常经过天门石，偷偷跑到下界来游玩。

这天，王母娘娘要大办蟠桃盛会，各路神仙都要来赴宴祝寿。王母娘娘命太白金星带着仙女们到蟠桃园去采摘蟠桃，可太白金星把人数一点，不见了守蟠桃园的两个仙女，一查问，才知道是从天门石私自去了峨眉山，只得据实回禀王母娘娘。

王母娘娘一听，十分恼怒。心想：这石头也生得古怪，不偏不斜，正好立在南天门外，替那些凡念未消、不守仙规的人，搭了一道私下凡间的

峨眉猴子

便桥。此石不除，天宫不得安宁。她立即把巨灵神叫到跟前吩咐，让他去捉拿两个仙女。

两个仙女来到峨眉山后，发现这里有赏不完的奇花异草，游不完的翠谷幽泉，便再也不想回去了。这天，两人正在观赏秀美景色，忽见巨灵神手执开山大斧向她们走来。她们知道这一定是来捉她们了，吓得慌了手脚，便急忙变成两棵梧桐树，躲在树林中。巨灵神来到山上，到处寻不见两仙女，却见在前面的一片茂密树林中，显眼地长着两棵开着白花的梧桐树。

巨灵神一眼就看见这两棵梧桐树，他想：这么大的一片树林，为什么只有两棵梧桐树？准是两个仙女变的。他从身上掏出紫金锁，想去锁梧桐树。两个仙女一见巨灵神要锁她们，知道露了马脚。她们一面逃一面商量：这次一定要变一个巨灵神认不出的东西才能逃脱。她们连忙从天空中飞下来，落在一堆枯枝败叶中。因为她们已经有了一个很妙的主意，变成两只蝴蝶。蝴蝶的两个翅膀，颜色要枯黄，上有叶脉、叶蒂，两翅合拢就与树上的枯叶一模一样，落在枯枝上，是再好不过的。果然，巨灵神找遍全山，也没有找到她们。

巨灵神找不到仙女，只好回天宫向王母娘娘复命。王母娘娘对巨灵神说：“两仙女私下凡间，罪孽深重。现在我命你斩断天门石，断绝她们的归路。”巨灵神领旨后，驾着云头，来到天门石旁。他手举巨斧，对着天门石顶砍去，把巨石从当中劈开来。天石门变成了两块，当中出现了一条道路。因为天门石被斩断，两仙女再也不能回返天宫，她们就永远变成了两只枯叶蝶，飞翔在峨眉山的翠树绿叶之中。

教养关键词·KEY WORD

1.带着孩子查阅有关王母的神话传说，问问孩子对她的印象如何

中国神话传说中，王母娘娘大多以恶妇的形象出现，跟孩子一起查阅一下她的有关资料，问问孩子，她的这种独断专横的行为是否正确，以此从侧面教育孩子，做人做事不可以独断专行，不可以只顾自己而不顾他人。

2.夜观峨眉山，体会一下《峨眉山月歌》的意境

《峨眉山月歌》的意境非常之美，但我们却不知生活在大城市的孩子能否理解这种清丽脱俗的美感，若是家长不赶时间，可以在山下住上一夜，远眺峨眉山的月色，看看今天峨眉山的月亮，是否还和千年以前一样美丽。

提示·TIPS：

峨眉山位于四川省峨眉山市境内，在四川盆地西南部，距峨眉山市有7千米，距乐山市大约37千米。佛教圣地华藏寺所在地金顶海拔3079米，为峨眉山旅游区域的最高点。

峨眉山是著名的佛教名山和旅游胜地，中国四大佛教名山之一，有“峨眉天下秀”之称。山上有寺庙约26座，重要的有八大寺庙：报国寺、伏虎寺、清音阁、万年寺、洪椿坪、仙峰寺、洗象池、华藏寺。这里佛事频繁，据传为佛教中普贤菩萨的道场。

风景·SCENERY

带着孩子边走边看

峨眉山层峦叠嶂、山势雄伟，景色秀丽，气象万千，素有“一山有四季，十里不同天”之绝妙比喻。

在这里，一年四季皆有景色，皆可以攀登，每季的妙趣都不相同。春天这里万物萌动，树木发出新芽，整个峨眉山郁郁葱葱。夏天的峨眉姹紫嫣红，百花齐放。秋天这里是红色的海洋，五彩缤纷，红叶覆山。到了冬天，这里又是白雪皑皑的世界，银装素裹，别有一番趣味。若是能登临峨眉山的金顶，放眼四方，视野宽阔无比，山下之景让人叹为观止。

不过，对于孩子来说，峨眉山最有名的可能是它的猴山，但在这里不建议家长带着年幼的孩子前去参观。因为放养的猴子虽通人性，但野性十足，稍不注意，猴子便会伤到孩子，得不偿失。可以绕道猴山，去其他景点游玩。

峨眉山金顶

峨眉山金顶

金顶为峨眉山游程的最高峰，其海拔为3079米，顶上是个小平原，原有铜殿一座，在太阳的照射下，光彩夺目，故而得名金顶。登上金顶，人们顿觉万象排空，气势磅礴，惊叹天地之奇妙。极目四望，成都平原尽收眼底，千山万岭，起伏如浪，岷江、青衣江、大渡河、大雪山、瓦屋山、贡嘎山历历在目。

到峨眉山如果不上金顶，在许多人看来，等于白来一趟峨眉山。所以徒步也好，坐车也罢，金顶是必去的。冬季的峨眉山，金顶更显恢宏，因为无论是晚霞，还是日出，抑或壮阔的云海，都只有在这里才能看到。

清音阁

清音阁又称卧云寺，以晋人左思诗句“何必丝与竹，山水有清音”的诗意而取名“清音阁”。清音阁位于峨眉山牛心岭下黑白二水汇流处，海拔为710米。该处是唐僖宗年间慧通禅师修建，供有释迦牟尼、文殊、普贤大师之像。

深夜听清音是最好的。早在1200多年前就有人这样做了。唐代初年的一个高僧继业三藏，从印度研经归来，常居在大峨寺后的呼应庵中。夜听清音已成了他的癖好，每每必至，风雨无阻，并因此留下了一段美好的传

说：在一个月明星衡的秋夜，他喜滋滋地倾听着“清音”返回庵中。在黑白二水汇流处，高兴地拾得一枚奇石，竟如人面，眉清目秀，栩栩如生，呼之欲出，以为至宝。见石之处，后名“宝现溪”。而今，虽然人面宝石不见了，但“宝现溪”这个地名仍在，至今还能激起人们听清音的兴头。

在清音阁，可看到山光水色，闻到花草芬芳，听到流泉清音，触摸到亭台碑石。它集中了视觉美、听觉美、嗅觉美，使游者获得峨眉风光总体的审美感受。被古今游人誉为“峨眉山第一风景”。

雷洞坪

雷洞坪古名雷神殿，据载为汉时开建。雷洞坪侧旧竖有禁声铁碑一通，禁止游人大声喧哗，否则迅雷惊电，风雨暴作。相传岩下有72洞，有龙神和雷神居住，遇天旱，乡民来这里求雨，往岩下投死猪死狗或妇人衣裤鞋袜，往往雷雨交作。清康熙帝曾赐御书“灵觉”二字。寺右悬岩绝壁间，相传有女娲炼石的“飞来剑洞”（又名仙人剑）、伏羲悟道的“伏羲洞”、鬼谷子著书的“鬼谷洞”等，云遮雾绕，人迹罕至。

同时，从雷洞坪到接引殿一带，可见名贵花木杜鹃。初夏时节一树千

清音阁

雷洞坪

花，五彩缤纷，成片成林，耀眼夺目。据专家考察，峨眉山杜鹃花有29种，雷洞坪就有12种，均为中国或峨眉山的特有品种。

■诗词延伸

我在巴东三峡时，西看明月忆峨眉。
月出峨眉照沧海，与人万里长相随。
黄鹤楼前月华白，此中忽见峨眉客。
峨眉山月还送君，风吹西到长安陌。
长安大道横九天，峨眉山月照秦川。
黄金狮子乘高座，白玉麈尾谈重玄。
我似浮云殢吴越，君逢圣主游丹阙。
一振高名满帝都，归时还弄峨眉月。
——李白·《峨眉山月歌送蜀僧晏入中京》

【第十辑】留给孩子的旅行思考题

1. 夔州大约在今天的哪里?
2. 翻看《三国演义》，想想关羽为何会败走麦城?
3. 开动脑筋仔细想想，杜甫为何“不唾青城地”?

本书中部分图片未能联系到拍摄者或版权所有人，见图后请联系我们：

邮箱：dpbooks@126.com　　联系电话：010-57109394